U0503794

晚明二十家小品

施蛰存 编

上海人民出版社

导　读

骆玉明

　　我记得见过施蛰存先生一次。大概是二十世纪八十年代末，在华师大一个小型的会议上。施先生没说什么话，所以留下的印象很浅。依稀的感觉，是一种清癯静寞，颇有文人气的样子。友人赵昌平是施门弟子，他跟我们说起施先生，则是对晚辈很亲切的人。那是另一种场合了。

　　后来一家出版社印行施先生的《唐诗百话》，拉了我陪同孙康宜先生作为这本书的"推荐人"。其实我哪有什么资格谈论施先生的长短，但我也实在喜欢这本书，冒昧地就答应了。读《唐诗百话》是非常愉快的事情，深厚的学养，从容的态度，清爽的笔调，是真的了悟诗中三昧。他说王维那首以"大漠孤烟直，长河落日圆"而脍炙人口的《使至塞上》，其实从全诗来看有许多毛病，说得平淡而切实，对王维他也很自信。

施先生的《晚明二十家小品》编成于1935年春。它的背景，首先是周作人论"新文学的源流"，追溯至晚明文学，尤其小品散文。他说："现今的散文小品并非五四以后的新出产品，实在是'古已有之'，不过现今重新发达起来罢了。由板桥、冬心溯而上之，这班明朝文人再上连东坡、山谷等，似可编出一本文选，也即为散文小品的源流材料。"（1926年《与俞平伯书》）继而是到了三十年代初，林语堂等人在上海创办《论语》《人间世》《宇宙风》等刊物，倡导重幽默、性灵的文学趣味和最宜表现此种趣味的小品文，由此形成了一种风潮，以至有"小品文年"（指1934年）之说。在此背景下，出现了多种晚明小品的选本。施蛰存先生的《晚明二十家小品》，就是其中最为著名的一种。

　　"小品"原是佛家用语，指大部佛经的略本，明后期才普遍用来指一般文章。明人所谓"小品"，并不专指某一特定的文体，尺牍、游记、传记、日记、序跋等均可包容在内，有时更为泛杂的情况也有。追究这一概念的提出，与性灵说有密切关系，主要是为了区别于以往人们所看重的关乎国家政典、理学精义之类的"高文大册"，而提倡一种灵便鲜活、真情流露的新格调的散文。前代散文中最为晚明文人推重的，一是《世说新语》，一是苏轼的抒情短文，从中可以看出他们的兴趣所在。袁中道《答蔡观察元履》文说：

　　　　近阅陶周望祭酒集，选者以文家三尺绳之，皆其庄严整栗之撰，而尽去其有风韵者。不知率尔无意之作，更是神情所寄。往往可传者，托不必传者以传，以不必传者易于取姿，炙人口而快人目。班、马作史，妙得此法。今东坡之可爱者，多其小文小说，其高文大册，人固不深爱也。使

尽去之，而独存其高文大册，岂复有坡
公哉！

　　……偶检平倩及中郎诸公小札戏墨，
皆极其妙。石篑所作有游山记及尺牍，向
时相寄者，今都不在集中，甚可惜。后有
别集未可知也。此等慧人，从灵液中流出
片言只字，皆具三昧，但恨不多，岂可复
加淘汰，使之不复存于世哉！

　　文中对苏轼两类散文的褒贬，最能显示与
传统评价标准的区别。这里虽没有标出"小
品"的名目，但袁中道用以与"高文大册"相
对立的"小文小说""小札戏墨"，以及关于这
一类文章的特点的解说，基本上已点明了小品
概念的内涵。大致晚明人所说的"小品"，其
体制通常比较短小，文字喜好轻灵、隽永，多
表现活泼新鲜的生活感受，属于议论的文章，
也避免从正面论说严肃的道理，而偏重于思想
的机智，讲究情绪、韵致，有不少带有诙谐
的特点。还有，袁中道所说"托不必传者以

传"——作者并不着意于传世不朽，作品却以其艺术价值得以传世，也从写作态度上说明了小品的特点。

在晚明同时推行的诗文变革中，小品文能够取得较大的成功，原因主要有两点：其一，诗歌具有特殊的语言表现形式，它要从古典传统中脱离出来必须以形式的变革为前提，而散文在形式上所受束缚较小，旧有的文体也很容易用来作自由的抒写；其二，在以前的文学中，诗歌作为一种抒情艺术已经取得了很大成就，再要有重大突破是不容易的，散文由于更具有实用价值，以往受"载道"文学观的影响也更大，所以当它向"性灵"一面偏转时，容易显现出新鲜的面目。

虽然，可以归为"小品"的文篇可以追溯到很早，有人甚至认为记录孔子言行的《论语》中，某些章节也符合"小品"的特征，但人们仍然习惯把"小品"和"晚明"联系在一起。这不仅因为晚明才是小品文大盛的时代，更因为晚明小品的流行，反映了在中国历史变化的过程中，追求个性解放、个人自由，尊重个人独特创造的思潮所引导的文学变革。正是在这个意义上，把属于"古典"的晚明小品与五四新文学相互贯通，具有它内在的合理性。

晚明小品的选本，亦是"古已有之"。刊行于崇祯六年的陆云龙等辑《皇明十六家小品》，选徐渭、屠隆、李维桢、董其昌、汤显祖、虞淳熙、黄汝亨、王思任、钟惺、袁宏道、文翔凤、曹学佺、张鼐、陈仁锡、陈继儒、袁中道十六家文章，加以评点。此书以"皇明"标目，理应以全明为范围，实际所选，几乎全是晚明人物。这正表明小品是晚明文学的标识。

施先生《晚明二十家小品》所选，与陆云龙所选相重的有十四家，而这十四家又正是最重要的作家。所以，两书之间，具有一定的沿承关系。或者换一句话说，我们可以把这两书的选定范围，视为古今对晚明小品代表性作家的两度确认。而两书中均无张岱，则属另一种情况：从陆云龙的时代来说，张氏最有代表性的《陶庵梦忆》《西湖梦寻》根本还没有写出来，而在施蛰存的时代，却已是印行甚广而易得，不必入选本了。

明人所说的"小品"，虽然有偏重情趣的倾向，但实际运用的时候，范围仍过于宽泛，包容过于庞杂。二十世纪三十年代文人重新关注晚明小品时，在这方面有所厘清。大要而言，就是把范围界定为具有艺术性的散文。施先生在本书序言中谈选文的标准，提出"风趣"和"隽永有味"，就是这种界定方法的体现。

选本有多重作用。在三十年代，普通读者很难接触到大量的古籍；就是有机会接触，也未必有精力做广泛的阅读。因此选本为读者提供了在某个特定范围内了解文学精华的方便。但这有个前提，就是编选者要有好的眼光，能够作出精准的判断。而施先生正是以文学涵养与文学趣味见长。他在序中说："故此集二十卷，实已撷取数十种明人文集全书之精英"，是可以信赖的。

不妨拿我自身的阅读经验来验证：我早年写过《徐文长评传》，对徐渭的作品说得上熟悉。而施先生所选，几乎每一篇都是我当初读全集时感受很深的。下面录一篇短小的尺牍，《与马策之》：

> 发白齿摇矣，犹把一寸毛锥，走数千里道，营营一冷坑上，此与老牯跟跄以耕，拽犁不动，而泪渍肩疮者何异？噫，可悲也！每至菱笋候，必兀坐神驰，而尤摇摇者，策之之所也。厨书幸为好收藏，归而尚健，当与吾子读之也。

这是徐渭晚年在宣府做幕僚时寄给门人的短札，文字随意而精警，极生动传神地写出了他在落魄生涯中的悲苦心境，同时也显示出不甘寄人篱下的个性。这正是晚明小品之先声。

当我们谈论晚明小品在文学史上的价值时，又不能不注意到另一方面的问题，就是在当时社会环境中，个性舒张的要求得不到满足，个人与社会的正面对抗又足以导致危险，这使晚明文人把精神转托于山水与日常生活的情趣，因而在小品中产生大量的也是占主导地位的自我赏适、流连光景之作。这里渗透了对现实紧张无可奈何、不敢正视的无奈，是不言而喻的。

　　而二十世纪三十年代的"小品文热"，也面临着相似的情况。1932年，"一·二八"事变在上海爆发，日本侵略的凶焰步步进逼，而国内各种政治力量的冲突此起彼伏，也是十分激烈。在这样的背景下，也是以上海为中心并主要依托租界形成的"小品文热"，倡导幽默、闲适的情趣，难免令人产生不知今夕何夕之感。所以鲁迅对这一风潮提出了尖锐的批评。1933年10月发表于《现代》杂志的《小品文的危机》一文，把当时林语堂诸人提倡的专写"性灵"的小品文比作士大夫的"清玩"，认为这类文字会"将粗犷的人心，磨得渐渐的平滑"，而呼吁"生存的小品文，必须是匕首，是投枪"。这是从完全不同的视角评价小品文。

　　这也是我们理解施蛰存先生《晚明二十家小品》需要注意的背景。正是在1933年，因为施蛰存向青年学生推荐《庄子》与《文选》，遭到鲁迅批评，当时年轻而气盛的施蛰存不服，反言讥刺，二人的笔战持续了两年之久；而"小品文热"被鲁迅呵斥，缘由也很相近。所以施蛰存当然会有所回应。序文中说："……而一味以冷嘲热讽为攻击之资的情形，正与三百年后的今日一般无二"，这明显就是说鲁迅吧。

但施蛰存对鲁迅的回应并非都是消极的。他称赞小品文的作家"是一群正统文学的叛徒"，就是强调他们原不乏斗争的一面；他说明自己在选文时，也特意注意把体现"明人的风骨"的文字收缀进去，也避免让人误以为晚明小品全是闲逸软滑之作。这和鲁迅所倡导的斗争精神，又有一致之处了。

顺带也值得一提的是：发表鲁迅《小品文的危机》一文的《现代》杂志，主编正是施蛰存。

历史上发生过的事情，都有当日具体的背景和原因。我们需要了解这些，也需要懂得事过境迁之后，以一种平静、客观的眼光看待一切。像晚明小品在文学史上的价值，施蛰存先生《晚明二十家小品》的优长，都是容易确认的。

　　当年施先生编选这本书，时间和资料条件都不是很充分，所以作为附录的《诸家小传》比较简陋，选篇中个别文字的标点，亦有重加斟酌的必要。因为要保持历史文献的原貌，似不宜多加改动，这方面的问题，读者可以注意一下。

序

这一本集子的编选，我并不想曲撰出一些理由来，说是有一点意义的事。在我，只是应书坊之请，就自己的一些明末人的文集中选一本现今流行着的小品文出来应应市面而已。至于我为什么肯来做这个容易挨人讥讽的"选家"，这理由很简单，"著书都为稻粱谋"，著的书既没那么多，而"稻粱谋"却是每日的功课，便只好借助于编书了。

但是编一本书，也得使它稍微像个样子。所以我之所以尚能告无愧于本书的读者，是在于我对于编选及标点此书时，自问并没有太草率了事。

本集中所选录的二十个晚明文人，从徐文长开始，以至于公安竟陵两大派，以及其他一些虽非属于公安竟陵，而思想文章都有点相近的作家，对于正统的明代文学说起来，差不多都是叛徒。

在政治上，这二十个人中间，大半都不会做过显赫一时的官，在文学上，他们也没有一个曾经执过什么文坛的牛耳。但是，因为对于显宦之反感，而有山林隐逸思想，因为对于桎梏性灵的正统文体的反感，而自创出一种适性任情的文章风格来，使晚明的文章风气为之一变，这二十个人却不妨可以说是一支主军。

正因为是一群正统文学的叛徒，而且又不居显要，有政治的势力来为之后盾，所以这一群作家是随时在受指斥或攻击的。你主张山林隐逸，就骂你是标高要名，企图以隐士为做官的终南捷径；你主张文章要纯任性灵，就说你滥调浮辞，卑不足道。这种文人相轻，不估量一下对方的真价值，而一味以冷嘲热讽为攻击之资的情形，正与三百年后的今日一般无二。

所以本集的编选，除了尽量以风趣为标准，把隽永有味的各家的小品文选录外，同时还注意到各家对于文学的意见，以及一些足以表现各家的人格的文字。这最后一点，虽然有点"载道"气味，但我以为在目下却是重要的。因为近来有人提倡了明人小品，自然而然也有人来反对明人小品，提倡明人小品的说这些"明人"的文章好，反对的便说这些"明人"的人格要不得。提倡者原未必要天下人皆来读明人小品，而反对者也不免厚诬了古人。因此我在编选此集的时候，随时也把一些足以看到这些明人的风骨的文字收缀进去。譬如汤若士这个人，一般人大概只晓得他填词拍曲，是个侧艳的词章家，但看到他给朋友弟子的一些书信，对于当时朝野的一种卑鄙龌龊的愤懑，却不由的也见到此老在风流跌宕之外，原有一副刚正不阿的面孔。若徒以摹情说爱的词人目之，未足知汤若士也。

至于本集二十人的选定，并没有什么标准，只是随自己的方便而选取的。本来还应该加一个张岱，但因为寒斋尚无《琅嬛文集》，而《陶庵梦忆》《西湖梦寻》两书现在也颇易得，故不再编录。刘同人的文章全从《帝京景物略》选出，因为《帝京景物略》一书传本尚不甚多，而文章确写得出色也。其余各人之文，则大都从各人专集或其他选集中录出，大概以书之珍罕与否为选录多寡之标准，故此集二十卷，实已撷取数十种明人文集全书之精英，读者得此一编，足可抵明椠文集数百卷矣。

民国二十四年三月　施蛰存记

目次

导读 / 骆玉明　　001

序　　001

第一卷　徐文长小品

吕山人诗序　　006

叶子肃诗序　　008

郦绩溪和诗序　　008

酬字堂记　　009

豁然堂记　　010

跋陈白阳卷　　011

书夏珪山水卷　　012

书朱太仆十七帖　　012

记梦　　012

其二　　013

与马策之　013

与柳生　014

简许口北　014

答张太史　015

答李长公　015

答何先生　016

第二卷　陆树声小品

九山散樵传　020

吴淞风味册后序　021

嘉树林小序　022

砚室记　023

苦竹记　024

吴中黠客记　025

游韦庄记　026

燕居六从事小引　028

题藏画　028

题王云竹诗卷前　029

题东坡笠屐图　030

第三卷　李本宁小品

空囊草序　034

李成白诗序　035

渔父词引　036

绿天小品题词　037

林和靖先生诗题词　037

憨话题词　039

书萧元戎女乐图　040

半石斋诗跋　041

第四卷　屠赤水小品

唐诗品汇选释断序　045

观灯百咏序　046

李山人诗集序　047

青溪集序　048

送董伯念客部请告南还序　049

海览　051

与元美先生　053

与张肖甫司马　054

与陆君策　055

与君典　　056

答李惟寅　　056

在京与友人　　057

归田与友人　　058

第五卷　虞长孺小品

徐文长文集序　　061

李不器秋草诗序　　062

解脱集序　　063

潘庚生诗集序　　064

浮梅槛诗序　　065

云门游记引　　065

慧日峰记　　066

愚公传　　066

秦山人传　　068

复胡敬所　　069

答陈建宇　　069

书座右　　070

第六卷　汤若士小品

赵乾所梦遇仙记序　076

如兰一集序　077

合奇序　078

王季重小题文字序　079

耳伯麻姑游诗序　081

牡丹亭记题词　082

旗亭记题词　083

玉合记题词　083

紫钗记题词　084

邯郸梦记题词　085

南柯梦记题词　086

溪上落花诗题词　088

答王宇泰　089

答岳石帆　090

与岳石梁　090

第七卷　袁伯修小品

论文上　098

论文下　100

上方山四记　102

西山五记　105

极乐寺纪游　109

岳阳记行　109

陶编修石篑　110

答江长洲绿萝　111

答陶石篑　112

第八卷　袁中郎小品

叙姜陆二公同适稿　122

叙竹林集　124

谢于楚历凼草引　125

识伯修遗墨后　126

拙效传　127

虎丘　129

上方　130

天池　131

灵岩　132

湘湖　134

天目一　135

天目二　135

游盘山记　136

云峰寺至天池寺记　139

开先寺至黄岩寺观瀑记　139

由水溪至水心崖记　141

识张幼于箴铭后　143

识张幼于惠泉诗后　144

寄散木　145

龚惟长先生　146

丘长孺　147

汤义仍　147

李子髯　148

答陶石篑　149

第九卷　袁小修小品

程申之文序　154

殷生当歌集小序　154

陈无异寄生篇序　156

篑笃谷记　157

清荫台记　158

爽籁亭记　159

楮亭记　160

游西山十记　161

寄四五弟　169

寄八舅　170

答夏道甫　170

回君传　171

第十卷　曹能始小品

古文自序　178

尹恒屈诗序　178

丘生稿序　180

钱伯庸文序　180

洪崖游稿序　181

洪汝含鼓山游记序　182

叶君节秋怀诗跋　183

春风楼记　184

游武夷记　185

石头庵募米疏　187

第十一卷　黄贞父小品

鸿苞序　192

金玄朗于讴序　193

南太史饮酒集杜小序　194

玉版居记　195

岑山游记　196

浮梅槛记　197

题戴生病记　198

题懒园记　199

跋陈白阳阿房宫墨迹　200

偶语小引　200

姚元素黄山记引　201

复吴用修　201

与吴子野　202

第十二卷　张侗初小品

程原迓稿序　205

赠海盐胡尔音即山居叙　206

题尔遐园居序　207

西湖谈艺序　208

盖茅处记　209

夜坐自述贻自南上人　210

题王甥尹玉梦花楼　212

与姜簇胜门人　213

第十三卷　李长蘅小品

沈雨若诗草序　218

白岳游记序　219

游虎丘小记　220

游石湖小记　221

游虎山桥小记　221

游玉山小记　222

游焦山小记　223

游西山小记　224

江南卧游册题词　225

题画册　227

题画卷与子薪　228

题画两则　229

题画册　230

第十四卷　程孟阳小品

李长蘅檀园近诗序　235

题子柔杂怀诗卷后　236

松寥诗引　237

溪堂题画诗引　238

余杭至临安山水记　239

临安至昌化　241

自昌化至屝溪　242

发淳安记密山诸岩　243

游齐云观天门虎崖记　244

冷泉亭画记　246

与方季康　246

与郑闲孟　248

第十五卷　钟伯敬小品

诗归序　254

问山亭诗序　256

梅花墅记　257

浣花溪记　260

修觉山记　261

白云先生传　263

断香铭　265

题潘景升募刻吴越杂志册子　266

题鲁文恪诗选后二则　267

题马士珍诗后　269

跋袁中郎书　269

与井陉道朱无易兵备　270

与陈眉公　271

第十六卷　谭友夏小品

诗归序　275

秋寻草自序　277

退寻诗三十二章记　278

自题湖霜草　280

自题秋冬之际草　282

秋闱梦戌诗序　282

渚宫草序　284

官子时文稿序　285

选语石居集序　286

长安古意社序　288

高霞楼诗引　289

谭叟诗引　290

期山草小引　291

胡彭举诗画卷跋　291

游玄岳记　292

游南岳记　300

初游乌龙潭记　305

再游乌龙潭记　306

三游乌龙潭记　307

繁川庄记　308

与钟居易　309

答袁述之书　310

第十七卷　刘同人小品

定国公园　313

三圣庵　314

吏部古藤　314

李皇亲新园　315

报国寺　316

草桥　317

万松老人塔　319

极乐寺　320

白石庄　320

摩诃庵　321

法云寺　322

水尽头　322

中峰庵　323

西堤　324

红螺岭　326

贾岛墓　327

第十八卷　陈明卿小品

冒宗起诗草序　331

宛陵游草序　331

张澹斯文序　332

合刻两先生稿引　333

王宇皆集序　334

昭华琯序　335

七笺引　336

题春湖词　337

铜井山重建石桥记　338

重建焦山塔记　339

天台第一游自仙筏桥至断桥下慈圣寺道乌溪岭入万年寺记　340

剡溪记　343

纪游　346

听僧说福胜石梁幽溪大龙湫五泄瀑记　348

第十九卷　王季重小品

世说新语序　359

苎萝山稿序　360

徐伯鹰天目游诗记序　361

屠田叔笑词序　362

闲居百咏序　363

名园咏序　364

东山　365

剡溪　366

天姥　367

华盖　368

小洋　369

钓台　370

游敬亭山记　371

游焦山记　372

简赵履吾　375

简米仲诏　375

第二十卷　陈眉公小品

倪云林集序　380

五言诗序　381

米襄阳志林序　382

芙蓉庄诗序　383

闽游草序　385

许秘书园记　386

游桃花记　389

唐李公子传　391

杨幽妍别传　396

范牧之外传　400

花史题词　403

花史跋　404

柬米子华　404

与王闲仲　405

答项楚东　405

与屠赤水使君　406

答张上马毅仲　406

与王元美　407

附录　本书采辑书目　408

第一卷　徐文长小品

【小传】*

徐渭，字文长，山阴人。十余岁仿扬雄《解嘲》作《释毁》。长师同里季本。为诸生，有盛名。总督胡宗宪招致幕府，与歙余寅、鄞沈明臣同管书记。宗宪得白鹿，将献诸朝，令渭草表，并他客草寄所善学士，择其尤上之。学士以渭表进，世宗大悦，益宠异宗宪。宗宪以是益重渭。宗宪尝宴将吏于烂柯山，酒酣乐作，明臣作铙歌十章，中有云："狭巷短兵相接处，杀人如草不闻声。"宗宪起将其须曰："何物沈生，雄快乃尔！"即命刻于石，宠礼与渭埒。督府势严重，将吏莫敢仰视，渭角巾布衣，长揖纵谈。幕中有急需，夜深开戟门以待。渭或醉不至，宗宪顾善之，寅明臣亦颇负崖岸，以侃直见礼。

渭知兵，好奇计，宗宪禽徐海，诱王直，皆预其谋，藉宗宪势颇横。及宗宪下狱，渭惧祸，

---

* 《诸家小传》原为书末附录。为便于阅读，本书中各家小传移至各卷正文前。——编注

遂发狂，引巨锥剚耳，深数寸。又以椎碎肾囊，皆不死。已又击杀继妻，论死系狱。里人张元忭力救得免。乃游金陵，抵宣辽，纵观诸边阨塞，善李成梁诸子。入京师主元忭，元忭导以礼法，渭不能从，久之，怒而去。元忭卒，白衣往吊，抚棺恸哭，不告姓名去。

渭天才超轶，诗文绝出伦辈，善草书，工写花草竹石。尝自言："吾书第一，诗次之，文次之，画又次之。"当嘉靖时，王李倡"七子社"，谢榛以布衣被摈，渭愤其以轩冕压韦布，誓不入二人党。后二十年，公安袁宏道游越中，得渭残帙，以示祭酒陶望龄，相与激赏，刻其集行世。

（《明史·文苑传》）

又

徐渭，字文长，为山阴诸生，声名藉甚。薛公蕙校越时奇其才，有国士之目。然数奇，屡试辄蹶。中丞胡公宗宪闻之，客诸幕。文长每见则葛衣乌巾，纵谭天下事，胡公大喜。是时公督数边兵，威镇东南，介胄之士，膝语蛇行，不敢举头，而文长以部下一诸生傲之，议者方之刘真长、杜少陵云。会得白鹿，属文长作表。表上，永陵喜，公以是益奇之，一切疏记皆出其手。文长自负才略，好奇计，谈兵多中，视一世士无可当意者，然竟不偶。

文长既已不得志于有司，遂乃放浪曲蘖，恣情山水，走齐鲁燕赵之地，穷览朔漠，其所见山奔海立，沙起云行，风鸣树偃，幽谷大都，人物鱼鸟，一切可惊可愕之状，一一皆达之于诗。其胸中又有勃然不可磨灭之气，英雄失路，托足无门之悲，故其为诗如嗔如笑，如水鸣峡，如种出土，如寡妇之夜哭，羁人之寒起，虽体格时有卑者，然匠心独出，有王者气，非彼巾帼而事人者所敢望也。文有卓识，气沉而法严，不以模拟损才，不以议论伤格，韩曾之流亚也。

文长既雅不与时调合，当时所谓骚坛主盟者，文长皆叱而奴之，故其名不出于越，悲夫！喜作书，笔意奔放如其诗，苍劲中姿媚跃出，欧阳公所谓"妖韶女老自有余态"者也。间以其余旁溢为花鸟，皆超逸有致。卒以疑杀其继室，下狱论死。张太史元忭力解乃得出。晚年愤益深，佯狂益甚，显者至门，或拒不纳。时携钱至酒肆，呼下隶与饮。或日，持斧击破其头，血流被面，头骨皆折，揉之有声。或以利锥锥其两耳，深入寸余，竟不得死。周望言晚岁诗文益奇，无刻本，集藏于家，余同年有官越者，托以抄录，今未至。余所见者《徐文长集》《阙编》二种而已。然文长竟以不得志于时，抱愤而卒。

（袁宏道：《徐文长传》）

吕山人诗序

吕山人刻续稿成，使其弟尚宾持送予，使论序。山人诗固多，而不多刻。予即此得比附分类之。若《艾如张》《君马黄》《艳歌》《何尝行》，虽用古题，而意藏不晓者，不论。标格往时数论矣，且观者各有品，亦不论《大隄曲》《子夜歌》《白苎词》《阳春曲》《采莲》及《歌寄衣》《美人行》《春女词》，皆写妇人女儿，惜别怀春，虽古忠臣爱君，贤哲遭弃置，间于此发，婉娈不舍，然曲终奏雅，风赋且不免，所可取者，道人意中语，非子其谁？《善哉行》《陇头水》《吊梅花》《行路难》《嗟哉日行》《惜年华》，多感慨于及时追乐，吾读之泪下也。至任野性，傲睨一世，则有《长歌行》《感寓》《夏夜溪堂和谪仙》等篇在。然《门有万里客》《白马篇》《将军行》《关山月》诸章，又气跌宕思功名，何哉？其拟古乐府十六章，又慨古事，或政不平，失机会，或人臧否而己短长之，若恨不身为者，又何哉？咏美人走马，予亦有数作寄山人，其词曰："西北谁家妇，雄才似木兰。一朝驰大道，几日隘长安。红失裙藏镫，尘生袜打鞍。当炉无一可，转战谅非难。"又曰："金鞍七宝歌，玉手控青丝。人马才相得，风云气本奇。势轻香易堕，样巧影难为。驰罢雄心在，何曾敛翠眉？"又曰："尺锦即成妆，当眉绾结方。须臾撒身手，驰骤蹴风霜。檐影千门乱，街心一带长。忽逢游冶子，系马问家乡。"今读山人，说人马更剽健，予不及也。山人诗，古者仿汉魏，最近亦唐人知之。其沉者若隐逸，浮者气概，人亦知之。至山人抱奇才，有深计，雄视思仕，不得效尺寸而抑在山间，此虎豹而麋鹿之，人或未知也。故其诗声有前数者，观《嗟哉日行》其大要也。往阅其尊君中山翁续稿中《题虎图》，有曰："咆唬山谷金波罗，壮士腰间金仆姑，攘臂开颜一笑发，惊看猛手如烹雏，狂澜正闯中原藩，天子取用当天关，胡儿不知射虎手，一箭人马俱倾翻，丈夫有才不得试，葛巾空老青林间。"亦此意。

叶子肃诗序

人有学为鸟言者，其音则鸟也，而性则人也；鸟有学为人言者，其音则人也，而性则鸟者，此可以定人与鸟之衡哉？今之为诗者，何以异于是？不出于己之所自得，而徒窃于人之所尝言，曰某篇是某体，某篇则否，某句似某人，某句则否，此虽极工逼肖，而已不免于鸟之为人言矣。若吾友子肃之诗，则不然。其情坦以直，故语无晦，其情散以博，故语无拘；其情多喜而少忧，故语虽苦而能遣其情；好高而耻下，故语虽俭而实丰；盖所谓出于己之所自得，而不窃于人之所尝言者也。就其所自得，以论其所自鸣，规其微疵，而约于至纯，此则渭之所献于子肃者也。若曰某篇不似某体，某句不似某人，是乌知子肃者哉？

郦绩溪和诗序

今之和人诗者，非欲以凌而压之，则且求跂而及之。未必凌且压跂且及也，而胜心一起，所得者少，而所失者多矣。古之和诗，其多莫如苏文忠公在惠州时和渊明之作，今咏其词，皆泛泛兮若白鸥，悠悠兮若萍之适相遭，盖不求以胜人而求以自适其趣。而不知者误较其工拙，是犹两人本揖让，未有争也，而眩者曰彼拳胜，此肘负，不亦可笑矣乎？郦君之簿绩也，取苏文定公之诗而和之，多至百四十余首，其数几及文忠公之于渊明；其嬉游傲睨，而不屑屑于工拙，亦犹文忠公之于渊明也。盖君之所负者大，不得其大而试于小，此所以不免于鸣鸣而负屑屑于工拙，则适以成其小矣，而岂君之意哉？校君诗者，不识解此意否？有不解，君当自解之也。

酬字堂记

镇海楼成，少保公进渭曰："是当记，子为我草。"草成以进，公赏之曰："闻子久侨矣，趣召掌计，廪银之两百有二十，为秀才庐。"渭谢侈，不敢。公曰："我愧晋公，子于是文乃遂能愧湜，傥用福先寺事，数字以责我酬，我其薄矣，何侈为？"渭感公语，乃拜赐持归，尽囊中卖文物如公数，买城南东地十亩，有屋二十有二间，小池二，以鱼以荷，木之类，果花材三种，凡数十株，长篱亘亩，护以枸杞，外有竹数十个，笋迸云。客至，网鱼烧笋，佐以落果，醉而咏歌。始屋陈而无次，稍序新之，遂额其堂曰"酬字"。

豁然堂记

越中山之大者若禹穴、香炉、蛾眉、秦望之属以十数，而小者至不可计。至于湖则总之称鉴湖，而支流之别出者，益不可胜计矣。郡城隍庙在卧龙山之臂，其西有堂，当湖山环会处。语其似，大约缭青萦白，纡峙带澄，而近俯雉堞，远向村落，其间林莽田隰之布错，人禽宫室之亏蔽，稻黍菱蒲莲芡之产，耕渔犁楫之具，纷披于坻洼，烟云雪月之变，倏忽于昏旦。数十百里间，巨丽纤华，无不毕集人衿带上，或至游舫冶尊，歌笑互答，若当时龟龄所称莲女渔郎者，时亦点缀其中。于是登斯堂，不问其人，即有外感中攻，抑郁无聊之事，每一流瞩，烦虑顿消。而官斯土者，每当宴集过客，亦往往寓庖于此。独规制无法，四蒙以辟，西面凿牖，仅容两躯，客主座必东，而既背湖山，起座一观，还则随失，是为坐斥旷明，而自取晦塞。予病其然，悉取西南牖之，直辟其东一面，令客座东而西向，以临即湖山，终席不去，而后向之所云诸景，若舍塞而就旷，却晦而即明。工既讫，拟其名，以为莫"豁然"宜。既名矣，复思其义曰："嗟乎！人之心一耳，当其为私所障时，仅仅知有我七尺躯，即同室之亲，痛痒当前，而盲然若一无所见者，不犹向之湖山，虽近在目前，而蒙以辟者耶？及其所障既彻，即四海之疏，痛痒未必当吾前也，而灿然若无一而不婴于吾之见者，不犹今之湖山，虽远在百里，而通以牖者耶？由此观之，其豁与不豁，一间耳，而私一己公万物之几系焉。此名斯堂者与登斯堂者，不可不交相勉者也，而直为一湖山也哉？"既以名于是义，将以共于人也，次而为之记。

跋陈白阳卷

陈道复花卉豪一世，草书飞动似之。独此帖既纯完，又多而不败。盖余尝见闽楚壮士，裹马剑戟，则凛然若罴；及解而当绣刺之绷，亦頹然若女妇，可近也。此非道复之书与染耶？

书夏珪山水卷

观夏珪此画，苍洁旷迥，令人舍形而悦影。但两接处墨与景俱不交，必有遗矣，惜哉！云护蛟龙，支股必间断，亦在意会而已。

书朱太仆十七帖

昨过人家园榭中，见珍花异果，绣地参天，而野藤刺蔓，交戛其间。顾谓主人曰："何得滥放此辈？"主人曰："然，然去此亦不成圃也。"予拙于书，朱使君令予首尾是帖，意或近是说耶？

记　梦

历深山皆坦易。白日。道广纵可数十顷，非薱者。值连山，北址衙署四五所，并南面而阖。戎卒数十人守之。异鸟兽各三四，羁其左，不知其名。予步至其中，署地忽震，几陨。望山北青松茂密，如翠羽，亟走。直一道观，入。守门者为通于观主人，黄冠布袍，其意留彼。主人曰："此非汝住处。"谢出，主人取一簿，揭示某曰："汝名非渭，此'哂'字是汝名也。"观亦荒凉甚，守门及主亦并褴褛。

其　二

时入匡群山人家冷室，而群山乃壁河之东，非西也。韩生陪焉。诸监移节群城，五百及客无数，韩为之耳目，邀招以往。童子随者似东，似一二客踵至，辈伪扬曲至，卒曳以行。到一曲巷，某曰："幸决某。"百等诺之。不百武，群山西上一白羊，大可如一驴，而脚高，逐一白大羊，眼并黄金色。百见之，怖而返走，误叫曰："虎来！虎来！"某为大白羊所钳。钳项右，不伤亦不痛。十八年五朔梦。

与马策之

发白齿摇矣，犹把一寸毛锥，走数千里道，营营一冷坑上，此与老牯跟跄以耕，拽犁不动，而泪渍肩疮者何异？噫，可悲也！每至菱笋候，必兀坐神驰，而尤摇摇者，策之之所也。厨书幸为好收藏，归而尚健，当与吾子读之也。

与柳生

在家时，以为到京必渔猎满船马，及到，似处涸泽，终日不见只蹄寸鳞，言之羞人。凡有传筌蹄缉缉者，非说谎，则好我者也，大不足信。然谓非鸡肋则不可，故且悠悠耳。

简许口北

惭享我公分庖之惠，令人每饭不下咽。顾无可仰答者，聊作墨君一枝，以见眇微。欲陈情素，益露酸寒。辟如锦绮满席，羔驮盈俎，贵介王孙，奕奕彬彬，方以裘马相雄，墙角忽出疏梅，不笑必厌矣，非公妙雅，宁易赏识耶？一笑。

答张太史

仆领赐至矣，晨雪，酒与裘，对证药也。酒无破肚脏，罄当归瓮；羔半臂非褐夫所常服，寒退拟晒以归。西兴脚子云："风在戴老爷家过夏，我家过冬。"一笑。

答李长公

刘君来，得长公书，并银五两。前此亦叨惠矣，何勤笃乃尔耶，令人不可当。顾念老病渐逼，灰槁须臾耳，无可为报。如轮回之说不诬，定庶几了李源、圆泽一段公案。闻勋业日隆，大用在即，即披甲跃马，三发小侯，破的而饮羽，买韩庐五明马适至，便牵往莲花峰顶，浮大白不计斗石，侍儿把琵琶，枞枞响万谷中，俨然突骑出塞之为者，此等豪筋侠气，定勃勃长在掌股间，正今日囊锥时事也。如相忆伯喈，便可呼虎贲坐饮耳。临书三叹。

答何先生

先生以子文而谬奖鄙劣，鄙劣亦因子文而得知先生。是日饭我于斋，悉出篇札读之，既复描写风致，坐中俗客，亦翩翩欲飞，老朽庶几后尘，能不驰越？即山川缚我，吾岂橘柚也哉？知握手有日也。小诗画竹，略见区区。病起懒书，未悉倾慕。

第二卷　陆树声小品

【小传】

陆树声，字与吉，号平泉。初冒母家姓林氏，少力田，暇即读书。嘉靖二十年，会试第一，改庶吉士，授编修。三十一年，请急归，遭父丧。久之，起南京司业。未几，复请告去，起左谕德，掌南京翰林院。寻召还春坊，不赴。久之，起太常卿，掌南京祭酒事。严敕学规，著条教十二，以励诸生。召为吏部右侍郎，引疾不拜。隆庆中，再起故官，不就。神宗嗣位，即家拜礼部尚书，力辞不得，乃赴阙。

初，树声屡辞朝命，中外高其风节，遇要职必首举树声，唯恐其不至。张居正当国，以得树声为重，用后进礼先谒之。树声相对穆然，意若不甚接者，居正失望去。一日，以公事诣政府，见席稍偏，熟视不就坐，居正趣为正席，其介如此。北部要增岁币，兵部将许之，树声力争。万历改元，中官不乐树声，屡宣诣会极门受旨，比至，则曹司常事耳，树声知其意，连疏乞休。居正语其弟树德曰："朝廷行相平泉矣。"树声闻之曰："一史官去国二十年，岂复希揆席邪？"其冬，请愈力，乃命乘传归。辞朝陈时政十事，多切时弊，旨报闻而已。树声通籍六十余年，居官未及一纪，与徐阶同里，高拱则同年生，两人相继柄国，皆辞疾不出，为居正所推，卒不附也。已给廪隶如制，加太子少保，再遣存问。子彦章以行人终养，诏给月俸，异数也。

树声年九十七卒，赠太子太保，谥文定，祀乡贤祠。彦章字伯达，万历十七年进士，树声诫毋就馆选。工诗，善书，历官南京刑部侍郎。

（《华亭县志》）

九山散樵传

　　九山散樵者，不著姓氏，家九山中，出入不避城市。樵尝仕内，已倦游谢去，曰："使余处兰台石室中，与诸君猎异搜奇，则余不能，若一丘一壑，余方从事，孰余争者？"因浪迹俗间，倘佯自肆，遇山水佳处，盘礴箕踞，四顾无人，则划然长啸，声振林谷。时或命小车，御野服，执麈尾，挟册，从一二苍头，出游近郊，入佛庐精舍，徘徊忘去。对山翁野老，隐流禅侣，班荆偶坐，谈尘外事，商略四时树艺樵采服食之故。性嗜茶，著《茶类》七条，所至携茶灶，拾堕薪，汲泉煮茗，与文友相过从，以诗笔自娱。兴剧则放歌《伐木》《伐檀》诗二章，倦则偃息樵窝中。客至，造榻与语，辄谢曰："余方游华胥，接羲皇，未暇理君语。"客去留萧然不以为意，其放怀自适若此。常自命"散樵"曰："吾将蘧旅天地，曹耦云物；以书史为山薮，述作为樵斧；包古今以类封殖，藉吟咏以代啸讴；居志于名教理义中，以为归宿，若是者，余将白首从事焉而无悔者乎。"客有讥其诞者，曰："将使余夤缘途径，躐进以幸取世资；处盘错，剚剧理棼，以游刃时世，二者余既不能。然则使余攀峦蹑阻，狎猿猱，群虎豹，措身荆棘之场，肆意戕伐，累苴给以厚封殖，而后为之直樵者乎？已矣，客非知樵者。"退憩适园，著《散樵传》。

吴淞风味册后序

昔晋张翰仕齐王冏为东曹椽，一日因秋风起，思吴中莼菜，弃官归。翰归而冏败，人以是贤之。因翰而莼之名遂著吴中。方翰之仕于冏，计其非据，不欲合焉而濡其迹也，故决一去于几先，姑以托归思于莼也。而吴中之莼遂托于翰而名与之俱长，其高风所激，足以系轻重于时若此。今去翰之时，不啻千余年，吴中之风物犹故也，岂无有高致达识之士，兴起于翰之余风者乎？而词人韵士，往往寄之吟咏，抒写其托物之兴，因以寓怀贤仰止之思；即其干没世味，饕荣利之饵者，思自释于厌饫之余，亦未尝不艳其为高，而姑以资口实，或以辱庸夫俗竖之口，而漫然无当于翰者；要之皆不足以系莼轻重。独以一莼之微，以托于翰也，与之俱传，而求所谓翰者，若寥寥焉！然莼为翰之所托，其风味既足与翰俱传，则托于翰而兴起其余风者，又安知将来之不有其人乎？予吴人也，出当明世，属尝以多病旅退，不待思秋风倦游，固非有托于翰，然不可谓漫然于翰之风味也。是岁己卯秋仲，予卧病长清净斋，颐浩寺僧饷余莼，而挟所谓《吴淞风味册》与俱，首列项侯二先生之序。二先生者，岂所谓托于翰而兴起者欤？余不佞，为序其后。

嘉树林小序

嘉树林在钟贾山麓。山麓有垂丝桧二，虬枝峭拔，霜皮剥落；相传陈朝物也。寺与树，历代久远，自陈以前，莫可考。前刺史长沙熊公莅郡，公余入山，憩二树下，徘徊清赏，遂大书扁为嘉树林，命无瑕僧守之，故有今名，自刺史始。刺史题后，凡郡中学士大夫，流寓墨客，类经品赏。无瑕僧尤护持庄严，如菩提祇树。每入山过无瑕僧者，无瑕僧即瞿然抱卷，濡毫向客，客亦无不染翰者。由是此山之胜，几压九峰矣。予自甲辰六月，由天马峰步入此山，见山筱蓊郁，群木森拱，而二木挺特，不著枝叶，而缕理纠结，势复棱棱如神仙蜕骨，当是数百年前物也。无瑕僧会意，因坐予蒲团，供茗碗三四，按弦鼓《梅花曲》，风韵凄切，时繁阴匝地，云气蒸衣，爽籁四发，不知此外尚有烦暑也。无瑕僧因展卷向予曰："上客留题。"予谓此山之胜，乃在二桧，不有刺史好奇，孰经品题？即经品题，向非无瑕僧或凡猥沙门，孰能会刺史意，永护山门耶？乃知故物盘踞，必有神灵呵卫，而胜地名流，若相待以合者，则兹山之遭亦不偶也。

砚室记

余性寡嗜好，平生所蓄，舍书史外，无长物。自为史官，蓄一端砚。及官南雍，得一砚，歙石也。已前后得石，属工理之，凡得砚者十，曰："蓄此足矣，越十吾无取焉。"因自号十砚主人。椟藏之，题曰砚室。间一出之，置几上，兀傲相对。客有规余好之癖者，余曰："癖此不犹愈于癖他好乎？"异日，客有具辨眼者，视之，举非佳品也。余曰："客知余癖砚矣，宁庸以佳品为癖乎？且昔之论砚者多矣，自欧阳永叔、蔡君谟、洪景伯推龙尾良者出端石上，而苏子瞻至列以牛后，乃复为罗文作传，岂物无定论，其轻重一出士人之喙耶？又安知余所蓄之果佳乎否也？如使余嗜砚而取必于佳，则珍玩殊品，世不有万于砚者乎？夫珍玩殊品，非有力者不能致，而往往规夺所好于他人，故不以移余之嗜。独余材薄无文，知嗜砚矣，不能为之重。以余之不足以重砚也，又何暇计其品之高下？虽然，如余之嗜砚，不移于珍玩殊品，则砚之托于余而见嗜也，安知不因以为重乎？然则余之癖未解也。"他日，璋子学书，出其一授焉，曰："俟汝能书，吾将举全室畀之。"有问者曰："此余家青毡也，惟勿以籯金例之。"十砚主人记。

苦竹记

江南多竹，其民习于食笋。每方春时，苞甲出土，头角茁栗，率以供采食，或蒸瀹以为汤，茹介荼莽以充馈，好事者目以清嗜，不靳方长，故虽园林丰美，复垣重扃，主人居尝爱护，及其甘于食之也，剪伐不顾，独其味苦而不入食品者，笋常全。每当溪谷岩陆之间，散漫于地而不收者，必弃于苦者也。而甘者至取之或尽其类。然甘者近自戕，而苦者虽弃，犹免于剪伐。夫物类尚甘，而苦者得全。世莫不贵取贱弃也，然亦知取者之不幸，而偶幸于弃者，岂庄子所谓"以无用为用者"比耶？予廨舍之西南隅，有竹丛生，出败甓间，既非处于复垣重扃，仅比于溪谷岩陆，散漫无收者，而不虞于剪伐，以其全于苦也。而过者方以苦竹藐之。予读庄子，适有味其言也，感而为之记。

吴中黠客记

吴中黠客者，不知何许人，数变姓名，游吴越间，自称江湖散人，所至豪门贵士，无不投谒。锡有藏李将军画者，秘之。客往来习间，出示客，客以计私出之，属画者临模，粉墨缣素，可乱真矣。苏富人某氏者，素购李将军画。客随画者至苏，藏寺中，密引一市者持画款富人门。富人视画，绝欲得之，犹需一人平章，遣市者。稍出门，遇持真李将军画者争售，幸其未通主人，强之至寺，独先入语画者。画者颐张视客，客随出，引争售者语曰："君画诚佳，然并售不两美，盖持归。他日有识真者，不妨重购，此两利俱全也。"许报十金为谢。客即引一刺诣富人。主人方展画就市者酬折，客至，不及屏，因举画质客。客逡巡起视，如出不意，第曰："此必锡某氏物也。"主人益自信，客退，捐厚价得焉。画者乃与客分其价，割十金畀客，以报前争售者。然所设争售者，亦出客计，实无画也。居数月。锡所藏真李将军画者至。主人始悟向所收者是赝，复悔己对客时，失不谛视，不知所设以谬己者客也。事始终皆客主之，所规利良厚，而若不染指，可谓至黠。予闲居，见苏人有道其事者，漫识之。

游韦庄记

王水部戒游韦庄，先一日，盛暑，集杨给舍所，约次日偕行。晨起，阴云透日，驰吏候杨子。俄杨子至，款骑邀予行。忽微雨洒道，童子挟双盖随行，出崇文门，南行五里许，雨甚，立马少伫。右视圆丘，云树泱漭，回瞻城阙出云雾中。予顾谓杨子曰："此王右丞云里帝城句中真景也。非余二人好奇，孰为拈出？"稍南，左折出，径草树夹步，中仅容骑，因却盖，用一人持马。予两人伛偻马上，雨叶飘洒，衣袂沾湿。少顷，至，入门解带，傍北扉坐。阴风漱户，予衣薄，起坐离立。杨子笑视予曰："君胆薄怯此耶？"呼吏掩一扉。坐良久，雨止，循畦至池亭。亭面池，池纵可数亩，新荷覆水，修杨荫堤，绝类江南。坐顷，主至，促具觞予二人。时日光微漏，吏报亭午，轻飔扇暑，雨气蒸燠。予左坐当风，顾二君曰："此陶元亮故人，吾一面当之矣。"因举杯相属。已移席就前舍，杯行数巡，复迁坐亭中。引觞浮白，互道家园之胜。日晡，散步入僧寺，少憩方丈啜茗。复闻轻雷隐隐，三人者乃联骑而还。遥望故处，则暮色苍然矣。是日，冒雨一奇；客先至，候主人良久，一奇；会不弹棋，一奇；予素病不赴会，骑出不过里许，是日往返骑行二十里，日从二君游，晚能操笔以记，则又一奇也。

燕居六从事小引

余自七十之年，天台僧贻余石桥藤杖。时余足力方尚强，非百步外不藉是以行。岁八十，客从海上来者，遗余木杖，肤理坚实间，突起纹如鹤膝者，累累下上，意非老岁年饱霜雪者不能尔。已前后所得竹杖者三，皆体轻举易，余常日挟以偕行，如左右手。迩岁，张山人游燕赵归，赠余玄木杖一，沉实坚致，曰："需是以为山行济胜之具。"余老迈，筋力绵弱，平生放游五岳之志，付之渺茫。虽怀许远游胜情，而疲于登涉，日惟置之坐右，间一把玩，起霞外之想，则亦庶几宗少文卧游云耳。暇日，于是六者，记所得先后若此。夫以是六者之从事，余实藉是为扶衰逸老之具。然以余逾耄之年，晨星朝露，其获周旋于六者之间，余阴几何，则又因之惘然。为申缀数言，以寓夫敝帷遗簪之义，若曰是六者因余以托传不朽，则非余所知也。

题藏画

国朝画，推钟钦礼。钦礼画类工，尤工写牛，其风神品格，几与戴嵩、韩滉并推。即年代未远，笔染颇多，世未宝惜，然画家已列名品矣。予二方得之白崖叶君。予时盖垂髫也。每视其笔墨所到，势若飞动，逼切真态，意颇爱重，置巾笥中，出入把玩。予以辛丑岁，抱艺上京师，则又与之偕至京师。凡舟栖旅泊，风雨晨昏，灯火笔札之余，辄出披对。每念昔人宝玩名笔流散不偶，而此笔从予手披者，几二十年，且不为好事者取去；表而传之，安知不与昌黎记人物画并游耶？

题王云竹诗卷前

王云竹者，闽人也。往予与云竹同史馆，见云竹豪吟，数嘲之曰："子苦吟，有唐人癖乎？"云竹不自苦，尤磨砺撷摘，不落常调。务奇倔，吐惊人语。为古体率效齐梁，已又弃齐梁，法汉魏。于唐律则仅推八大家，刘文房以下，不屑也。已而云竹诗顿高，众谓云竹善吟。云竹顾自许，每众中辄据案吟哦，出即推敲马上，于是京师士人皆谓云竹能诗。云竹且自嘲曰："予癖中膏肓矣。"癸卯春，予谢告归，云竹手是卷过予曰："贻子为别。"予第持归山中，置几案间，客凡以论诗过余山中者，指云竹卷曰："见唐律乎？"于是山中人亦知云竹能诗，予有良友矣。然予自别云竹，去京师，又年余，云竹吟益力，诗且益工，意其体裁精造，又出汉魏齐梁间矣。惜予自此卷后，未闻嗣响。他日樽酒燕台，解囊论文，品拟风格，则此卷于云竹又出第二乘耶？

题东坡笠屐图

当其冠冕在朝，则众怒群咻，不可于时；及山容野服，则争先快睹。彼亦一东坡，此亦一东坡；观者于此，聊代东坡一哂！

第三卷　李本宁小品

【小传】

李维桢，字本宁，京山人。父裕，福建布政使。维桢举隆庆二年进士，由庶吉士授编修。万历时，《穆宗实录》成，进修撰，出为陕西右参议，迁提学副使。浮湛外僚，几三十年。天启初，以布政使家居，年七十余矣。会朝议登用耆旧，召为南京太仆卿，旋改太常，未赴，闻谏官有言，辞不就。时方修《神宗实录》，给事中薛大中特疏荐之，未及用。四年四月，太常卿董其昌复荐之，乃召为礼部右侍郎。甫三月，进尚书，并在南京。维桢缘史事起用，乃馆中诸臣惮其以前辈压己，不令入馆，但超迁其官。维桢亦以年衰，明年正月，力乞骸骨去。又明年，卒于家，年八十。崇祯时赠太子太保。

维桢弱冠登朝，博闻强记。与同馆许国齐名，馆中为之语曰："记不得，问老许；做不得，问小李。"维桢为人乐易阔达，宾客杂进，其文章弘肆有才气，海内请求者无虚日，能屈曲以副其所望。碑版之文，照耀四裔，门下士招富人大贾，受取金钱，代为请乞，亦应之无倦，负重名垂四十年，然文多率意应酬，品格不能高也。

（《明史·文苑传》）

空囊草序

尹长吉，名家子也。以蚤失父，故与其母食贫。长吉好读古书，不惮割产以购。又好客，委身赴人缓急，则益贫。既举孝廉，有司遵故事旌其门。无门可旌者，诸宗人稍为索绹乘屋，然后有司得将事。而是时藩大夫有所克偕，计费约可百金，长吉复斥散与其知故，换一空囊往。既不得志南宫，会其叔父中丞公新开府山东，迎之入山东，不三日，辄归。往来所涉，历陈蔡宋卫燕赵齐鲁之境，三千余里，提一囊还，白儿装在是矣，则其吟草也。母笑曰："吾闻文章家，一出一入，字值千金，儿多如许，不虞塞破屋子耶？"长吉谢不敏。差不羞涩，胜阮孚一钱耳。吾家长吉，日骑弱马，从小奚奴，背古锦囊，遇所得，书投囊中。母使婢探囊，见所书多，辄怒儿当呕心出乃已。古今有两长吉，其囊复大相类。余考刘煦为《唐书》传文苑，爵位崇高者别为之传，惟欲令怀才憔悴之徒，千古见知，而李长吉置不录。《新唐书》亦言长吉以父讳不举进士，韩昌黎辩其非，位止协律郎，年二十有七。而今长吉业过之，李母怒其子，而尹母安之；李于晚唐词尚奇诡，以鬼才称，而长吉当文明盛时，操椽管待诏公事，庶几吾家仙才，天所赋畀，人所受享，今长吉愈昔长吉为甚。士未有才如长吉而长贫者，贫固士之常，长吉非贫，亦安能如虞卿以穷态著书表见于世？他日尹氏之空囊，皂而为谏院封事，青而为中丞武冠绛韝所执，紫而为八座尚书所荷，孰与梁昭明所言词人才子，名溢缥囊者为不朽？长吉母，余自有传。

李成白诗序

太史公曰："诗三百篇，大抵贤圣发愤之所为作也。逐臣怨女，牢骚不平之气，迫而成声，可以被弦管，垂竹素。"后代"诗能穷人""必穷后工"之说，所自来矣。粤人李成白，盖余同榜若临观察之子，早岁登贤能书，可芥拾青紫，而以注误，见格六年，无为分明者。不得已，而寓之游，栖栖靡所遇合，不得已而寓之诗，偃仰溪山，流连景物，含毫匠意，搦管命辞，调不卑下，而能无亢，语不寒俭，而能无颇，意不衰沮，而能无怼，至傍人口吻，龋齿效颦，薄不屑为也。岂非穷而后工之验欤？夫士不遇时，辄无疾而呻吟，侧身宇宙，若无可措躬。不即摇尾乞怜，同流自污，幸而资适逢时，且不任其资睢。而成白独驰骛风雅，含咀英华，以诗名家如是。今覆没之冤，雪且有期，须之蠖屈复信，上可为张曲江开统千古，下不失为孙仲衍先鸣一代，岂目前所造，尽其涯涘尺幅哉？成白有子，亦能诗，类区惠恭，其伏习可知已。余并及之，为艺林美谈。

渔父词引

郝公琰工诗而贫，操舴艋，游江湖间十年，与渔父狎，为《渔父词》示余。其于家则张融陆处无屋，舟居无水，其于鱼则王弘之钓亦不得，得亦不卖。其于典寄则张志和烟波钓徒，陆龟蒙江湖散人。词之声音调格，相出入矣。余家三溇水畔，渔钓故其本业，为世饵所中，三仕三已，今老病免，青箬绿蓑，返而初服，将从江上丈人游，顾不如公琰习于水也。请为先导，而余击榜鼓柎和之。

绿天小品题词

王氏故多酒人，"酒正使人自远"，光禄之言也。"酒正自引人着胜地"，卫军之言也。"三日不饮，使人形神不亲"，佛大之言。"名士不须奇才，得无事痛饮酒，熟读《离骚》，便可称名士"，孝伯之言也。唐无功所著《醉乡记》《五斗先生传》，及他诗歌，率可传。娄东王时驭，自号"酒懒"，好酒不减五君，其诗文所谓《绿天馆小品》者，清言秀句，多人外之赏。起五君九原，挥麈酬酢，定入《世说》"言语""文学""任诞"三则中。其妹婿潘藻生为梓行之，以示余。余惟五君皆有官职，而时驭相国从弟，布衣早死，即无功传《唐书·隐逸》，当逊一筹，是又乌衣马粪，佳子弟之所罕有也。

林和靖先生诗题词

王弇州先生评咏梅诗，林和靖"暗香疏影"非所赏。余友汪仲淹谓其隐节不如谢皋羽，而"郭索钩辀"语更俗。此两诗独见称于宋人，宋诗可知已。凌初成得和靖全诗示余，为之续句。若"夕寒山翠重，秋净雁行高"，"青山连石埭，春水入柴扉"，"寒烟宿墟落，清月上林塘"，"树从归夕鸟，湖景浸寒城"，"静钟浮野水，深寺隔春城"，"水风清晚钓，花日重春眠"，"破林霜后月，孤寺水边山"，"野烟含树色，春浪垒河棱"，"林深喜见寺，岸静惜移舟"，"山空门自掩，昼永枕频移"，"鹤闲临水久，蜂懒采花疏"，"春满吴山树，人登汴水船"，"春江片席远，松月一房空"，"云喷石花生剑壁，雨敲松子落琴床"，"鲲鹏懒击三千水，龙虎闲封六一泥"，"新题对雨分萧寺，旧梦经秋说杜陵"，"拂水远天孤榜晚，夹村微雨一犁春"，"水连芳草江南地，驿隔寒梅陇上春"，"新溜进凉侵静语，晚云浮酒上残书"，"春色半归湖岸柳，人家多上郭门船"，"波汲洲渚初收潦，露浥兼葭未作霜"，"桥边野水通渔路，篱外青山见寺邻"，"桥横水木已秋色，寺傍云峰更晚晴"，"烟含绿树人家远，雨湿春风燕子低"，此皆五七言律联句佳者，虽其景易穷，其才未超，而就一时意象得之，故已不减唐调。

其他体若起结佳句，未尽收也。宋人于律诗，何以舍此取彼，后人又有不读唐后书之禁，未观其全，遂致纷纭，试掩姓名，虚心玩之，即不足拟孟襄阳，其于郊寒岛瘦，似不多让。真宗时，尝召魏野赐和靖粟帛，野有辞召表，和靖未见谢赐有表否，而绝笔有"茂陵他日求遗稿，犹喜曾无封禅书"之句，或谓真宗溺信天书，恐遗讥林下识者，故为赐予，良冀有一言之赞，两人终不言及，和靖品诚未可轻议。别著《省心录》，朱紫阳疑是后人伪为，以其生平吟咏著述，多不存草，非日录之无当也。接舆老莱鹿门之徒，尚与妻子偕隐，而和靖不娶无子，取法唐阳城，独此一端，非中庸耳。初成大为孤山吐气，乡里后生，表章先进，厚道当如此矣。

憨话题词

章晦叔书其所自得与古人遗言会心者为一编，名曰《憨话》。余读之，爽然。此吾家柱下史指也。其言若村若浊，若昏若遗，若昧若辱，若偷若渝，若缺若屈，若拙若讷，大似不肖闷闷，顽且鄙，不一而足，皆憨法也。岂惟老氏，虞舜野人，尼父无知，颜愚曾鲁，非憨而何？惟其能憨，是以不憨。晦叔落落穆穆，不可得亲疏，不可得贵贱，不可得利害，其人憨，故其话憨耳。高以下为基，侯王日称孤寡不穀，晦叔布衣，非憨而何？称夫憨者，眼如耳，耳如鼻，鼻如口，一以己为牛，一以己为马；呼牛呼马，何所不应，晦叔而真憨也，余且呼为"章憨"，必承响而应矣，奚论话哉？

书萧元戎女乐图

晋史苏曰："夫有男戎，亦有女戎，克男戎易，克女戎难。"古英雄豪杰，杀人如麻，千里不留行，而为帷墙之爱所牵，沉溺困顿，不自振拔，虽以师尚父鹰扬，必蒙袂而后戮妲己，诚难之也。萧元戎季馨，讨逆贼，御骄房，威灵震叠乎王庭，意其为人，猛鸷不可近。今此图盖少年时尝为江南游，吴娃越女，兰心蕙质，翠翰眉，蝉翼鬓，束素腰，横波目，嫣然一笑，使阳城下蔡为之迷惑，而季馨能胜之，所谓伐性之斧，曾不伤其毫末，岂有得于素女仪态，轩皇所奉天老之教，彭祖养性冲和于玉房秘诀耶？抑鸠摩罗什吞针，大安和尚变圣菩萨作狐，僧鬼心若死灰，革囊试之不动耶？孙武习战，斩吴王宠姬为队长者二人，士卒可赴水火，西破楚，北威齐晋，显名诸侯。平原君斩笑躄者美人头，遂得敢死士三千人赴秦军，秦军却三千里。唯克女戎，则男戎可迎刃而解，季馨殆类是夫？夫以季馨风云气少，儿女情多，固非即日饮醇酒，近妇人，耗壮心，保余年，未为不知季馨，亦未为知季馨也。

半石斋诗跋

　　方子谦携其友生邵少文所为诗，视不佞。既卒业，还问子谦，是诗也，而隶之半石斋者何？子谦曰："少文才而数奇，久浮沉诸生中，得半石而奇之，立之斋前，行饭命酒，披帙鼓琴，朝夕卧起，曾不相离。意兴所会，就石上研墨点笔，沛然若或助之。已击石拊石而歌，若为答响者。尝与余言：'夫不有炼而补天，采而铸器，韫玉而辉，支机而织，诗当如其藻色。有声变于钟鼓，鸣于铜鱼，磬浮于泗滨，诗当如其音调，有煮如粮，液如华，髓如饴，赤如脂，炊如鼎，煎如盐，含之千日不食，诗当如其趣味。有五车载而不上，数十人合举而不动，诗当如其沉重。有治剑而切玉，树阵垒而江涨不移，诗当如其劲利。有坐而平罢，立而达穷，诗当如其情实。有履而登车，砻而成砥，诗当如其平正。有鞭而流血，款而受书，破而得印，刻而鲸吼，化而飞燕，诗当如其变化奇异。吾才得石之半，吾寄适于石，而为诗亦才得诗之半。'少文言云尔，使君以为奚若？"不佞怃然曰："邵生何薄言半也！谢灵运谓殷仲文读书半袁豹，才不减班固。桓温谓顾恺之体中痴黠各半。少文之痴半石，取桓之半赠之；其以半石而得诗也。取谢之半赠之，亦足雄视一方矣。"

第四卷　屠赤水小品

【小传】

屠隆者，字长卿，鄞人，生有异才。尝学诗于沈明臣，落笔数千言立就。族人大里山人张时彻方为贵官，共相延誉，名大噪。举万历五年进士，除颍上知县，调繁青浦。时招名士饮酒赋诗，游九峰三泖，以仙令自许，然与吏事不废，士民皆爱戴之。迁礼部主事，西宁侯宋世恩兄事隆，宴游甚欢。刑部主事俞显卿者，险人也，尝为隆所诋，心恨之，讦隆与世恩淫纵，词连礼部尚书陈经邦。隆等上疏自理，并列显卿挟仇诬陷状，所司乃两黜之，而停世恩俸半岁。隆归道青浦，父老为敛田千亩，请徙居。隆不许，欢饮三日，谢去。归益纵情诗酒，好宾客，卖文为活，诗文率不经意，一挥数纸，尝戏命两人对案，拈二题，各赋百韵，咄嗟之间，二章并就。又与人对弈，口诵诗文，命人书之，书不逮诵也。子妇沈氏，修撰懋学女，与隆女瑶瑟并能诗，隆有所作，两人辄和之。两家兄弟合刻其诗曰《留香草》。

（《明史·文苑传》）

唐诗品汇选释断序

夫诗自性情生者也。诗自三百篇而降，作者多矣，乃世人往往好称唐人，何也？则其所托兴者深也。非独其所托兴者深也，谓其犹有风人之遗也。非独谓其犹有风人之遗也，则其生乎性情者也。夫性情有悲有喜，要之乎可喜矣。五音有哀有乐，和声能使人欢然而忘愁，哀声能使人凄怆恻恻而不宁。然人不独好和声，亦好哀声，哀声至于今不废也。其所不废者，可喜也。唐人之言，繁华绮丽，优游清旷，盛矣。其言边塞征戍，离别穷愁，率感慨沉抑，顿挫深长，足动人者，即悲壮可喜也。读宋以下诗，则闷矣。其调俗，其味短；无论哀思，即其言愉快，读之则不快，何也？三百篇博大，博大则诗；汉魏诗雄浑，雄浑则诗；唐人诗婉壮，婉壮而诗；彼宋而下何为？诗道其亡乎！廷礼高氏选《唐诗品汇》，其所取，博则博矣，精未也。乃黄观察公选之，加精焉，而又为之释断，然后唐人河岳之精灵，历百千载如在乎。则观察公之勤，奈何可眇小也？

观灯百咏序

昔人谓陆士衡："人患才少，子患才多。"山川藏灵，风雅道尽；千百岁而后乃有王先生。先生天才藻逸，发为诗文，落笔吐语，如决黄河之峡，抽春蚕之丝；其深无底，其出不止；无论雄文大篇，富积琼瑰，即观灯之咏，多至百首。布意绵密，寄兴婉丽，辞极雄放，旨归朗畅，移宫变徵，尽妙极玄；语语作青霞之色，戛哀玉之声；吾以为尽，不知复自何来，胡其多而工也？夫物有一不为少，百不为多；多而不工，不如其已。夫众草易繁，而琼芝不盈亩；鱼目至伙，而明珠不列肆；吾且为琼芝，吾且为明珠；第亦恨其不多耳。又进之而为玄霜绀雪，水碧空青；世人苦不得见，而灵境以为常玩；交梨火枣，麟脯凤髓，世人直闻其名，而至真以为常味；他人自少而拙，与王先生之多而工，则天之赋材之分也。诗到咏物，虽唐人犹难之，大家哲匠，篇章寥寥，岂非以写情境者易妙，体物理者难工也？今王先生之咏观灯，则富至百绝而奇思叠出，妙句天来，即先生不自知其所诣，而人又乌睹其化境哉？余少好吟咏，才不胜情，往往尚兴趣而乏风骨，飘爽之气多，而深沉之思少，及求先生诗于华实深浅之间，则几悟矣。卓哉此道，吾师乎？吾师乎？

李山人诗集序

夫水之触石也，松之遇风也，泠泠萧萧，嘹烈而清远，出而土囊，吹而为映，胡其夐乎？则其所托者然也。骚人墨卿，无代无之，后人乃往往好读仲长统、梁鸿、郑子真、尚平、韩伯休、陶靖节、王无功、孟襄阳诸家言，岂非以其抱幽贞之操，达柔澹之趣，寥廓散朗，以气韵胜哉？孙公和独处石室，嗒然而已，嗣宗对之长啸，意尽而退，至半岭闻啸声振崖谷，若数部鼓吹，顾视乃向人啸也，而嗣宗辄用自失。高韵胜气，一啸而足，即安所事謦欬之言？故诗不论才而论性情，亦存乎养已。世有心溺珪组，口胃烟霞，其言虽佳，其味必短，何者？为其非真也。余友李山人宾甫，少而辞荣，中岁石隐，家幸不乏负廓，弛于负担，所居有林皋泉石之胜，灌园垂钓，与禽鱼亲，发为诗歌，力去雕饰，天然冲夷，语必与情冥，意必与境会，音必与格调，文必与质比，非独其材过人，盖根之性情者深哉。则其所得于丘壑之助不小也。少室终南，讵不翛然，一絓时荣，体气遂别，虽复津津云林，如嚼蜡何？惟其有之，是以似之，此山人之所以幽绝足赏也。余少家鼋鼍之窟，野性甚习，盖庶几有山人之心。不幸为世网所罗，幽人之致没矣，而犹复与山人津津不已，是天台子微之所以笑卢公也。虽然，神游八极，青莲庸讵非尝在供奉之班者耶？

青溪集序

青溪者何？青浦也。青浦古由拳地，居云间西鄙，为泽国。空波四周，多鸥凫菱茨，景小楚楚。每乘月荡桨，如镜中游，九峰三泖落几席。湖上盖又有二陆先生墓云。余雅抱微尚，缅怀哲人，而余乡沈嘉则先生，就李冯开之吉士，适以七夕至。至即相与操方舟，出郭行游苧萝野水间。是夜云物大佳，天星并丽，余三人叩舷和歌，仰视青汉，因风而送曼声，乐甚。已复相携泛泖湖，登湖上浮屠。寻余立蹑天马，吊二陆祠，慷慨兴怀焉。盖流连三日，而开之别去，嘉则留斋头旬日，余退食即相与扬抐风雅，讽咏先王，不及于政。嘉则得诗若干首，余诗与之略相等。先生发短矣，而心甚长，诸所撰结更雄丽，神王哉！余与对垒，逡巡畏之。于是谋刻先生诗，余与开之附焉，而用"青溪"命集。

送董伯念客部请告南还序

吴兴董伯念，童牙称奇，稍长高视逴听，丰意千秋之业。读书自黄虞坟典而下，即《齐谐》稗官，无所不窥。下笔自古文韵语，周汉隋唐而下，即近体新声，无所不诣。览其撰结，往往神来，徜徉恣肆，驱白浪乎？丰容擢秀，吸青霞乎？当其意得，蛟龙上驰，雷霆下击，阎浮震旦，须弥昆仑，时吐胸臆，而日月五星，岳渎风雨，悉趋毫端，骤而逼之神惊，静而对之气爽，其才如此。为人通脱畅朗，飘飘欲仙，与之游，辄生人外之想。少负奇颖，贤而抱虚；长于朱扉，华而能素；秉心尚通，纵而知检；雄文早达，贵不及汰，白屋寒畯之士云归之。古有东阿萧统以藻扬，伯伦无功以快称，平原大梁以侠著，伯念庶几兼焉，而尤好不佞。不佞薄收东海声，伯念耳之甚习，比南宫一接，目击道存，归语客曰："屠生果然快士。向吾闻其声，今望见其气矣。"自是引为臭味，虽吴国双钩，延津二物，不是过也。

居无何，伯念颇厌居含香之署，请告还吴兴。吴兴东连越绝，西接姑胥，山水秀润甲天下。罨画溪上，青河白石，红蕖紫荇，历乱而参差；嘉鲂素鲤，鸳鸯属玉，飞鸣而上下；琼楼玉宇，画桥游舫，杂遝而周遭。天清地晶，丹霞映空，松括怒号，风雨忽至，则天目诸山之变幻也。梅花万树，桃柳绮错，烟窗云岛，鸡犬秦人，则青芝诸山之幽绝也。伯念旷士，乃一朝而尽有之。蜡屐扪厓，击楫横波；风吹岩阿，月出浦口；山采芝苓，水撷菱芡；朝餐沆瀣，暮领残阳。意兴所之，累月忘返，览六博于花间，弄宝瑟于石上，寻高僧于古刹，逢异人于深林，则可以离垢绝尘，凌虚径度，又何恋一曹郎之荣乎？不佞故海上披裘带索之夫也，偶邀时幸，窃禄下寮，生平有烟霞之癖，日夜不忘丘壑间，而苦贫无负廓一顷，饱其妻孥，不得已就五斗，中外风尘马蹄，未尝不结思东南之佳山水。于伯念行，尤极惘惘，不自知其神与俱驰矣。虽然，世亦有有之而无，无之而有者。夫仰熙丹霞，烦澡渌水，身在灵壤，心婴好爵，是有之而无者也。外溷世法，内宅清虚，足蹈九州，腹隐五岳，是无之而有者也。伯念归而有君家之天目，而不佞留而有吾胸中之四明，其为消摇，一也，君即安得以其所谓变幻者，所谓幽绝者诧我哉！

海　览

放舟桃花津，顺流东下，登侯涛山，踞鳌柱峰，扪潮音洞，乘流送目，陡觉东南天地大荒，寥廓开朗，窅然灏漾。金鸡虎蹲，两山对峙奔腾峡口，蛟门峡东谺谺鼓怒，巨涛摧碨，六合撼顿。夜宿佛阁上，通宵闻大风雷声，或如万面战鼓，訇訇而来，疑遂卷此山去，令我眇焉四大，掷于何所？其上挂扶桑蟠木，与阳乌亲乎？其下撞蛟宫水府，与龙子友乎？听其所之，靡弗愉快，心魂恍荡，数惊数喜，双睫不复交。五鼓起观朝旭，初黑气罩幕，窅窅莽莽，有若混沌未辟，莫辨四方上下，忽风起波涌，赤光迸出，横射万道，须臾大火轮吐海底，海峰如赭，云霞紫翠，倏忽变幻，使人神悸精眩，散发狂叫，壮哉！咄咄天地，亦复好怪乃尔！顷之阖户跏趺，半瞑冥寂，默朝观音大士，则目不复有日轮，耳不复有海涛声，出乎形观，入乎禅定；无所不空，无所不丧。已遂乘孤航，浮渺茫，绝东行，鸟迅人疾，瞬息千里。蜉蝣鳣鲸，衡波而跋浪；鹈鹕海凫，翔风而鸣雨；蛏蛤螺蚌，依沙而走穴；天吴川后，按节而扬旍；舟在大波中，蓬蓬天上，无处可着，滇洞砰湃，邈隔神州，远近诸岛，历历来献，大者如拳，小者如粟，日本三韩琉球只尺矣。遥睇梅岑，想梅子真炼药石室，葱蒨哉！再眺马秦桃花诸山，问安期生脱玉舄还栖隐处，飘然欲往。黑礁既过，赤桥来迎，秦皇帝使神人鞭石，石为流血，事太荒唐，始皇虽无道，亦一时共主，故海岳诸神灵所宗，容有之矣。再望东霍山，徐市楼船，去而不返，童男女三千安在？昔人所传蓬莱三岛，非近非远，近则几席，远则万里，夙有仙骨，呼吸可至，金堂玉室，灵药瑶草，斑麟紫麝，实有非幻，所以天风吹之而去，为夫凡胎秽器耳。舟抵洛伽，又名普陀，又名小白华山，观音大士道场在焉。山西折有观音洞，洞深黑窅窱，中空擘开，怒涛日夜纵击，龙啸虎吼。又西有善财洞，石峰峭峭，足似断而悬。北折有盘陀石，嵌空刻露轩翥，坐其上可望岛夷诸国，崇刹高栋，兀立波中。撞钟者鼓，与海涛响答，栖真学道者，面壁其间，永与人世隔绝哉！

余读《庄子》东海若篇，洸洋可骇，每谓寓言耳，乃今信之。谢灵运云："溟涨无端倪。"韩退之云："有海无天地。"非身涉其处，谁知其言之有味哉？乃迹山则有三山，迹佛则有洛伽，此尤为冥栖好道者所醉心。余幸生而并海，为安期、大士之乡人，而又得蚤脱世网，侧身从之，燕昭、汉武当翘首羡我。

与元美先生

长安人事，如置弈然，风云变幻，自起自灭，是非人我山高矣。南华先生云："与其是尧而非桀，孰若是非之两忘。"诸君子下地狱种子，仆洗耳不闻也。

乃先生之耳，无所用洗矣。赵汝师，落落然鸡群野鹤
哉！然不离是非，此行谋石隐矣。仆又以为且不必尔，
汝师在国家若狮豸，即喑喑无声，能令百兽震恐，以
此为三千八百，他日名书上清，何急而息影灭迹也？
闻先生近日神大王，甚喜。抱云雾长往，在先生固其
所，海内君子，头颅种种，脱就一官，辄丧其平生，
老至而耄及，利令智昏耶？先生福德完矣。阳涤山中
之约，颇有近耗不？

与张肖甫司马

　　连朝冻云垂垂，都城雪花如手，含香之署，凄然
怀冰矣。日与二三同心，拥榍枻，煨蹲鸱而啖之，有
少黄米酒佐名理，差遣寂寥。一出门，骑马冲泥，手
皲肤折，马毛猬缩，仆夫冻且欲僵，朔风有权，浊酒
无力。此时念明公正在边徼，人烟萧疏，积雪丈许，
寒气当十倍于都城。胡马一鸣，铁衣不解，绣旗夜卷，
笳吹乱发，按垒行营，想见凄绝。帐中取琥珀大碗，
侍儿进羊羔酒，而听歌者歌出塞入塞之曲，朝提猛士，
夜接词人，虽凄其亦大雄豪，有致哉！不知幕下颇有

差足当明公鼓吹，如昔陈琳、孟嘉其人者不？此时恨小子不得奉么麼六尺而侍明公床头捉刀之旁。国家倚明公如长城，驱明公如劳薪，亦以雄略不世出故，此庄生所以有栎社之嗟也。虽然，春明门中，终当借明公盈尺之地，列侯东第，计亦非遥，但不知何时西谒青城先生？

与陆君策

往与足下醉西泠桥上，醉我家东湖，醉虎丘，醉峰泖，为日亦久，为欢亦畅，乃别来终抱耽耽，何耶？再别吴王试剑石下，与大帝陵口之别，微觉不同。陵口之别，握手踟蹰，数视日影，河梁之义，足为千秋凄凉。姑苏之别，追随竟日，撒手即行，差近草草，然仆以为草草之别，深于踟蹰，何也？畏别也。所畏者别，小迟则生情生恨，益不可任，故忍而断之，一麾辄往。然而别后之恨，又何可言？文通多情人，"黯然消魂"四字，描写真若画。君家元量当已行。八行计已达久，所幸有偕计之期，把握非远，不知此时仆尚在春明门否？临书惘然不尽。

与君典

条风骀荡，景物明丽，郊园春事当盛，花下玉缸，有良友固善，独酌亦自成趣。海内豪杰，咸得所处，即朗寂异操，出处殊致，尚都不失逍遥，独不佞沦于粪壤，即今青阳之月，蓬垢而对囚徒，夭桃刺眼，鸣鸠聒人，坐惜春光，掷于簿领。所幸故人冯开之，从钱塘见存，留斋头数日，去之娄东，谒二王先生，复还留数日，借彼缘力，暂解我天羿，相对啸歌一破，孤闷去矣。开之出门，旋坐嚣溷，双眉放数日遂复攒，先生宁有意乎？曹先生遣使候起居，彭徐二生以长笺奉投，便致此语，不尽不尽。

答李惟寅

含香之署，如僧舍，沉水一炉，丹经一卷，日生尘外之想。兰省簿牍，有曹长主之，了不关白，居然云水间人。独畏骑款段出门，捉鞭怀刺，回飙薄人，吹沙满面，则又密想江南之青溪碧石，以自愉快。吾面有回飙吹沙而吾胸中有青溪碧石，其如我何？每当马上，千骑飒沓，堀堁纷轮，仆自消摇仰视云空，寄兴寥廓，踟蹰少选而诗成矣。五鼓入朝，清雾在衣，月映宫树，下马行辇道，经御沟，意兴所到，神游仙山，托咏芝术，身穿朝衣，心在烟壑，旁人徒得其貌，不得其心，以为犹夫宰官也。江南神皋秀壤，多自左掖门下题成。足下住秦淮渡口，烟销月出，水绿霞红，距风沙之地万里，而书来怵惕，殊不自得，何也？大都士贵取心冥境，不贵取境冥心，此中萧然，则尘壒自寓清虚；内境烦嚣，则幽居亦有庞杂；足下以为然不？邹尔瞻以言事忤明主，又有秣陵之行，此君清身直道，有国之宝也。足下当与朝夕。嘉晨芳旬，条风骀宕，南睇美人，胸如结矣。

在京与友人

燕市带面衣，骑黄马，风起飞尘满衢陌，归来下马，两鼻孔黑如烟突。人马屎，和沙土，雨过淖泞没鞍膝，百姓竞策蹇驴，与官人肩相摩。大官传呼来，则疾窜避委巷不及，狂奔尽气，流汗至踵，此中况味如此。遥想江村夕阳，渔舟投浦，返照入林，沙明如雪，花下晒网罢，酒家白板青帘，掩映垂柳，老翁挈鱼提瓮出柴门，此时偕三五良朋，散步沙上，绝胜长安骑马冲泥也。

归田与友人

一出大明门，与长安隔世，夜卧绝不作华清马蹄梦。家有采芝堂，堂后有楼三间，杂植小竹树，卧房厨灶，都在竹间。枕上常听啼鸟声。宅西古桂二章，百数十年物，秋来花发，香满庭中，隙地凿小池，栽红白莲，傍池桃树数株，三月红锦映水，如阿房迷楼，万美人尽临妆镜。又有芙蓉蓼花，令秋意瑟。更喜贫甚道民，景态清冷，都无吴越间士大夫家华艳气。

第五卷　虞长孺小品

【小传】

虞淳熙，字德园，号长孺，钱塘人，生平
待考。

徐文长文集序

元美、于鳞，文苑之南面王也。文无二王，则元美独矣。余衣青衿，揖王李于藩，李长鬓而修下，王短鬓而丰下，体貌无奇异，而囊括无遗，士所不能包者，两人顾伟之。徐文长，小锐之汤若士也。徐自诡江淹遗汤藻笔，意欲包汤，汤不应，征余牍，余亦不应。囊空无士，而晚乃包瓠肥之，袁中郎所谓桓谭者矣。往余开龙月玉文之馆，中郎与陶周望偕来，啖以饵食，有杨家果，中郎揉梅染饵，其章赤白，因问袁："世文章谁为第一？"陶睨袁匿笑曰："将无语长孺徐文长第一耶？"袁曰："如君言，岂第二人耶？且让元美家钝贼第一耶？"偶诸生耳属壁衣，各骇诧，声稍稍出衣外。袁起大索："此有贼党，可急逐之，令僵死中原白雪中。"余始知文长囊有此士，奉文长居然南面王矣。当是时，文苑东坡临御，东坡者，天西奎宿也。自天堕地，分身者四。一为元美，身得其斗背；一为

若士，身得其灿眉；一为文长，身得其韵之风流，命
之磨蝎；袁郎晚降，得其滑稽之口，而已借光璧府，
散炜布宝。四子之文章，元美得燔豕用胶之法，若士
得烘石作字之法，文长得模书双雕并搏之法，而中郎
得酝酿真一酒之法，取以调剂诸子，独推文长，文长
遂为第一。迨评《选传》，真为第一矣，无闻而骇诧者
矣，第烧猪了元，和墨潘衡，不甘僵死，藉令展天屏，
遮天溷，接文长之末光，亦十六星之分身也。异日颖出
于囊，有利无钝，人各媚其主耳，不乃有南北朝乎？是余
之调剂诸子也，奎形似履，只履不良于行，文，行远者也。

李不器秋草诗序

　　草，春生也。生长信、御园、龙池、曲江，有咏
矣。故人允兆之悲秋，偏咏秋草。见宿草焉，悲之。
李不器名在省试，赋得金埒玉阶，萦花拾翠，其正声
也。乃亦寄兴八咏，将无八咏之隐侯哉？所愍芳卉灵
茆，霜销风夺，带围小减，袍色黯淡，秋之为气，岂
其时乎？往元美书予簏，有"借得宛陵离后帖，吟将
康乐梦回诗"之句，乃公用事，讵如不器用虚？吾里

通仙，复有"余花落处，满地和烟雨"之句，以方不器"何日花飞肯见怜"语，政尔情条异蔓。吾取以茵吾百首，又是一部埙篪也。此变声者，催美人草，舞叶应拍，便自堪和人歌，即无知凋霣萎，腐化为流萤，更熠熠案头，照人读书。省试近矣，春风吹又生，居岂不易当正声习来吾耳，睦吾耳也。

解脱集序

大地，一梨园也，曰生，曰旦，曰外，曰末，曰丑，曰净，古今六词客也。壤父而下，不施粉墨，举如末；陈王作净丑面，然与六朝初唐人，俱是贴旦；浣花叟要似外，李青莲其生乎？任华、卢仝诸家，半丑半净，而乐天、东坡，教化广大，色色皆演，王维、张籍、韩子苍，所谓按乐多诙气，率歌工也。袁中郎自诡插身净丑场，演作天魔戏，每出新声，辄倨主客图首席，人人唱《渭城》，听之那得不骇？至抵掌学寒山佛，长吉鬼，无功醉士，并谓真乃中郎，且哂好音不好曲矣。头脱乌纱，足脱凫舄，口脱《回波词》，身脱佽子之队，魔女魔民，惟其所扮，直不喜扮法聪。

若活法聪，则唱落花人是，顾阎罗老无如予何。中郎畏阎老哉？波波叱叱声几许，解脱中郎，定不入畏。

潘庚生诗集序

大鄣庚生，即闻人潘景升，更其字，传其诗。诗，吾从田叔受之。若英玄之留，有紫玉辅，紫戟于甍，则落月疑见焉。吾横目而讳从味，与色目成，成以从文，五正五间，不可乱也。如绚如云，如瓠如蝽，如脂如黄，如蕣华，如渥丹。色授情予，会风人之感予矣。而庚生之感，尤属倩兮盼兮，偃绍嫣冶，扬则汉燕，抑则唐环，流则石珠，止则洛佩，此吾英玄君所留为内景者，妒庚生之内美也。乃庚生盾其礼防，自以为柴桑闲情，补国风之亡，美者自美，咸于不知，仓庚孺矣，犹感园客，如绝世何？举世以为宫，而以一蛾眉入，危哉，庚生之内美也！吾不耐使庚生如篷簎，如飞蓬，其间令辟药房，而悬鹊首于户，禜狐襘虺，以宴琳台云华，予其金珰申林，逆之沧浪，六庚而生灵均，挟宓妃以远游，长庚而生青莲，视太真马嵬之土矣。故曰，"国风好色而不淫"，夫惟不淫，无所侪妒，广霞神风之音，萧萧然日闻哉。

浮梅槛诗序

　　湖舟具有楼名，而实无楼。春水登之，宛如天上坐也。已而篙师拽篙蓬顶，足声雷动，忽惊顿落天外，大豪嫌焉。又恶出童羖。于是实为楼，闭门开筵，却宛如闺中坐矣。启户而榜人窥我闺人，牖因不时启，不知有西湖也。山溪处处浮竹筏，古今贤达如许，都不能浮筏于湖，遂令千秋开物名，独归贞父。贞父谓师梅湖，此何足师？孤山梅英沾筏，筏与俱浮，政尔由贞父始。游人之有西湖，亦无不由贞父始也。贞父知身必为古人，为古诗纪焉。而棹者歜者不能歌，瞎子因其声为《竹枝水调》十二首，使四时歌之。从来歌《竹枝水调》，非自瞎子始也。

云门游记引

　　贞父牵丝楚何，自释而越游，群望众壑，收为酒资胜具，寸组安能系傲吏耶？其言曰"入林道自尊"，此独

柯山片石，差可语耳。尚不中云门蒿枝，况复王谢辈几
许侏儒耶？贞父业称林中尊贵，当尽摩古今侏儒之顶，
诗纪出，宁让宛委藏书一头地乎？吾且出手，聊扶此堕。

慧日峰记

　　慧日峰所以名，九曜借光也。陈思恭采一石，负
宗镜之光者，被慧日名。自此石千叠而上，神瑛青荧，
多属贪狠廉贞，当是湖拥琉璃，悬流不泻，作空王罘
罳矣。闻建塔起土而见砖。砖中矩砥列，盖堂云。升
顶则日轮旭升，浮江映湖，江舟如叶，湖舟如凫；锦
塘苏堤，游人如蚁，箫鼓隐隐，声如蜩蟷，而瓦如鳞，
山如髻，则城中浙外之景也。回视木末，苍郁翠屏之
外，凤山虎洞，杳霭无际矣。其支为莲花洞，绀石西
引，碧薏缃藕，千房万窍，恍夏云之奇，米颠"琴
台"、孙放"鹤樊"在其下。

愚公传

　　愚公似昔人，非昔人也。家邻西湖，分"金牛"

之祥，疑受姓而又不欲胄文通文遘，视世同胞，率同姓，澹然忘己忘名而已。聪明如秦镜，尽照胞阍中物，诸凤慧者藉以生，而顾自称愚公。家迎蓟子，驻尧夫，日坐巾车，无影可履，差似子羔耳。乃清影频落夕湖，与月映潭也。读书舫经读书林，听之多净名，经异蔬斋，数更漏时所读。而舫在桂舟梅槛间，隔画舰绝远，间移近春堤，烧烛照之，花不睡，亦不睡，以为常。每挹露跨苍雪，登吴山看壑公尘动，童秋清侍，人以为洪崖。木葛而巾襄阳巾，更以为孟襄阳。然其诗藏匣笥，实出入襄阳云。学逌仙，植百树梅，杳不闻鹤鸣，则子和应占，而先世竹光接西溪之万竹，龙孙奋角，无枯折者，庶武林人当之，独公儿耶？是时云莱翁百八岁，为开闻性矣。云栖师复投百八珠，名以广硕，导以戒忏，火传灯续，非拙度者。公之言曰："醉乡禅苑，于焉憩止。"彼之会心百杯，忘怀一勺，安之非醍醐天浆乎？不愚。愚犹昔人非昔人，其问之两师。瞎子熙曰："予踔愚公六君子之伦，信非古愚矣。顾偕予社人，就放生池，填鱼鳖，期不满不止，此与平太行王屋者何异？武林自有愚公，子而孙者不绝，终为水仙爱，观其倡以悬弧解网，无改于父之道，将渤澥于牣，况明圣一沤耶？万金之酬，三族之需，顺时养少，蛰孽煦濡，读书而学，愚公不愚。"

秦山人传

秦冰玉，名舜友，故宣城人，而徙钱塘，饮南山之渌，自名冰玉。山人非山外山人也，向居黉，称孔氏弟子，已而佛陀老庄，并容为弟子，故其弟子多佛陀弟子。玄津梦也，高僧也，乐为抱琴洗石，因取六如名之，而视净慈如寄矣。摹右军书，右丞诗绘，钱塘人无出其右者。高僧袒右肩礼焉，得其传，文宝精良，填座右不去手也。业寄净慈，卜筑近净慈，而凭几入湖光。樊令致虚颜门曰"伊人水湄"。名士溯洄从语，往往邀入社放生。山人贫不能赎片羽片鳞，谓对之可忘杀机云。尝登黄山，醉猢狲酒，酒酿山穴，采灵草仙花所成。又入海岛，遇水府官来孙，引参瞑坐异人，为一开目授方，耆年玄发，且不死。无何而素标见寻，示疾化去，年七十八矣。嘱玄津表方坟，卜筑处环种梅花，似悔不早种梅花，如其邻和靖也。诸名士相与种梅供之，其蜕在暗香疏影中，而瞎子种双树，瘗传梅根。

复胡敬所

弟病深，入山更深。以入山之深也，城中之为谣诼者，耳目不相属，而任其口，故流言易起。足下久不见我矣，安能信我？即我亦疑我，无怪足下也。公家先生九十，尚驻百年而待足下之升，足下需弟言，弟直言其必升，必能待耳。度不以示城中人，信不信任之。然弟病深矣，文较浅，如往日之深，则模商彝，仿周鼎，乱三代之制，庸有焉？今直老瓦盆，注寿酒而漏，足下奚取而奏之家先生乎？书竟，思俪以币，箧中空如足下之四壁也。辄用特达此语，足下宁渠能信我，我自信而已。顿慁枕上，未尽离索之衷。

答陈建宇

十丈足下，仆便赋《行路难》，无几何且唱宦海深沉矣，于仆堪否？抹额带纱帽，大似将头刺胶盆，计相见时犹然角巾耳。万一稍稍展翅，小五郎是我张君房哉，何用嘱累耶。家中有缺即补，有过即逐，宁添一口，不添一斗，政使十丈清粥中，数茎须历历耳，想闻之喷饭也。四三弱弟日治火攻之具，直日羁縻勿绝，而十丈以为能操笔伸纸，当是神化。不然乃是灵鬼凭之，莫作此语慰我。幸振奋神威，若罗酆治鬼主者可也。每日十字，两首诗，一个故事，定不可少。朔望习礼容，习称呼，亦不可少。果然黄杨寸长，必有所以祠东皇太乙者矣。十丈家君之陈琳，毋妄治牍干请。吾辈为童生时，见轩车集邑门，发上指，欲手格之，今何遽乃尔？且我固春官之童生也，笼槛中人，议遐举远引事，冗如猬，焦如蛾；不及一一称说，在十丈察其素而谅之。

书座右

　　"有士人贫甚，夜则露香祈天，益久不懈。一夕，方正襟焚香，忽闻空中神人语曰：'帝悯汝诚，使我问汝何所欲？'士答曰：'某之所欲甚微，非敢过望，但愿此生衣食粗足，逍遥山间水滨，以终其身足矣。'神人大笑曰：'此上界神仙之乐，汝何从得之。若求富贵则可矣。'予因历数古人极贵念归，而终不能遂志者，比比皆是。盖天之靳惜清乐，百倍于功名爵禄也。"右《梁溪漫志》所纪。此乐予近已得之，无用爇许都梁，祷祠而求矣。乃故求神仙不置，一何贪耶？神者地祇之申，仙者山人耳，上界大多官府，即洞宫佐吏，正尔庄语肃仪倍人间，问庄生作太极闱编郎，得逍遥曳尾否？今日龙山凤泉，有食禾衣苎，逍遥神仙，犹故不自足，帝且罚守天圊，敕之没淄尘欲火中，大可怖畏。书一通座右，自警贪志。

第六卷　汤若士小品

【小传】

汤显祖，字若士，临川人。少善属文，有时名。张居正欲其子及第，罗海内名士以张之。闻显祖及沈懋学名，命诸子延致，显祖谢弗往，懋学遂与居正子嗣修偕及第。显祖至十一年始成进士，授南京太常博士，就迁礼部主事。十八年，常以星变，严责言官欺蔽，并停俸一年。显祖上言曰："言官岂尽不肖，盖陛下威福之柄，潜为辅臣所窃，故言官向背之情，亦为默移。御史丁此吕首发科场欺蔽，申时行属杨巍劾去之。御史万国钦极论封疆欺蔽，时行讽同官许国远谪之。一言相侵，无不出之于外，使言官皆迴心惕息，而时行安然无指摘之虞。于是无耻之徒，但知自结于执政，所得爵禄，直以为执政与之，纵他日不保身名，而今日固已富贵矣。给事中杨文举奉诏理荒政，征贿巨万。抵杭，日宴西湖，鬻狱市荐，以渔厚利，辅臣乃及其报命，擢首谏垣。给事中胡汝宁攻击饶伸，不过权门鹰犬，以其私人，猥见任用。夫陛下方责言官欺蔽，而辅臣欺蔽自如，失今不治，臣谓陛下可惜者四：朝廷以爵禄植善类，今直为私门蔓桃李，是爵禄可惜也。群臣风靡，罔识廉耻，是人才可惜也。辅臣不越例，予人富贵，不见为恩，是成宪可惜也。陛下御天下二十年，前十年之政，张居正刚而多欲，以群私人，嚣然坏之；后十年之政，时行柔而多欲，以群私人，靡然坏之；此圣政可惜也。乞立斥文举、汝宁，诚谕群臣，省愆悔过。"帝怒，谪徐闻典史，稍迁遂昌知县。二十六年，上计京师，投劾归。又明年，大计，主者议黜之，李维桢为监司，力争不得，竟夺官，家居二十年卒。

显祖意气慷慨，善李化龙、李三才、梅国桢，后皆通显，有建竖，而显祖蹭蹬穷老。三才督漕淮上，遣书迎之，谢不往。少以文章自命，其论古文，谓本朝以宋濂为宗，李梦阳、王世贞辈，虽气力强弱不同，等赝文耳。显祖建言之明年，福建佥事李琯奉表入都，列时行十罪，语侵王锡爵，言惟锡爵敢恣睢，故时行益贪戾，请并斥以谢天下，帝怒削其籍。甫两月，时行亦罢。

（王鸿绪：《明史稿》）

赵乾所梦遇仙记序

世何梦而得仙，又何仙而得遇，有说乎？仙人往往闻其名，未见其人，所谓见其人者，皆梦也。而未能有所遇。山泽多枯癯迂怪之士，时至朝市，虽吾亦遇其人者，二三人要与禅寂异。其人类多壮伟矫厉，能行其气者，殆非赢素人所堪，清净少恚怒，嗜欲节服食，良药自辅，则吾所为仙也。然则何人而仙耶？赵乾所自言吏部时，秋，病甚，神气委顿殆绝，自念平日授中黄术，垂目脐轮，握固紧齿，摄提幽户，逾时稍定，白汤一杯，引气自温，中夜粥一盂，活矣。逾年，梦于故读书处，何仙姑授药一片，类桂皮，其大若掌，食之香彻五内。且起，觉精色迥畅，欣欣然若有所得者，睹记异之。君言修黄中久，示予脐间若胎有年，何得更病，血下至数筒，不当引而化之，乃至委绝不属，而更行禁闭，引取温饮为助，将所谓渣滓欲去耶？仙姑初不知何许人，予游罗浮，见香山何氏子孙巾带者，为言姑无他异，少犁癗不可行汲，或授以笊篱，云捞米得珠，可服不饥，信之果然，面改如玉，步有金光，一夜亡去。见于零陵，数百年矣，而见梦真宁，此亦西方美人之思也。约论之，赵君乃前所谓壮伟矫厉能行其气者，而怀仙精炯，婳然梦仙，情理之常，要无足异。至其言曰："月之光借日之明，人之生借心之知，所存者神，所过者化，如有所立，卓尔能言。"及此其必有可得而遇者耶？嗟夫，千世而遇一人焉，犹旦暮遇之也；百岁而梦一人焉，犹旦暮梦之也。

如兰一集序

诗乎机，与禅言通趣，与游道合。禅在根尘之外，游在伶党之中，要皆以若有若无为美。通乎此者，风雅之事，可得而言。余宦游倦而禅寂意多，渐改枯槁，于四方人士所作，时一过留，弗好也。而东莞钟君宗望，游越中，来临，偶以所自为诗质焉，殆雅与游道合者。凡游，游于声实之际而止。宗望秀才常广州诸文学冠，以其先人乐华君起名进士，出馆阁，能读父书，足可优游待举，眷此长游者何也？将江岭间人士多其家门生义故，公子微以是游耶？其友帅生从升、从龙知之，曰："今宗望之游若尔，则世之游闲公子耳，似殆有不然者。其为人貌沉而气疏，幽然颓然，好欲与天下山川人物相骀荡，当其所惬，布衣虾菜，可以夷犹岁时，其所不欲，非可饵而止也。盖宗望之见趣，有殊绝世之声实者。"予闻而笑曰："深于游道也乎？诗道也。唔言一室之内，旬日不出；映心千里之外，累月忘归。通之若有若无，都无迟疾欣厌之累，于以眷节怀交，必有不推排而齐，一雕饰而秀者。南中之美，何必翡翠明珠，兹且以巴丘小华山存王子晋笙鹤遗迹，欣然慕之，此其为诗与游也，殆益仙仙矣。"

合奇序

世间惟拘儒老生，不可与言文。耳多未闻，目多未见，而出其鄙委牵拘之识；相天下文章，宁复有文章乎？予谓文章之妙，不在步趋形似之间，自然灵气，恍惚而来，不思而至，怪怪奇奇，莫可名状，非物寻常得以合之。苏子瞻画枯株竹石，绝异古今画格，乃愈奇妙，若以画格程之，几不入格。米家山水人物，不多用意，略施数笔，形像宛然，正使有意为之，亦复不佳。故夫笔墨小技，可以入神而证圣，自非通人，谁与解此？吾乡丘毛伯选《海内合奇》，文止百余篇，奇无所不合，或片纸短幅，寸人豆马，或长河巨浪，汹汹崩屋，或流水孤村，寒鸦古木，或岚烟草树，苍狗白衣，或彝鼎商周，丘索坟典，凡天地间奇伟灵异，高朗占宕之气，犹及见于斯编，神矣化矣。夫使笔墨不灵，圣贤减色，皆浮沉习气为之魔，士有志于千秋，宁为狂狷，毋为乡愿，试取毛伯是编读之。

王季重小题文字序

　　时文字能于笔墨之外，言所欲言者，三人而已：归太仆之长句，诸君燮之绪音，胡天一之奇想，如有其病，天下莫敢望焉。以今观王季重文字，殆其四之。而季重以能为古文词诗歌，故多风人之致，光色犹若可异焉。大致天之生才，虽不能众，亦不独绝，至为文词，有成有不成者三：儿时多慧，裁识书名，父师迷之以传注括帖，不得见古人纵横浩渺之书，一食其尘，不复可鲜，一也。乃幸为诸生，困未敏达，蹭蹬出没于较试之场，久之气色渐落，何暇议尺幅之外哉？二也。人虽有才，亦视其所生，生于隐屏，山川人物，居室游御，鸿显高壮，幽奇怪侠之事，未有睹焉，神明无所练濯，胸腹无所厌余，耳目既吝，手足必蹇，三也。凡此三者，皆能使人才力不已焉，才力顿尽，而可为悲伤者，往往如是也。

若季重者，五岁遍受《五经》，十岁恣为文章，二十而成进士，盖一代之才也。而天亦若有以异之者。大越之墟，古今冠带之国也，固已受灵气于斯。而世籍都下，往来燕越间，起禹穴吴山，江海淮沂，东上岱宗，西迨太行，归乎神都，所游目，天下之股脊喉臆处也，英雄之所躔，美好之所铺，咸在矣。于以豁心神，纡眺听者，必将郁结乎文章。而又少无专门，承学之间，灵心洞脱，孤游皓杳，早为贵公巨人所赏，闻所未闻，出见少年，裘马弓剑，旗亭陌道之间，顾而乐之，此亦文心之所贻行也。身复早达，曾无诸生一日之忧，名字所至，赞叹盈瞩，故其为文字也，高广其心神，亮浏其音节，精华甚充，颜色甚悦。缈焉者如岭云之媚天霄，绚焉者如江霞之荡林樾，乍翕乍辟，如崩如兴，不可迫视，莫或殚形，大有传疏之所曾遗，著录之所未经者矣。嗟夫，以一代之才，而绝三者之累若此，不亦宜乎。其为古文词诗歌又何如也？虽然，才士而宦业流通，亦无以周世物之容，而既以当途令高第为郎矣，复抑而命青浦，青浦故屠长卿所治县也，长卿既以此出大越，名天下，而季重书来，乃更以归休读书为怀。夫季重固已读书矣，凡为若谈者，当亦有未尽其才之叹。即然，则天之于季重，诚若有以异之无已也夫。

耳伯麻姑游诗序

世总为情，情生诗歌，而行于神。天下之声音笑貌，大小生死，不出乎是。因以慉荡人意，欢乐舞蹈，悲壮哀感，鬼神风雨鸟兽，摇动草木，洞裂金石，其诗之传者，神情合至，或一至焉。一无所至，而必曰传者，亦世所不许也。予常以此定文章之变，无解者。卧疴罢客，忽传绥安谢耳伯《游麻姑诗》数叶讽之，古汉魏又无亏者，耳伯始属之。溶溶英英，旁魄阴烟，有骀荡游夫之思，可谓足音空谷。循后有诗导一章，亹亹自言其致，亦神情之论也！嘻！耳伯其知之矣。中复有记时江夫子升遐数语，若以死生为大事，嘻吁！此亦神情所得用耶？水月疾枯，宗复何在？唐人所云"万层山上一秋毫"也，偶为耳伯叙此。

牡丹亭记题词

天下女子，有情宁有如杜丽娘者乎？梦其人，即病，病即弥连，至于手画形容，传于世而后死。死三年矣，复能溟莫中求得其所梦者而生。如丽娘者，乃可谓之有情人耳。情不知所起，一往而深，生者可以死，死可以生。生而不可与死，死而不可复生者，皆非情之至也。梦中之情，何必非真？天下岂少梦中之人耶？必因荐枕而成亲，待挂冠而为密者，皆形骸之论也。传杜太守事者，仿佛晋武都守李仲文、广州守冯孝将儿女事，予稍为更而演之。至于杜守收考柳生，亦如汉睢阳王收考谈生也。嗟夫，人世之事，非人世所可尽，自非通人，恒以理相格耳。第云理之所必无，安知情之所必有耶？

旗亭记题词

予读小史氏，宋靖康间董元卿事，伉俪之义甚奇。元卿能不忘其君，隐于仳离，某氏能归其夫，且自归也。最所奇者，以豪鸷之兄，而一女子能再用之以济，却金示衣，转变轻微，立侠节于闺阁嫌疑之间，完大义于山河乱绝之际，其事可歌可舞。常以语好事者，而友人郑君豹先遂以浃日成之。其词南北交参，才情并越，千秋之下，某氏一戎马间妇人，时勃勃有生气，亦词人之笔机也。嗟夫！董生得反南冠矣。独恨在宋无所短长于时，有以自见，使某氏之侠烈不获登于正史，而旁落于传奇。虽然，世之男子，不能如奇妇人者，亦何止一董元卿也？

玉合记题词

余往春客宛陵，殊阙如邛之遇，犹忆水西官柳，苏苏可人，时送我者姜令、沈君典、梅生禹金，宾从十数人，去今十年矣。八月，太常斋出，宛然梅生造焉。为问故所游，长者俱销亡，在者亦多流泊，余泫然久之。为问水西官柳，生曰："所谓纵使君来不堪折也。"因出其所为《章台柳》记若干章示余，曰："人生若朝暮，聚散喧悲，常杂其半，奈何忘鼓缶之欢，阙遇旬之宴乎？"予观其词，视予所为《霍小玉传》并其沉丽之思，减其秾长之累，且予曲中乃有讥托，为部长吏抑止不行，多半韩蕲王传中矣，梅生传事而止，足传于时。第予昔时一曲才就，辄为玉云生夜舞朝歌而去，生故修窈，其音若丝，辽彻青云，莫不言好，观者万人，乃至九紫君之酬对悍捷，灵昌子之供顿清饶，各极一时之致也。梅生工曲，独不获此二三君相为赏度，增其华畅耳。九紫、玉云先尝题书问梅生，梅生因问三君者一来游江东乎？予曰："自我来斯，风流顿尽，玉云生容华亦长矣。"嗟夫，事如章台柳者，可胜道哉？为之倚风增叹。

紫钗记题词

往余所游谢九紫、吴拾芝、曾粤祥诸君，度新词与戏，未成而是非蜂起，讹言四方，诸君子有危心，略取所草，具词梓之，明无所与于时也。记初名《紫箫》，实未成，亦不意其行如是。帅惟审云："此案头之书，非台上之曲也。"姜耀先云："不若遂成之。"南都多暇，更为删润讫，名《紫钗》，中有紫玉钗也。霍小玉能作有情痴，黄衣客能作无名豪，余人微各有致，第如李生者，何足道哉？曲成，恨帅郎多病，九紫、粤祥各仕去，耀先、拾芝局为诸生，倅无能歌之者，人生荣困生死何常，为欢何不足，当奈何？

邯郸梦记题词

士方穷苦无聊，倏然而与语出将入相之事，未尝不怃然太息，庶几一遇之也。及夫身都将相，饱厌浓醒之奉，迫束形势之务；倏然而语以神仙之道，清微闲旷，又未尝不欣然而叹，惝然若有遗，暂若清泉之活其目，而凉风之拂其躯也。又况乎有不意之忧，难言之事者乎？回首神仙，盖亦英雄之大致矣。《邯郸梦》记卢生遇仙旅舍，授枕而得妇遇主，因入以开元时人物事势，通漕于陕，拓地于番，谗构而流，谗亡而相，于中宠辱得丧生死之情甚具，大率推广焦湖祝枕事为之耳。世传李邺侯泌作，不可知。然史传泌少好神仙之学，不屑昏宦，为世主所强，颇有干济之业。观察陕虢，凿山开道，至三门集，以便饷漕，又数经理吐番西事。元载疾其宠，天子至不能庇之，为匿泌于魏少游所。载诛召泌，懒残所谓"勿多言，领取十年宰相"是也。枕中所记，殆泌自谓乎？唐人高泌于鲁连、范蠡，非止其功，亦有其意焉。独叹枕中生于世法影中，沈酣喑呓，以至于死，一哭而醒。梦死可醒，真死何及？或曰："按记则边功河功，盖古今取奇之二窍矣。谈者殆不必了人，至乃山河影迹，万古历然，未应悉成梦具。"曰："既云影迹，何容历然？岸谷沧桑，亦岂常醒之物耶？第概云如梦，则醒复何存？所知者，知梦游醒，必非枕孔中所能辩耳。"

南柯梦记题词

天下忽然而有唐，有淮南郡，槐之中忽然而有国，有南柯，此何异天下之中有魏，魏之中有王也。李肇赞云："贵极禄位，权倾国都，达人视此，蚁聚何殊？"嗟夫！人之视蚁，细碎营营，去不知所为，行不知所往，意之皆为居食事耳，见其怒而酣斗，岂不莞然而笑曰："何为者耶？"天上有人焉，其视下而笑也，亦若是而已矣。白舍人之诗曰："蚁王乞食为臣妾，螺母偷虫作子孙。彼此假名非本物，其间何怨复何恩？"世人妄以眷属富贵影像，执为吾想，不知虚空中一大穴也，倏来而去，有何家之可到哉？吾所微恨者，田子华处士能文，周弁能武，一旦无病而死，其骨肉必下为蝼蚁食无疑矣，又从而役属其魂气以为臣，蝼蚁之威，乃甚于虎狼。此犹死者耳。淳于固俨然人也，靡然而就其征，假以肺腑之亲，藉其枝干之任，昔人云"梦未有乘车入鼠穴者"，此岂不然耶？一往之情，则为所摄，人处六道中，颦笑不可失也。客曰："人则情耳，玄象何得为彼示徵？"此则不然。凡所书祲象不应人国者，世儒即疑之，不知其亦为诸虫等国也。盖知因天立地，非偶然者。客曰："所云情摄，微见本传语中，不得有生天成佛之事。"予曰："谓蚁不当上天耶。经云'天中有两足多足等虫'，世传活万蚁可得及第，何得度多蚁生天而不作佛？梦了为觉，情了为佛；境有广狭，力有强劣而已。"

溪上落花诗题词

　　长孺、僧孺兄弟，似无着天亲，不绮语人也。一夕作《花溪》诸诗百余首，刻烛而就。予经时闭门致思，不能如其绮也。长孺故美容仪少年，几为道傍人看煞，妙于才情，万卷目数行下，加以精心海藏，世所云千偈澜番者，其无足异。独僧孺如愚，未尝读书，忽忽狂走，已而若有所会，洛诵成河，子墨成雾，横口横笔，无所留难。此独未宜异也，僧孺故拙于姿，然非根力不具者，以学佛故，早断婚触，殆欲不知天壤间乃有妇人矣。而诸诗长短中，所为形写幽微，更极其致，如《溪上落花诗》"芳心都欲尽，微波更不通"，"有艳都成错，无情乍可依"，不妨作道人语，至如《春日独当炉》"卓女盈盈亦酒家，数钱未惯半羞花"，僧孺不近炉头，何知羞态？《七宝避风台》"翠缨裙带愁牵断，锁得斜风燕子来"，僧孺未亲裙带，何知可以锁燕？《燕姬堕马》"一道香尘出马头，金莲银凳紧相钩"，僧孺未曾秣马，何识香尖？《春闺怨》"乳燕春归玳瑁梁，无心颠倒绣鸳鸯"，僧孺未经催绣，安识倒针？当是从声闻中闻，缘觉中觉耶？无亦定中慧耳。然予览二音，有私喜焉。世云学佛人作绮语业，当入无间狱。为此喜二虞入地，当在我先。又云慧业文人，应生天上，则我生天，亦在二虞之后矣。

答王宇泰

来教令仆稍委蛇于郡县，或可助三径之资，且不致得嗔，宇泰意良厚。第仆年来衰愦，岁时上谒，每不能如人，且近莅吾土者，多新贵人，气方盛，意未必有所挹，而欲以三十余年进士，六十余岁老人，时与末流后进，鱼贯雁序于郡县之前，却步而行，伺色而声，诚自觉其不类，因以日远。至若应付文字，原非仆所长，必糜肉调饴，作胡同中扁食，令市人尽鼓腹去，又窃自丑，因益以自远。其以远得嗔，仆固甘之矣。所幸鸡肋尊拳，长人者或为我一映耳。然因是益贫，田可耕，子可教，利用安身，仆亦有以观颐也。赵真宁书亦语及此，种种情事，悦之兄能为兄详之，总非楮笔能尽。

答岳石帆

兄书谓弟不知何以轼为世疑，正以疑处有佳。若都为人所了，趣义何云？似弟习气矫厉，蚩蚩者故当忘言，即世喜名好事之英，弟亦敬之，未能深附也。往往得其疑。世疑何伤？当自有不疑于行者在。

与岳石梁

石梁过我，风雨黯然。酒频温而易寒，烛累明而似暗；二十余年昆弟道义骨肉之爱，半宵倾尽。明日送之郡西章渡，险而汔济，两岸相看，三顾而别。知九月当更尽龙沙之概，见石梁如见石帆，终不能了我见石帆之愿也。

第七卷　袁伯修小品

【小传】

袁宗道，字伯修，号石浦，公安人。曾祖暎以任侠闻，祖大化，斌斌为退让君子，性慷慨，周人之急，每得枭直，择其赝金掷之，秤金于人，昂则喜。嘉靖中，邑大饥，公出母粟二千石，金千两以贷，尽焚其券，家遂落。明年封公士瑜生，后娶龚方伯女，连生伯修、中郎、小修三先生。初先生生之夜，祖母余梦一美人头自天飞来，若今所画天人菩萨之饰，宝络交垂，以襟承之，甫觉而伯修生，实嘉靖庚申二月十六日也。

先生生而慧甚，十岁能诗，十二列乡校，见乡先达祠曰："吾终当俎豆其间。"二十举于乡，以曹太安人病，未就春官试。回里后曾喜读先秦西汉之书。是时济南琅琊之集盛行，先生一阅，悉能熟诵，有一操觚，即肖其语，然已疑诗文之道不尽于是矣。弱冠已有集，自谓此身以文章名世也。

性耽赏适，文酒之余，每夜以继日。逾年抱奇病，病几死，有道人教以数息静坐之法有效，闭门鼻观，弃去文字障，遍阅养身家言。是时海内有谭冲举之事者，先生欣然信之，谓神仙可望而得也。移家长安里中，栽花莳药，不问世事。癸未，父强之赴试，行至黄河而返。一夕，舍于荆门逆旅，夜半梦有神人语之曰："公速起。"如是者三，先生醒复寐，神人又语之曰："公何不起，吾老人为公特来，何得不见念也。"微以杖敲其足，隐隐痛，拥被大呼而出。甫出，屋崩，床碎为尘，人以此识先生非常人。然先生亦翻然若有所悟曰："吾其以几死之身，修不死之道也。"归而妻死，不复娶。父强之娶，则娶田家女，曰："吾求可以偕隐者耳。"

先生习静久，体气愈充，父谓之曰："昔净名依于忠孝，自古之冲举者，岂尽枯槁耶？"先生曰诺，时复拈笔为制举义，穷工极变，丙戌遂举会试第一，年甫二十七。官翰林，求道愈切。时同年汪仪部可受，同馆王公图，萧公云举，吴公用宾，皆有志于养生之学，得三教林君艮背行庭之旨，先生勤而行焉。己丑焦公竑首制科，瞿公汝稷官京邸，先生就之问学，共引以顿悟之

旨，而僧深有为龙潭高足，数以见性之说启先
生，乃遍阅大慧中峰诸录，得参求之诀，久之稍
有所豁，于是研精性命，不复谈长生事矣。是年
以册书归里，中郎与小修皆知向学，先生语以心
性之说，亦各有省，互相商证，先生精勤，甚或
终夕不寝。逾年偶于张子韶与大慧论格物处有所
入，急呼中郎与语，甫拟开口，中郎即跃然曰不
必言，相与大笑而罢。至是始复读孔孟诸书，乃
知至宝原在家内，何必向外寻求，吾试以禅诠
儒，使知两家合一之旨，著《诲蠡篇》。既报命，
旋即乞归，七八年间，屡悟屡疑。癸巳，走黄州
龙潭问学，归而复自研求。

　　戊戌，先生再入京师，官春坊，中郎亦解官
至，小修入大学，乃于城西崇国寺蒲桃林结社论
学，往来者为潘尚宝士藻，刘尚宝日升，黄太史
辉，陶太史望龄，顾太史天峻，李太史腾芳，吴
仪部用先，苏中舍惟霖诸公。先生见地愈明，大
有开发。当是时，海内谈妙悟之学者日众，多不
修行，先生深恶圆顿之学，为无忌惮之所托，而
同学矫枉太过者，至食素持珠，先生以为不可，

曰，三教圣人根本虽同，至于名相设施，决不可相滥。于是益悟阳明先生不肯径漏之旨，其学方浸浸乎如川之方至，而先生卒矣。

先生素切归山之志，以东宫讲官，久不获补，仅得三人，先生曰："当此危疑之际，而拂衣去，吾不忍也。"是时东宫未立，中外每有言，先生闻之，辄私泣于室。尝上疏乞进讲大学衍义，启沃最得要领，如疏称衍义所载一言一药而稽之今日于症最合者，则莫切乎重妃匹，令嫡媵有分，定国本，令睹听无惑，严内治，令巨铛无窃柄，辞均恳切。

先生为人极修洁，生平不妄取人一钱，居官十五年，不以一字干有司，读书中秘，贫甚。时乡人有主铨者，谓所知曰："我知伯修贫，幸主铨可为地，千金无害也。"所知以语先生，先生笑而谢之。某邑令以三百金交先生，期为汲引，竟不发函，急以原金还其人，小修偶见之，问为何令，先生秘之，竟不知为何如人也。生平却百金者累累，或馈遗至十金，则惶愧不受。自丁酉充东宫讲官至庚子秋以病卒于京师，年甫四十一岁。检囊中仅得数金，棺木皆门生敛金成之。及妻孥归，不能具装，乃尽卖生平书画几砚之类始得归，归尚无宅可居，其清如此。然先生为人平恕，亦不以此望人且自多也。兴致甚高，慕白乐天、苏子瞻为人，所之以白苏名斋。居常省交游，简应酬，萧然栽花种竹，扫地焚香而已。每有月，则邀同学诸公，步至射堂看月，率以为常。耽嗜山水，燕中山刹及城内外精蓝无不到，远至小方小西天之属，皆穷览其胜。诗清润和雅，文尤婉妙，然性懒不多作，著有《白苏斋集》若干卷。

先生与同学友黄公辉交若兄弟，先生卒，黄公哭之甚恸。及葬，黄公请告归，迂道登垄哭之，为志其墓。逾年，先生旧社友董公其昌莅楚视学政，因诸生之请，祠先生于学宫，卒如素志云。

万历丁酉戊戌间，有东倭关白之警，时议封贡，先生叹曰，石尚书其不免乎。李卓吾刻《藏书》成，先生曰："祸在是矣。"已而皆验，如此者不可枚举，大都量与识皆全者也。天不假以年，未得尽抒其用世之略，惜哉。书法遒媚，画山水人物有远致，作小词乐府，依稀辛稼轩、柳七郎风味。旧有传奇二种，置之笥中，为鼠子嚼坏，凤毛龙甲，竟不存于世，可为永叹。

先庙御极，以东宫讲读晋詹事，赠礼部右侍郎，予祭葬，荫一子。

（《公安县志》）

论文上

口舌，代心者也。文章，又代口舌者也。展转隔碍，虽写得畅显，已恐不如口舌矣？况能如心之所存乎？故孔子论文曰："辞达而已。"达不达，文不文之辨也。唐虞三代之文，无不达者。今人读古书，不即通晓，辄谓古人奇奥，今人下笔，不宜平易。夫时有古今，语言亦有古今，今人所诧谓奇字奥句，安知非古之街谈巷语耶？《方言》谓楚人称"知"曰"党"，称"慧"曰"譎"，称"跳"曰"踅"，称"取"曰"挻"，余生长楚国，未闻此言，今语异古，此亦一证。故《史记》五帝三王纪改古语，从今字者甚多，"畴"改为"谁"，"俾"为"使"，"格奸"为"至奸"，"厥田厥赋"曰"其田其赋"，不可胜记。左氏去古不远，然《传》中字句，未尝肖《书》也。司马去左亦不远，然《史记》句字，亦未尝肖左也。至于今日，逆数前汉，不知几千年远矣。自司马不能同于左氏，而今日乃欲兼同左马，不亦谬乎？中间历晋唐，经宋元，文士非乏，未有公然持扯古文，奄为己有者。昌黎好奇，偶一为之，如《毛颖》等传，一时戏剧，他文不然也。空同不知，篇篇模拟，亦谓反正。后之文人，遂视为定例，尊若令甲，凡有一语不肖古者，即大怒骂为野路恶道，不知空同模拟，自一人创之，犹不甚可厌，迨其后以一传百，以讹益讹，愈趋愈下，不足观矣。且空同诸文，尚多己意，纪事述情，往往逼真，其尤可取者，地名官制，俱用时制，今却嫌时制不文，取秦汉名衔以文之，观者若不检《一统志》，几不识为何乡贯矣。且文之佳恶，不在地名官衔也。司马迁之文，其佳处在叙事如画，议论超越，而近说乃云西京以还，封建宫殿，官师郡邑，其名不驯雅，虽子长复出，不能成史。则子长佳处，彼尚未梦见也，而况能肖子长也乎？

或曰："信如子言，古不必学耶？"余曰："古文贵达。学达即所谓学古也。学其意，不必泥其字句也。今之圆领方袍，所以学古人之缀叶蔽皮也。今之五味煎熬，所以学古人之茹毛饮血也。何也？古人之意，期于饱口腹，蔽形体，今人之意，亦期于饱口腹，蔽形体，未尝异也。彼摘古字句入己著作者，是无异缀皮叶于衣袂之中，投毛血于肴核之内也。大抵古人之文，专期于达，而今人之文，专期于不达，以不达学达，是可谓学古者乎？"

论文下

蓺香者，沉则沉烟，檀则檀气，何也？其性异也。奏乐者钟不藉鼓响，鼓不假钟音，何也？其器殊也。文章亦然。有一派学问，则酿出一种意见；有一种意见，则创出一般言语。无意见则虚浮，虚浮则雷同矣。故大喜者必绝倒，大哀者必号痛，大怒者必叫吼动地，发上指冠。惟戏场中人，心中本无可喜事，而欲强笑，亦无可哀事，而欲强哭，其势不得不假借模拟耳。今之文士，浮浮泛泛，原不曾的然做一项学问，叩其胸中，亦茫然不曾具一丝意见，徒见古人有立言不朽之说，又见前辈有能诗能文之名，亦欲搦管伸纸，入此行市，连篇累牍，图人称扬。夫以茫昧之胸，而妄意鸿钜之裁，自非行乞左马之侧，募缘残溺，盗窃遗矢，安能写满卷帙乎？试将诸公一篇，抹去古语陈句，几不免于曳白矣。其可愧如此，而又号于人曰："引古词，传今事，谓之属文。"然则二典三谟，非天下至文乎？而其所引果何代之词乎？

余少时，喜读沧溟、凤洲二先生集。二集佳处，固不可掩。其持论大谬，迷误后学，有不容不辨者。沧溟赠王序，谓"视古修词，宁失诸理"。夫孔子所云辞达者，正达此理耳。无理，则所达为何物乎？无论典谟语孟，即诸子百氏，谁非谈理者？道家则明清净之理，法家则明赏罚之理，阴阳家则述鬼神之理，墨家则揭俭慈之理，农家则叙耕桑之理，兵家则列奇正变化之理，汉唐宋诸名家如董贾韩柳欧苏曾王诸公，及国朝阳明、荆川，皆理充于腹，而文随之。彼何所见乃强赖古人失理耶？凤洲《艺苑卮言》不可具驳，其赠李序曰："六经固理数已尽，不复措语矣。"沧溟强赖古人无理，而凤洲则不许今人有理，何说乎？此一时遁辞，聊以解一二识者模拟之嘲，而不知其流毒后学，使人狂醉，至于今不可解喻也。然其病源则不在模拟，而在无识。若使胸中的有所见，苞塞于中，将墨不暇研，笔不暇挥，兔起鹘落，犹恐或逸，况有闲力暇晷，引用古人词句耶？故学者诚能从学生理，从理生文，虽驱之使模，不可得矣。

上方山四记

一

自乌山口起，两畔乱峰束涧，游人如行衕中，中有村落麦田林屋，络络不绝。馌妇牧子，隔篱窥诧，村犬迎人。至接待庵，两壁突起粘天，中间一罅，初疑此罅乃狄穴蛇径，或别有道达颠，不知身当从此度也。前引僧入罅，乃争趋就之。至此游人如行匣中矣。三步一回，五步一折，仰视白日，跳而东西。踵屡高屐低，方叹峰之奇，而他峰又复跃出。屡跰屡歇，抵欢喜台。返观此身，有如蟹螯，郭索潭底，自汲井中，以身为瓮，虽复腾纵，不能出栏。其峰峦变幻，有若敌楼者，睥睨栏楯俱备。又有若白莲花，下承以黄趺，余不能悉记也。

二

自欢喜台拾级而升，凡九折，尽三百余级，始登毗卢顶。顶上为寺一百二十，丹碧错落，嵌入岩际。

庵寺皆精绝，莳花种竹，如江南人家别墅。时牡丹正开，院院红馥，沾薰游裾。寺僧争设供，山肴野菜，新摘便煮，芳香脆美。独不解饮茶，点黄芩芽代，气韵亦佳。夜宿喜庵方丈，共榻者王则之、黄昭素也。昭素鼻息如雷，予一夜不得眠。

三

毗卢顶之右，有陡泉。望海峰左，有大小摘星峰。大摘星峰极高。一老僧说峰后有云水洞，甚奇邃。余遂脱巾褪衣，导诸公行。诸公两手扶杖，短衣楚楚，相顾失笑。至山腰，少憩，则所为一百二十寺者，一一可指数。予已上摘星岭，仰视峰顶，陡绝摩天，回顾不见诸公，独憩峭壁下。一物攀萝疾走，捷若猿猱，至则面目黧黑，瘦削如鬼，予不觉心动，毛发悚竖，讯之僧也。语不甚了了，但指其住处。予尾之行，入小洞中，石床冰冷，趺坐少顷，僧供黄茅汤，予啜罢，留钱而去，亦不解揖送。诸公登岭，皆称倦矣，呼酒各满引。黄昭素题名石壁。蛇行食顷，凡四五升降，乃达洞门。入洞数丈，有一穴甚狭，若瓮口，同游虽至羸者，亦须头腰贴地，乃得入穴。至此始篝火，一望无际，方纵脚行。数十步，又忽闭塞。度此则堆琼积玉，荡摇心魂，不复似人间矣。有黄龙白龙悬壁上。又有大龙池，龙盘踞池畔，爪牙露张，卧佛石狮石烛皆逼真。石钟鼓楼，层叠虚豁，宛然飞阁。僧取石左右击撞，或类钟声，或类鼓声。突然起立者，名曰须弥，烛之不见顶。又有小雪山、大雪山，寒乳飞洒，四时若雪。其他形似之属，不可尽记。大抵皆石乳滴沥数千年积累所成。僮仆至此，皆惶惑大叫。予恐惊起龙神，亟呵止，不得则令诵佛号，篝火垂尽，惆怅而返。将出洞，命仆敲取石一片，正可作砚山。每出示客，客莫不惊叹为过昆山灵璧也。

四

从云水洞归，诸公共偃卧一榻上。食顷，余曰："陡泉甚近，曷往观？"皆曰："佳。"遂相挈循涧行。食顷至。石壁跃起百余丈，壁淡黄色，平坦滑泽，间以五彩，壁上有石，若冠若柱，熟视似欲下堕，使人头眩。壁腰有一处，巉巉攒结，成小普陀，宜供大士。其中泉在壁下，泓淳清澈，寺僧云："往有用此水熟腥物者，泉辄伏。至诚忏谢，复涌出如常，故相传称圣泉。"余携有天池茶，命僧汲泉烹点，各尽一瓯，布毡磐石，轰饮至夜而归。

西山五记

记　一

行昌平道中，风起尘飞，诸峰尽失。午后风定，依沙河岸而西，褰帷一望，葱菁刺眼，心脾顿爽。渐近金山口，巉岩西趋，势若奔马，俄仪部王君、俞君继至，俞君见余喜甚，遂同至卧佛寺。寺宇不甚宏，两殿各卧一佛，长可丈余，其一渗金甚精。门西有石磐，方广数丈，高亦称是，无纤毫刓缺。上创观音堂，前余石丈许，周以栏楯，诸公跌坐槛前，忽闻足底作叱叱声，又类爆豆。予细寻之，乃石磐下有小窦出泉，淙淙琤琤，下击石底，遂命童子取泉，啜一盏而行。

记　二

自观音堂下穿疏木中，数度石涧，趾渐高，茆屋石垣，萧然村巷，巷尽见朱门碧涧，是为碧云。涧深丈余，作琴瑟响。堂殿依山，从夷入危，历数百级乃

登佛殿，然苦宫室蔽亏，不堪远瞩。登中贵坟垣，乃
及山腰，从上望都城，睢睚可数。复下观卓锡泉，泉
泻小石涧，东西流注，方池后有亭，旁有洞，池前为
柏垣，垣外竹可一亩，炎日飒飒生寒。泉伏流其间，
至香积厨，以手掬饮，清冷彻肌。殿前甃石为池，金
鲫万头，翕忽水面，投以胡饼，喤呷有声。夜与俞汝
成诸公饮法堂右轩，剧谈至丙夜。汝成与余分榻而卧，
讯余近日所得，余曰：“贸贸如昨，第稍觉昨非耳。”
又问元神与思虑神是一是二？余曰：“元神思虑神总是
影子，元神属静，思虑属动，既落动静二相，便是阴
界根尘中物，故玄门所宝为极则，正禅家所谓重厚昏
沉也。”汝成颔之。

记　三

　　宿碧云之次日，栉罢，即绕山麓南行。垣内尖塔
如笔，无虑数十，塔色正白，与山隈青霭相间，旭光
薄之，晶明可爱。南望朱碧参差，隐起山腰，如堆粉
障，导者曰，此香山寺也。寺南一山，松萝竹柏，交
罗密阴，独异他山，行度桥下，鱼朱黑二种，若游空
中。观已，拾级而上，级十倍碧云，佛殿甚闳壮。大

抵西山兰若，碧云香山相昆季，碧云鲜，香山古，碧云精丽，香山魁恢。余笑语同游，若得碧云为卧室，香山为酒楼，岂羡化乐天宫哉。殿槛外两山环拥，远望一亭踞山半，余色动，遂拉俞君、李君、王君穿磴道，可二里，始至亭。亭日流憩，下视寺垣，如堕深壑，余仰视山巅，尚插云霄。少憩，予贾勇复登，俞君从，石屑确确拒足，十步一息，有眠牛正黑色，余取松根叩之，铿然鸣吼。又数里，达绝顶，俯视垣外，人尺许，马如羊，左右诸山俱若屏息环卫者。山外北向，层层峰峦，奋迅而出。西望杳杳，有水如白玉玦，疑是桑乾河。俞君谓此游奇甚，恨不能在苏门啸，令万岩答响耳。忽山下炮声振林谷如迅雷，余大笑："此孙登啸声也。"坐食顷，俞君思得酒佐倦，余曰："此中飞鸟不到，酒安得至？"语未竟，一长须攀萝疾登，捷若猿猱，手挈一壶，问之，惧不答，第芒芒左右视，盖游客从者失道至此。俞君戏语之："我乃飞仙，可取酒供养我。"其人计不能脱，以壶跽献，遂取壶盖递饮数巡，探鸱夷之腹，无余沥矣。下饮来青轩，轩前两腋，皆叠嶂环列，对面宽平如砥，芙蓉十里，粳稻千顷皆在目。

记　四

玉泉山距都门可三十里许，出香山寺数里，至山麓，罅泉流汇于涧，湛湛澹人心胸。至华严寺，寺左有洞曰翠华，有石床可憩息，题咏甚多，莓渍不可读。又有石洞在山腰，若鼠穴，道甚险。一樵儿指曰："此洞有八百岁老僧。"从者弃行李争往观，呵之不能止。及返，余问果有老僧否，曰："僧有之，然年止四五十。"乃知樵儿妄语耳。寺北石壁甚巉，泉喷出其下，作裂帛声，故名裂帛泉。有亭可望西湖，故名望湖。

记　五

余与伯典观裂帛泉毕，将行，余指东一山问寺僧，答云瓮山。余误记石经洞在此，偕伯典探焉。度桥而南，人家傍山，小具池亭，桔槔锄犁，咸置垣下。西湖当前，水田棋布，酷似江南风景。既至山下，仅一败寺，破屋颓垣，扁曰"圆静"。一僧作礼甚恭，予问石经无恙否，僧茫然不能对。乃共伯典辟寺后扉，蹑山巅，顽石纵横，无复所谓石经者。僧舍中残石断碣，悉经爬搜，有一石类磬，疑洞中物，相与嗟叹久之始归。暇日偶检《游名山记》，石经藏小西天，非瓮山也，不觉失笑。

极乐寺纪游

　　高梁桥水，从西山深涧中来，道此入玉河。白练千匹，微风行水上，若罗纹纸。堤在水中，两波相夹，绿杨四行，树古叶繁，一树之阴，可覆数席，垂线长丈余。岸北佛庐道院甚众，朱门绀殿，亘数十里。对面远树，高下攒簇，间以水田。西山如螺髻，出于林水之间。极乐寺去桥可三里，路径亦佳，马行绿阴中，若张盖。殿前剔牙松数株。松身鲜翠嫩黄，斑剥若大鱼鳞，大可七八围许。暇日曾与黄思立诸公游此，予弟中郎云："此地小似钱塘苏堤。"思立亦以为然。予因叹西湖胜境，入梦已久，何日挂进贤冠，作六桥下客子，了此山水一段情障乎！是日，分韵各赋一诗而别。

岳阳记行

　　从石首至岳阳，水如明镜，山似青螺；蓬窗下饱看不足。最奇者墨山仅三十里，舟行二日，凡二百余里，犹盘旋山下。日朝出于斯，夜没于斯，旭光落照，皆共一处。盖江水萦回山中，故帆樯绕其腹背，虽行甚驶，只觉濡迟耳。过岳阳，欲游洞庭，为大风所尼。季弟小修秀才，为《诅柳秀才文》，多谑语。薄暮风极大，撼波若雪，近岸水皆揉为白沫，舟几覆。季弟曰："岂柳秀才报复耶？"余笑曰："同袍相调，常事耳。"因大笑。明日，风始定。

陶编修石篑

吴越间名山胜水，禅侣诗朋，芳园精舍，新铭佳泉，被兄数月占尽，真不虚此一归。而弟也，踯躅一室之内，婆娑数树之间，得意无处可说，虽居闹世，似处绝崖断壑，耳目所遇，翻助愁叹，乃知世外朋俦，甚于衣食，断断不可一刻不会也。岑寂中，读家弟诸刻，如笼鸲鹆，忽闻林间鸣唤之音，恨不即掣绦裂锁，与之偕飞。家弟书云："石篑无日不禅间一诗，弟无日不诗间一禅。"禅即不论，诗可录数篇教我。杖履所至，应有纪述，并乞录寄。燕中求友，亦甚艰难，近又寻得一人，曰颜与朴，相遇无几，又别去矣。此君气和骨硬，心肠洁净，眼界亦宽，第学问稍有异同处，家弟亟口赞叹，令弟今秋倘得俊，偕计入都，可得晤谈矣。社友颇参黄杨木禅，非是不聪明，不精神，可惜发卖向诗文草圣中去，一时雨散，关山万里，从此耳根恐遂不闻"性命"二字。熟处愈熟，生处愈生，亦可虑也。谢宛委从塞上来，闲谈二日，稍破寂寞，惜便别去。拙诗数首请正，聊见近况。

答江长洲绿萝

家弟既有《锦帆集》矣，门下可无《茂苑集》乎？集果行，不佞当僭跋数语，庶几贱姓名托佳篇不朽，意在附骥，不耻为蝇也。家弟尚未抵家，不知萍踪近在何处，音耗不通，业已半载。徵仲真迹难得，其仿山谷老人者尤难得。明窗棐几，沐手展玩，神采奕奕，射映一室，尘土胃肠，为之一浣。十年梦想虎丘茶，如想高人韵士，千里寄至，发瓿喜跃，恰如故人万里归来，对饮之语，不足方弟之愉快也。弟仅有一女适人。匝岁死于产病，情殊难堪。所幸当事见怜，听辞试差，婆娑一室，良朋时来，一觞一咏，消结涤郁，恩缠爱绁，日就轻微，卜夏之病，庶其免矣。知门下念我，故缕及近怀。

答陶石篑

《览镜》诸作，绝似元白，《五泄》六咏，非坡老不能为也。《怀弟》诸篇俱佳。七言尤胜。"总为儿女谋身易，亦有威仪与俗同。"新鲜矫警，又为诸句领袖。即日书作简板。读令弟妙什，便可想见第五风神。弟虽不敢望石篑，然令弟则酷类我家小修。意欲属和，少酬高雅，然君家兄弟，精锐如林，所谓不战而气亦索矣。入冬以来，支离枯槁，如鱼去水，幸天怜我寂寞，中郎恰补得京兆授，屈指定有几年相聚。斋头相对，商榷学问，旁及诗文，东语西话，无所不可，山寺射堂，信步游览，无所不宜。足下闻此，得无复动北来兴耶？中郎极不满近时诸公诗，亦自有见。三四年前，《太函》新刊，至燕肆几成滞货，弟尝检一部付贾人换书，贾人笑曰："不辞领去，奈无买主何？"可见模拟文字，正如书画赝本，决难行世。正不待中郎之喃喃也。弇州才却大，第不奈头领牵掣，不容不入他行市，然自家本色，时时露出，毕竟不是历下一流人。闻其晚年撰造，颇不为诸词客所赏，词客不赏，安知不是我辈所深赏者乎？前范凝宇有抄本，弟借来看，乃知此老晚年全效坡公，然亦终不似也。坡公自黄洲以后，文机一变，天趣横生，此岂应酬心肠，格套口角，所能仿佛之乎？我朝文如荆川、遵岩两公，亦有几篇看得者，比见归震川集，亦可观。若得尽借诸公全集，共吾文精拣一帙，开后来诗文正眼，亦快事也。中郎见弟近作，谬相称许，强以灾梨。兄《五泄》诸作殊佳。《别家诗》九章果是八月寄至。谢公归时，匆匆作书，偶忘及之。诸篇俱力敌，《五泄》三言稍未称。中郎又云："僧湛然，戒力见地，俱可与君家兄弟谈。"二兄不出篱落，得此善友，何得更叹离索乎？老卓住城外数月，喜与一二朦瞳人谈兵谈经济，不知是格外机用耶？是老来眼昏耶？兄如相见，当能识之。

第八卷　袁中郎小品

【小传】

袁宏道，字中郎，号石公，公安人。先生之生也，母梦月入怀，故小字月。少时即具倍年之觉，母卒，先生不数哭，一哭即痛绝，人以是知其有隐慧焉。总角工为时艺，塾师大奇之。入乡校，年方十五六，即结文社于城南，自为社长，社友年三十以下者皆师之，奉其约束不敢犯。时于举业外，为声歌古文辞，已有集成帙矣。

戊子举于乡，主试者为冯卓庵太史，见其后场出入周秦间，急拔之。明年上春官，时伯修方为太史，初与闻性命之学，以启先生，先生深信之。下第归，伯修亦以使事返里，相与朝夕商榷，索之华梵诸典，转觉茫然，后乃于文字中言意识不行处，极力参究，时有所解。终不欲恃燧火微明以为究竟，如此者屡年。一日见张子韶论格物处，忽然大豁，以证之太史，太史喜曰，弟见出盖缠，非吾所及也。然后以质之古人微言，无不妙合，且洞见前辈机用，一一提唱，聊示鞭影，命名曰《金屑》。时闻龙湖李老，冥会教外之旨，走西陵质之，李老大相契合，赐以诗，中有云："诵君玉屑句，执鞭亦欣慕，早得从君言，不当有《老苦》。"盖龙湖以老年无朋，作书曰《老苦》故也，仍为之序以传。留三月余，殷殷不舍，送之武昌而别。

壬辰举进士，不仕。复与太史返里，居石浦之上，偕外祖春所龚公，及舅惟学、惟长辈。终日以论学为乐。当是时，太史与公虽于千古不传之秘，符同水乳，而于应世之迹，微有不同，太史则谓居人间当敛其锋锷，与世抑扬，万石周慎，为安亲保身之道，公则谓凤凰不与鸟同巢，麒麟不与凡马同枥，大丈夫当独往独来，自舒其逸耳，岂可逐世啼笑，听人穿鼻络首。意见各不同如此。

已复同太史与小修游楚中诸胜，再至龙湖晤李老，李老谓伯也稳实，仲也英特，皆天下名士也，然至于入微一路，则谆谆望之公，盖谓其识力胆力皆迥绝于世，真英灵男子，可以担荷此一事耳。

乙未谒选为吴县令，始以其学试之政。人皆

谓吴门繁剧，而公超脱，或足以困之，乃公洒然澹然，不言而物自综，事自集。吴赋甲于天下，猾胥朱紫其籍，莫可致诘，飞洒民间，溢于额而不知，公一目了然，摘其影射之条若干，呼猾胥曰，此何为者，胥不敢欺，皆俯首曰弊，公俱置之法，而清额外之征凡巨万，吴民大悦。又不折征收之封，惟苛兑者许民告白，以其所赢，代输者为倾泻费，上官闻而便之，下其例诸邑，悉如吴县。机神朗彻，遇一切物态，如镜取影，即巧幻莫如吴而终不得遁，故遁词恒片语而折，咄嗟狱具，吴人谓之升米公事。自非重情，无所罚赎，杖之示惩而已。以故署门酒家萧条，皆移去。县胥隶之类，或三四为曹共一役，不食县官，惟借公事渔猎里间，公拣其宜用者食之，无所差遣，终日兀坐，不能糊口，皆逃去归农。有屡投匿名牍者，公出见县前占星人，觉黠甚，念必此人也，呼来占星一纸，视手迹与匿名牍无二，讯之立伏，其妙于得情皆此类。公为令清次骨，才敏捷甚，一县大治，宰相申公时行闻而叹曰，二百年来无此令矣。

居常不发私书，尘覆函数寸。期年而政已成，会吴中有天池山之讼，公意见与当路相左，居恒不乐，遂闭门有拂衣之志。当事知其不可强，姑令予告，俟病痊补职。公既得请，走吴越访故人陶周望诸公，同览西湖天目之胜，观五泄瀑布，登黄山齐云，恋恋烟岚，如饥渴之于饮食。时与石篑诸公商证，递相取益，而间发为诗文，俱从真源中溢出，别开手眼，一扫王李云雾，天下才人文士始知疏瀹心灵，搜剔慧性，以荡涤摹拟涂饰之病，其功伟矣。

戊戌太史字趣公入都，始复就选，得京兆校官，时太史官春坊，小修亦入太学，复相聚论学，结城西之崇国寺，名曰蒲桃社。庚子补礼部仪制司主事，数月即请告归。归未几，太史下世，公感念绝荤血者累年，无复宦情，时于城南得下洼地，可三百亩，络以重堤，种柳万株，号曰柳浪，潜心道妙。闲适之余，时有挥洒，皆从慧业流出，新绮绝伦。而游屐所及，如匡庐、太和、桃花源皆穷极幽遐，人所不至者无不到，发于诗文，烟岚溢毫楮间，盖自花源后诗，字字鲜活，语语生动，新而老，奇而正，又进一格矣。丙午入都，补仪曹主事。曹务清简，萧然无事，乃以存问蒲圻谢公之使归里。

戊申春暮入都，补验封司主事，摄选曹事，猾吏多舞文，属当急选之期，故事制签时，凡琐屑事皆曹郎躬为之，吏无敢近者，一老吏忽排闼而入曰，每次大选，例与都吏一二美缺，今有某驿缺，已予都吏百金矣，幸以见与。公目摄之，叱之出。私念曰，铨事一至此乎，誓为国家除此大蠹。少宰杨公乔曰，吾辈身为大臣，受制胥吏，切齿久矣。会猾吏私一姻戚，已罢官而仍留之，刻报至，公廉得其故，大愤曰，如此则铨柄尽归此辈矣。时冢宰拟以疏文而后逮治之，公曰此胥吏也，但置之于法，以一知会疏上，则疾雷不及掩耳，虽有奥援，将安用之。遂如言具疏，而猾吏未知也。公令两隶持之曰："去，送汝入刑部。"即绳之以往，疏下，竟以欺罔坐重辟。铨曹设刑具自公始。冢宰孙公知公为大用器，甚重之。己酉公主试秦中，试官以避嫌不过搜求，公通场皆自取阅，所取士大半得之落卷中，及出榜，多名士，试录为天下第一。公典试后，与左辖汪公可受密以道相证，遍游秦中诸胜，历中岳嵩山，登华山绝顶而还，著《华嵩游记》。居吏曹二年，会考事竣，遂给假南归，定居沙市，中治一楼，名曰砚北，取段成式"杯沥之余，常居砚北"意也。

庚子卒，年四十三。海内知已，谓其识如王文成，胆如张江陵，而不逮下寿以殁，天下惜之。所著诗文有《敝箧集》《锦帆集》《解脱集》《广陵》《瓶花斋》《潇碧堂》《破砚斋》《华嵩游草》若干卷行世。吴县祀名宦，公邑祀乡贤。

（《公安县志》）

叙姜陆二公同适稿

　　苏郡文物甲于一时，至弘正间，才艺代出，斌斌称极盛，词林当天下之五。厥后昌谷少变吴歈，元美兄弟继作，高自标誉，务为大声壮语，吴中绮靡之习，因之一变。而剽窃成风，万口一响，诗道寖弱。至于今，市贾佣儿，争为呕吟，递相临摹，见人有一语出格，或句法事实非所曾见者，则极诋之为野路诗。其实一字不观，双眼如漆，眼前几则烂熟故实，雷同翻复，殊可厌秽。故余往在吴，济南一派，极其呵斥，而所赏识，皆吴中前辈诗篇，后生不甚推重者。高季迪而上无论，有以事功名而诗文清警者，姚少师、徐武功是也。铸辞命意，随所欲言，宁弱无缚者，吴文定、王文恪是也。气高才逸，不就羁绁，诗旷而文者，洞庭蔡羽是也。不为王李所摈斥，而识见议论，卓有可观，一时文人，望之不见其崖际者，武进唐荆川是也。文词虽不甚奥古，然自辟户牖，亦能言所欲言者，昆山归震川是也。半趋时，半学古，立意造词，时出己见者，黄五岳、皇甫百泉是也。画苑书法，精绝一时，诗文之长，因之而掩者，沈石田、唐伯虎、祝希哲、文徵仲是也。其他不知名，诗文可观者甚多，大抵庆历以前，吴中作诗者，人各为诗。人各为诗，故其病止于靡弱，而不害其为可传。庆历以后，吴中作诗者，共为一诗。共为一诗，此诗家奴仆也，其可传与否，吾不得而知也。间有一二稍自振拔者，每见彼中人士，皆姗笑之，幼学小生，贬驳先辈尤甚，揆厥所由，徐王二公实为之俑。然二公才亦高，学亦博，使昌谷不中道夭，元美不中于鳞之毒，所就当不止此。今之为诗者，才既绵薄，学复孤陋，中时论之毒，复深于彼，诗安得不愈卑哉？

姜陆二公，皆吴之东洞庭人，以未染庆历间习气，故所为倡和诗，大有吴先辈风。意兴所至，随事直书，不独与时矩异，而二公亦自异，虽间有靡弱之病，要不害其可传。夫二公皆吴中不甚知名者，而诗之简质若此，余因感诗道昔时之盛而今之衰，且叹时诗之流毒深也。

叙竹林集

往与伯修过董玄宰，伯修曰："近代画苑诸名家，如文徵仲、唐伯虎、沈石田辈，颇有古人笔意不？"玄宰曰："近代高手，无一笔不肖古人者。夫无不肖，即无肖也，谓之无画可也。"余闻之，悚然曰："是见道语也。故善画者，师物不师人；善学者，师心不师道；善为诗者，师森罗万象，不师先辈；法李唐者，岂谓其机格与字句哉？法其不为汉，不为魏，不为六朝之心而已，是真法者也。是故减灶背水之法，迹而败，未若反而胜也。夫反，所以迹也。今之作者，见人一语肖物，目为新诗。取古人一二浮滥之语，句规而字矩之，谬谓复古。是迹其法，不迹其胜者也，败之道也。嗟夫！是犹呼傅粉抹墨之人，而直谓之蔡中郎，岂不悖哉！今夫时文，一末技耳。前有注疏，后有功令，驱天下而不为新奇不可得者，不新，则不中程故也。夫士即以中程为古耳，平与奇何暇论哉？"王以明先生为余丛举师，其为诗，能以不法为法，不古为古，故余为叙其意若此。噫！此政可与徐熙诸人道也。

谢于楚历岫草引

古云"诗能穷人"，又云"诗非能穷，穷者而后工也"。夫使穷而后工，曹氏父子当为伧夫，而谢客无芙蓉之什，昭明兄弟要以纨绮终也。唯云"诗能穷人"，大似有之。管城亲而牙筹疏，一不合也。气高语率，令人自远，二不合也。富者恶其厉缗，仇之若敌；贵者忌其厉官，避之若祟，三不合也。有一于此，皆足以穷，而况并之？故云："一日执管，二朝废饔。"妻子之所羞，而宗党之所怒也。是物者，何益人秋毫事，而余辈酷嗜之？余与于楚交有年，初于歙，再于白下，于广陵，于燕市，每见必以诗相质，力追作者。今春忽见于柳浪，衣上尘寸许，是则梦想不及者也。问别来何所遇，嘿无语。试解其装，但见其诗益富，语益奇，而他无有。余喏曰："谢郎穷若此，而诗不止，是中殆有鬼，非命也。善乎，坡公之谓王子玄也，有致穷之具而与子瞻为亲，又欲往求鲁直，其穷殆未易瘳也。"余才不逮古人，而穷不啻过之。世人之见余者皆唾，畏其气相沾染也。于楚访余深山，是余大幸，然两人者，其气味适足以相增益，甚非趋避之道也。于楚不能忍穷，幸且焚笔研，余亦从此改业焉。

识伯修遗墨后

伯修酷爱白苏二公，而嗜长公尤甚。每下直，辄焚香静坐，命小奴伸纸，书二公闲适诗，或小文，或诗余一二幅，倦则手一编而卧，皆山林会心语，近懒近放者也。余每过抱瓮亭，即笑之曰："兄与长公，直是一种气味。"伯修曰："何故？"余曰："长公能言，吾兄能嗜，然长公垂老玉局，吾兄直东华，事业方始，其不能行，一也。"伯修大笑，且曰："吾年止是东坡守高密时，已约寅年入山，彼时才得四十三岁，去坡翁玉局，尚二十余年，未可谓不能行也。昔乐天七十致仕，尚自以为达，故其诗云'达哉达哉白乐天'，此犹白头老寡妇，以贞骄人，吾不学也。"因相与大笑，未几而伯修下世。嗟乎，坡公坎坷岭外，犹得老归阳羡；乐天七十罢分司，优游履道，尚十余年。使吾兄幸而跻下寿，长林之下，兄倡弟和，岂二公所得比哉？弟自壬辰得第，宦辙已十三年。然计居官之日，仅得五年，山林花鸟，大约倍之，视兄去世之年，仅余四载。夫兄以二老为例，故以四十归田为早，若弟以兄为例，虽即今不出，犹恨其迟也。世间第一等便宜事，真无过闲适者，白苏言之，兄嗜之，弟行之，皆奇人也。甲辰闰九月九日，弟宏道书于栀子楼。

拙效传

石公曰：天下之佼于趋避者，兔也，而猎者得之，乌贼鱼吐墨以自蔽，乃为杀身之梯，巧何用哉？夫藏身之计，雀不如燕，谋生之术，鹳不如鸠。古记之矣。作《拙效传》：

家有四钝仆：一名冬，一名东，一名戚，一名奎。冬即余仆也。掀鼻削面，蓝睛虬须，色若锈铁，尝从余武昌。偶令过邻生处，归失道，往返数十回，见他仆过者，亦不问。时年已四十余，余偶出，见其凄凉四顾，如欲哭者，呼之，大喜过望。性嗜酒，一日，家方煮醪，冬乞得一盏，适有他役，即忘之案上，为一婢子窃饮尽。煮酒者怜之，与酒如前。冬伛偻突间，为薪焰所着，一烘而过，须眉几火。家人大笑，仍与他酒一瓶。冬甚喜，挈瓶沸汤中，俟暖即饮，偶为汤所溅，失手堕瓶，竟不得一口，瞠目而出。尝令开门，门枢稍紧，极力一推，身随门辟，头颅触地，足过顶上，举家大笑。今年随至燕邸，与诸门隶嬉游半载，问其姓名，一无所知。东貌亦古，然稍有诙气，少役于伯修。伯修聘继室时，令入城市饼，家去城百里，吉期已迫，约以三日归，日晡不至。家严同伯修门外望。至夕，见一荷担从柳堤来者，东也。家严大喜，急引至舍，释担视之，仅得蜜一瓮。问饼何在，东曰："昨至城隅，见蜜价贱，遂市之。饼价贵，未可市也。"时约以明纳礼，竟不得行。戚、奎，皆三弟仆。戚尝刈薪，跪而缚之，力过绳断，拳及其胸，闷绝仆地，半日始苏。奎貌若野獐，年三十尚未冠，发后攒作一纽，如大绳状。与钱市帽，奎忘其纽，及归，束发加帽，眼鼻俱入帽中，骇叹竟日。一日，至比舍，犬逐之，即张空拳相角，如与人交艺者，竟啮其指。其痴绝皆此类。然余家狡猾之仆，往往得过，独四拙颇能守法，其狡猾者相继逐去，资身无策，多不过一二年，不免冻馁。而四拙以无过坐而衣食，主者谅其无他，计口而授之粟，唯恐其失所也。噫！亦足以见拙者之效矣。

虎　丘

　　虎丘去城，可七八里。其山无高岩邃壑，独以近城故，箫鼓楼船，无日无之。凡月之夜，花之晨，雪之夕，游人往来，纷错如织，而中秋为尤胜。每至是日，倾城阖户，连臂而至。衣冠士女，下迨蔀屋，莫不靓妆丽服，重茵累席，置酒交衢间，从千人石上至山门，栉比如鳞，檀板丘积，樽罍云泻；远而望之，如雁落平沙，霞铺江上，雷辊电霍，无得而状。布席之初，唱千百声，若聚蚊不可辨识，分曹部署，竞以歌喉相斗，雅俗既陈，妍媸自别。未几而摇首顿足者，得数十人而已。已而明月浮空，石光如练，一切瓦釜，寂然停声，属而和者，才三四辈，一箫，一寸管，一人缓板而歌，竹肉相发，清声亮彻，听者魂销。比至夜深，月影横斜，荇藻凌乱，则箫板亦不复用，一夫登场，四座屏息，音若细发，响彻云际，每度一字，几尽一刻，飞鸟为之徘徊，壮士听而下泪矣。剑泉深不可测，飞岩如削千顷云，得天池诸山作案，峦壑竞秀，最可觞客，但过午则日光射入，不堪久坐耳。文昌阁亦佳，晚树尤可观。面北为平远堂旧址，空旷无际，仅虞山一点在望。堂废已久，余与江进之谋所以复之，欲祠韦苏州、白乐天诸公于其中，而病寻作。余既乞归，恐进之兴亦阑矣。山川兴废，信有时哉。吏吴两载，登虎丘者六。最后与江进之、方子公同登，迟月生公石上，歌者闻令来，皆避匿去，余因谓进之曰："甚矣。乌纱之横，皂隶之俗哉！他日去官，有不听曲此石上者，如月！"今余幸得解官，称吴客矣，虎丘之月，不知尚识余言否耶？

上　方

去胥门十里，而得石湖，上方踞湖上，其观大于虎丘，岂非以太湖故耶？至于峰峦攒簇，层波叠翠，则虎丘亦自佳。徙倚孤亭，令人转忆千顷云耳。大约上方比诸山为高，而虎丘独卑。高者四顾皆伏，无复波澜；平者远翠稠叠，为屏为障，千山万壑，与平原旷野相发挥，所以入目尤易。夫两山去城皆近，而游人趋舍若此，岂非标孤者难信，入俗者易谐哉？余尝谓上方山胜虎丘，以他山胜。虎丘如冶女艳妆，掩映帘箔。上方如披褐道士，丰神特秀。两者孰优劣哉？

亦各从所好也矣。乙未秋杪，曾与小修、江进之登峰看月，藏钩肆谑，令小青奴罚盏。至夜半，霜露沾衣，酒力不能胜，始归。归而东方白矣。

天　池

从贺九岭而进，别是一洞天。峭壁削成，车不得方轨，飞楼跨之，舆骑从楼下度。逾岭而西，平畴广野，与青峦紫逻相映发。时方春仲，晚梅未尽谢，花片沾衣，香雾霏霏，弥漫十余里，一望皓白，若残雪在枝。奇石艳卉，间一点缀。青篁翠柏，参差而出，种种夺目，无暇记忆，归来思之，十不得一。独梦境恍惚，余芬犹在枕席间耳。土人以茶为业，隙地皆种茶。室庐不甚大。行旅亦少。鸡犬隐隐，若在云中。因诵苏子瞻"空山无人，水流花开"之偈，宛然如画。四顾参曹，无一人可语者。余因下舆，令两下奚披而行。问若佳否？皆云："疲甚，哪得佳？"行数里，始至山足。道旁青松，若老龙鳞，长林参天，苍岩蔽日，幽异不可名状。才至山腰，屏山献青，画峦滴翠，两年尘土面目，为之洗尽。低回片晷，宛尔秦余。马首红尘，恍若隔世事矣。天池在山半，方可数十余丈。其泉玉色，横浸山腹。山巅有石，如莲花瓣。翠蕊摇空，鲜芳可爱，余时以勘地而往，无暇得造峰顶，至今为恨。寂照庵在池旁，内有石室三间，柱瓦皆石，刻镂甚精。室后石殿一。殿甚宏敞，内外柱皆石，围三尺许。禅堂僧舍，周绕其侧，亦胜地也。时寺僧方有构，庵内行脚挂搭者多，余意欲讽其去，因大书简板曰："种阿僧，祗善根。亲非亲，怨非怨。阳焰空华，诸法皆如幻，遍阎浮提佛土，去自去，来自来，闲云野鹤，何天不可飞？"自是诸僧稍稍散矣。

灵　岩

灵岩一名砚石，《越绝书》云"吴人于砚石山作馆娃宫"，即其处也。山腰有吴王井二。一圆井，曰池也；一八角井，月池也。周遭石光如镜，细腻无驳蚀，有泉常清，莹晶可爱。所谓银床素绠，已不知化为何物。其间挈军持瓶钵而至者，仅仅一二山僧，出没于衰草寒烟之中而已矣。悲哉！有池曰砚池，旱岁不竭。或曰即玩华池也。登琴台，见太湖诸山，如百千螺髻，出没银涛中，亦区内绝景。山上旧有响屧廊，盈谷皆松，而廊下松最盛。每冲飙至，声若飞涛。余笑谓僧曰："此美人环佩钗钏声，若受具戒乎，宜避去。"僧瞪目不知所谓。石上有西施履迹，余命小奚以袖拂之，奚皆徘徊色动。碧縎缃钩，宛然石发中，虽复铁石作肝，能不魂销心死？色之于人甚矣哉！山仄有西施洞。洞中石貌甚粗丑，不免唐突。或云石室，吴王所以囚范蠡也。僧为余言其下洼处为东西画船湖，吴王与西施泛舟之所。采香径在山前十里，望之若在山足，其直如箭，吴宫美人种香处也。山下有石，可为砚。其色深紫，佳者殆不减歙溪。米氏《砚史》云："蠖村石理粗，发墨不糁。"即此石也。山之得名，盖以此。然在今搜伐殆尽，石亦无复佳者矣。嗟乎！山河绵邈，粉黛若新。椒华沉彩，竟虚待月之帘；夸骨埋香，谁作双鸾之雾？既已化为灰尘白杨青草矣，百世之后，幽人逸士，犹伤心寂寞之香趺，断肠虚无之画屧；矧夫看花长洲之苑，拥翠白玉之床者，其情景当何如哉？夫齐国有不嫁之姊妹，仲父云"无害霸"，蜀宫无倾国之美人，刘禅竟为俘虏。亡国之罪，岂独在色？向使库有湛卢之藏，潮无鸱夷之恨，越虽进百西施，何益哉？

湘　湖

　　萧山樱桃鸳鸟莼菜皆知名，而莼尤美。莼采自西湖，浸湘湖一宿，然后佳。若浸他湖，便无味。浸处亦无多地，方圆仅得数十丈许。其根如符，其叶微类初出水荷钱。其枝丫如珊瑚而细，又如鹿角菜。其冻如冰，如白胶附枝叶间，清液泠泠欲滴。其味香粹滑柔，略如鱼髓蟹脂，而清轻远胜。半日而味变，一日而味尽；比之荔枝，尤觉娇脆矣。其品可以宠莲嬖藕，无得当者。唯花中之兰，果中之杨梅，可异类作配耳。惜乎此物东不逾绍，西不过钱塘江，不能远去，以故世无知者。余往仕吴，问吴人张翰莼作何状，吴人无以对。果若尔，季鹰弃官，不为折本矣。然莼以春暮生，入夏数日而尽，秋风鲈鱼，将无非是？抑千里湖中，别有一种莼邪？湘湖在萧山城外，四匝皆山。余游时，正值湖水为渔者所盗，湖面甚狭。行数里即返舟，同行陶公望、王静虚旧向余夸湘湖者，皆大惭失望。

天目一

数日阴雨，苦甚。至双清庄，天稍霁。庄在山脚，诸僧留宿庄中，僧房甚精，溪流激石作声，彻夜到枕上。石篑梦中误以为雨，愁极，遂不能寐。次早，山僧供茗糜，邀石篑起。石篑叹曰："暴雨如此，将安归乎？有卧游耳。"僧曰："天已晴，风日甚美。响者乃溪声，非雨声也。"石篑大笑，急披衣起，啜茗数碗，即同行。

天目二

天目幽邃奇古，不可言。由庄至巅，可二十余里。凡山深僻者多荒凉，峭削者鲜迂曲；貌古则鲜妍不足，骨大则玲珑绝少；以至山高水乏，石峻毛枯。凡此皆山之病。天目盈山皆壑，飞流淙淙，若万匹缟，一绝也。石色苍润，石骨奥巧，石径曲折，石壁竦峭，二绝也。虽幽谷悬岩，庵宇皆精，三绝也。余耳不喜雷，而天目雷声甚小，听之若婴儿声，四绝也。晓起看云，在绝壑下，白净如绵，奔腾如浪，尽大地作琉璃海，诸山尖出云上若萍，五绝也。然云变态最不常，其观奇甚，非山居久者不能悉其形状。山树大者几四十围，松形如盖，高不逾数尺，一株直万余钱，六绝也。头茶之香者，远胜龙井，笋味类绍兴破塘，而清远过之，七绝也。余谓大江之南，修真栖隐之地，无逾此者，便有出缠结室之想矣。宿幻住之次日，晨起看云，已后登绝顶，晚宿高峰死关。次日，由活埋庵寻旧路而下。数日晴霁甚，山僧以为异，下山率相贺。山中僧四百余人，执礼甚恭，争以饭相劝。临行，诸僧进日："荒山僻小，不足当巨目，奈何？"余日："天目山某等亦有些子分，山僧不劳过谦，某亦不敢面誉。"因大笑而别。

游盘山记

盘山外骨而中肤。外骨，故峭石危立，望之若剑戟罴虎之林；中肤，故果木繁而松之挟石罅出者，欹嵌虬曲，与石争怒，其干压霜雪不得伸，故旁行侧偃，每十余丈。其面削，不受足，其背坦，故游者可迁而达。其石皆锐下而丰上，故多飞动。其叠而上者，渐高则渐出，高者屡数十寻，则其出必半，仄焉若半圮之桥，故登者栗。其下皆奔泉，夭矫曲折，触巨细石皆斗，故鸣声彻昼夜不休。其山高古幽奇，无所不极。

述其最者：初入得盘泉，次曰悬空石，最高曰盘顶也。泉莽莽行，至是落为小潭。白石卷而出，底皆金沙。纤鱼数头，尾鬣可数。落花漾而过，影彻底，忽与之乱。游者乐释衣，稍以足沁水，忽大呼曰："奇快！"则皆跃入没胸。稍溯而上，逾三四石，水益哗，语不得达。间或取梨李，掷以观旋折奔舞而已。悬空石数峰一壁，青削到地。石粘空而立，如有神气性情者。亭负壁临绝涧，涧声上彻，与松韵答。其旁为上方精舍，盘之绝胜处也。盘顶如初抽笋，锐而规，上为窣堵波。日光横射，影落塞外；奔风忽来，翻云抹海；住足不得久，乃下。迂而僻，且无石级者，曰天门开。从髻石取道，阔以掌，山石一，右臂左履，虚不见底，大石中绝者数。先与导僧约，遇绝险处，当大笑。每闻笑声，皆胆落。扪萝探棘，更上下仅得度。两岩秀削立，太古云岚，蚀壁皆翠。下得枰石，方广可几筵，抚松下瞰，惊定，乃笑世上无判命人，恶得有此奇观也。

面有洞，嵌绝壁不甚阔。一衲攀而登，如猕猴，余不往，谓导僧曰："上山险在背，肘行可达，下则目不谋足，殆已。将奈何？"僧指其凸曰："有微径。但一壁峭而油，不受履。过此，虽险可攀，至脊迂之，即山行道也。"僧乃跣，蛇矫足登。下布以缒，健儿以手送余足。腹贴石，石腻且外欹，至半体僵。良久足缩，健儿努以手从，遂上。迨至脊，始咋指相贺，且相戒也。峰名不甚雅，不尽载。其洞壑初不名，而新其目者，曰石雨洞，曰慧石亭。洞在下盘道，听涧声觅之可得。石距上方百步，纤瘦丰妍不一态，生动如欲语。下临飞涧，松鬣覆之，如亭。寐可凭，坐可茵，闲可侣，故"慧"之也。其石泉奇僻而蛇足之者，曰红龙池。其洞天成可庵者，曰瑞云庵之前洞。次则中盘之后岭也。其山壁窈窕秀出，而寺废者，曰九华顶，不果上。其刹宇多，不录。寄投者，曰千像，曰中盘，曰上方，曰塔院也。

其日为七月朔，数得十。偕游者曰苏潜夫、小修、僧死心、宝方、寂子也。其官于斯而以旧雅来者曰钟刺史君威也。其不能来而以书讯，且以蔬品至者，曰李郎中酉卿也。

云峰寺至天池寺记

云峰寺而上，道愈巇，青崖邃谷，匝叠而行。絮而粘履者曰云，幽咽而风弦者曰涧。独石而梁，一丝百石，下临千仞者，曰锦涧桥。缬红紫碧，蜿蜒而导者，曰九叠屏（一名九旗峰）。怒而兀岔，如悍夫之介而相怖者，曰铁船峰。数里一息，芝崖而亭之者五。路嵚削，杖而跻，遇泉则卷叶以酌。过试心石，望竹林寺后户，泉韵木响，皆若梵呗，乃拜。亭尽，梵刹出上霄，诸峰障而立，犹在天半。佛庐甚华整，覆以铁，一溪涨绿，泠然阶下。稍定，乃上文殊台，俯盘鹰见背，千顷一杯。少焉，云缕缕出石下，缭松而过，若茶烟之在枝。已乃为人物鸟兽状，忽然匝地，大地皆澎湃。抚松坐石，上碧落而下白云，是亦幽奇变幻之极也。走告山僧，僧曰："此恒也，无足道。"

开先寺至黄岩寺观瀑记

庐山之面，在南康。数十里皆壁。水从壁罅出，万仞直落，势不得不森竖跃舞，故飞瀑多而开先为绝胜。登望瀑楼，见飞瀑之半，不甚畅。沿崖而折，得青玉峡。峡苍碧立，汇为潭。巨石当其下，横偃侧布，瀑水掠潭行，与石遇，啮而斗，不胜，久乃敛狂斜趋，侵其趾而去。游人坐石上，潭色浸肤，扑面皆冷翠。良久月上，枕涧声而卧。一客以文相质，余曰："试扣诸泉。"又问，余曰："试扣诸涧。"客以为戏。余告之曰："夫文，以蓄入，以气出者也。今夫泉，渊然黛，泓然静者，其蓄也。及其触石而行，则虹飞龙矫，曳而为练，汇而为轮，络而为绅，激而为霆，故夫水之变，至于幻怪翕息，无所不有者，气为之也。今吾与子历含嶓，涉三峡，濯涧听泉。得其浩瀚古雅者，则为六经；郁激曼衍者，则骚赋；幽奇怪伟，变幻诘曲者，则为子史百家。凡水之一貌一情，吾直以文遇之。故悲笑歌鸣，卒然与水俱发，而不能自止。"客起而谢。

次日晨起，复至峡观香炉紫烟心动。僧曰："至黄岩之文殊塔，瀑势乃极。"杖而往，磴狭且多折，芒草割人。而少进，石愈嵌，白日蒸崖，如行热治中。微闻诸客皆有嗟叹声。既至半，力皆惫，游者昏昏愁堕。一客眩，思返。余曰："恋躯惜命，何用游山？且而与其死于床第，孰若死于一片冷石也？"客大笑，勇百倍。顷之，跻其巅，入黄岩寺。少定，折而至前岭，席文殊塔，观瀑。瀑注青壁下，雷奔海立，孤搴万仞，峡风逆之，帘卷而上，忽焉横曳，东披西带。诸客请貌其似，或曰："此鲛人输绡图也。"余曰："得其色。然死水也。"客曰："青莲诗比苏公白水佛迹孰胜？"余曰："太白得其势，其貌肤，子瞻得其怒，其貌骨，然皆未及其趣也。今与客从开先来，欹削十余里，上烁下蒸，病势已作，一旦见瀑，形开神彻，目增而明，天增而朗，浊虑之纵横，凡吾与子数年陶汰而不肯净者，一旦皆逃匿去，是岂文字所得诠也？"山僧曰："崖径多虎，宜早发。"乃下，夜宿归宗寺。次日，过白鹿洞，观五老峰，逾吴障山而返。

由水溪至水心崖记

晓起揭篷窗，山翠扑人面。不可忍，遽趣船行。逾水溪，十余里，至沙萝村。四面峰峦如花蕊，纤苞浓朵，横见侧出，二十里内，秀蒨阁眉，殆不可状。夫山远而缓，则乏神；逼而削，则乏态。余始望不及此，遂使官奴息誉于山阴，梦得悼言于九子也。又十余里，至倒水岩。岩削立数十仞，正侧面皆霞壁。有窦八九，下临绝壑。一窦悬若黄肠者五，见极了了。问山中人，云有好事者，乘涨倚舰，令健夫引绠而上，至则见有遗蜕，沉香为棺。其言不可尽据，然石无寸肤，虽猿猱不能攀，不知当时何从置此。又半里，至渔仙寺。寺有伏波避暑石室，是征壶头时所凿，余窦历历如僚幕。寺幽绝，左一小峰拔地起，若盆石，尖秀可玩。江光岫色，透露窗扉。问一老僧，方牧豕，见客不肃。问几何众，曰单丁无徒侣。相与咨嗟而去。又数里，至穿石。石三面临江，锋棱怒立，突出诸峰上，根锐而却，末垂水如照影，又若壮士之将涉。石腹南北穿，如天阙门，高广略倍。山水如在镜面，缭青萦白，千里一规，真花源中一尤物也。一客忽咳，有若瓮鸣。余因命童子度吴曲。客曰："止止！否则裂石。"顷之，果有若沙砾堕者，乃就船。又十余里，至新湘溪。众山束水，如不欲去。山容殊闲雅，无刻露态。水至此亦敛怒，波澄黛蓄，递相亲媚，以与游人娱。大约山势回合，类新安江，而淡冶相得，略如西子湖。如是十余里，山色稍狞，水亦渐汹涌，为仙掌崖。又数里，山舒而畦见，水落而滩见，为仙人溪。

既迫夜，舟人畏滩声，不敢行，遂泊于滩之渴石上。滩皆石底，平滑如一。方雪，因命小童烹茶石上。

次日舟发，见水心崖，如在船头，相距才里许。榜人踊跃，顷刻泊崖下。崖南逼江岸，渔网溪横啮其趾，遂得跃波而出。两峰骨立无寸肤，生动如欲去。或锐如规，或方如削，或欹侧如堕云，或为芙蓉冠，或如两道士偶语，意态横出。其方者独当溪流之奥，适古之极。对面诸小峰，亦有佳色，为之佐妍，四匝皆龙湫，深绿畏人。崖顶有小道房，路甚仄，行者股栗，数息乃得上。既登舟，不忍别，乃绕崖三匝而去。石公曰："游仙源者当以渌萝为门户，以花源为轩庭，以穿石为堂奥，以沙萝及新湘诸山水为亭榭，而水心崖乃其后户云。"大抵诸山之秀雅，非穿石水心之奇峭，亦无以发其丽，如文中之有波澜，诗中之有警策也。君超又为余言灵岩及诸山之幽奇甚多，要余再来。余唯唯，他日买山，当以此中为第一义也。

识张幼于箴铭后

余观古今士君子，如相如窃卓，方朔俳优，中郎

醉龙，阮籍母丧酒肉不绝口，若此类者，皆世之所谓
放达人也。又如御前数马，省中阒树，不冠入厕，自
以为罪，若此类者，皆世之所谓慎密人也。两种若冰
炭不相入，吾辈宜何居？袁子曰："两者不相肖也，亦
不相笑也。各任其性耳。性之所安，殆不可强。率性
而行，是谓真人。今若强放达者而为慎密，强慎密者
而为放达，续凫项，断鹤颈，不亦大可叹哉！"夫幼
于氏淳谦周密，恂恂规矩，亦其天性然耳。若以此矜
持守墨，事栉物比，目为极则，而叹今古高视阔步，
不矜细行之流，以为不必有，则是拘儒小夫，效颦学
步之陋习耳，而以之美幼于，岂真知幼于者欤？

识张幼于惠泉诗后

　　余友麻城丘长孺，东游吴会，载惠山泉三十坛之
团风。长孺先归，命仆辈担回。仆辈恶其重也，随倾
于江。至倒灌河，始取山泉水盈之。长孺不知，矜重
甚。次日，即邀城中诸好事尝水。诸好事如期皆来，
团坐斋中，甚有喜色。出尊取磁瓯，盛少许，递相
议，然后饮之。嗅玩经时，始细嚼咽下，喉中汩汩有

声，乃相视而叹曰："美哉水也！非长孺高兴，吾辈此生，何缘得饮此水？"皆叹羡不置而去。半月后，诸仆相争，互发其私事。长孺大恚，逐其仆。诸好事之饮水者，闻之愧叹而已。又余弟小修，向亦东询，载惠山、中冷泉各二尊归，以红笺书泉名记之。经月余，抵家。笺字俱磨灭。余诘弟曰："孰为惠山？孰为中冷？"弟不能辨。尝之，亦复不能辨。相顾大笑。然惠山实胜中冷，何况倒灌河水？自余吏吴来，尝水既多，已能辨之矣。偶读幼于此册，因忆往事，不觉绝倒。此事政与东坡河阳美猪肉事相类，书之并博幼于一笑。

寄散木

　　散木近作何状，人生何可一艺无成也？作诗不成，即当专精下棋，如世所称小方、小李是也。又不成，即当一意蹴鞠挡弹，如世所称查八十、郭道士等是也。凡艺到极精处，皆可成名，强如世间浮泛诗文百倍。幸勿一不成，两不就，把精神乱抛撒也。知尊多艺，故此相砥，勉之哉！

龚惟长先生

数年闲散甚，惹一场忙在后，如此人，置如此地，作如此事，奈之何？嗟夫！电光泡影，后岁知几何时，而奔走尘土，无复生人半刻之乐，名虽作官，实当官耳！尊家道隆崇，百无一阙；岁月如花，乐何可言！然真乐有五，不可不知：目极世间之色，耳极世间之声，身极世间之鲜，口极世间之谭，一快活也。堂前列鼎，堂后度曲，宾客满席，男女交舄，烛气薰天，珠翠委地，金钱不足，继以田土，二快活也。箧中藏万卷书，书皆珍异，宅畔置一馆，馆中约真正同心友十余人，人中立一识见极高如司马迁、罗贯中、关汉卿者为主，分曹部署，各成一书，远文唐宋酸儒之陋，近完一代未竟之篇，三快活也。千金买一舟，舟中置鼓吹一部，妓妾数人，游闲数人，泛家浮宅，不知老之将至，四快活也。然人生受用至此，不及十年，家资田地荡尽矣。然后一身狼狈，朝不谋夕，托钵歌妓之院，分餐孤老之盘，往来乡亲，恬不知耻，五快活也。士有此一者，生可无愧，死可不朽矣。若只幽闲无事，挨排度日，此最世间不紧要人，不可为训。古来圣贤，公孙朝穆、谢

安、孙场辈，皆得此一着，此所以他一生受用，不然，
与东邻某子甲蒿目而死者何异哉？

丘长孺

闻长孺病，甚念念。若长孺死，东南风雅尽矣，
能无念耶？弟作令备极丑态，不可名状，大约遇上官
则奴，候过客则妓，治钱谷则仓老人，谕百姓则保山
婆，一日之间，百暖百寒，乍阴乍阳，人间恶趣，令
一身尝尽矣。苦哉！毒哉！家弟秋间欲过吴，虽过吴，
亦只好冷坐衙斋，看诗读书，不得如往时携侯子登虎
丘山故事也。近日游兴发不？茂苑主人虽无钱可赠客
子，然尚有酒可醉，茶可饮，太湖一勺水可游，洞庭
一块石可登，不大落莫也。

汤义仍

作吴令，备诸苦趣，不知遂昌仙令，趣复云何？
俗语云"鹄般白，鸦般黑"，由此推之，当不免矣。人
生几日耳，长林丰草，何所不适，而自苦若是！每看

陶潜非不欲官者，非不丑贫者，但欲官之心，不胜其好适之心，丑贫之心，不胜其厌劳之心，故竟归去来兮，宁乞食而不悔耳。弟观古往今来，唯有讨便宜人，是第一种人，故漆园首以《逍遥》名篇。鹏唯大，故垂天之翼，人不得而笼致之。若其可笼，必鹅鸭鸡犬之类，与夫负重致远之牛马耳。何也？为人用也。然则大人终无用哉？五石之瓠，浮游于江海；参天之树，逍遥乎广莫之野；大人之用，亦若此而已矣。且《易》不以龙配大人乎？龙何物也，飞则九天，潜则九地，而人岂得而用之？由此观之，大人之不为人用久矣。对大人言，则小人也，弟小人也，人之奔走驱逐我，固分，又何厌焉？下笔及此，近况可知。

李子髯

髯公近日作诗否？若不作诗，何以过活这寂寞日子也？人情必有所寄，然后能乐，故有以弈为寄，有以色为寄，有以技为寄，有以文为寄。古之达人，高人一层，只是他情有所寄，不肯浮泛虚度光景。每见无寄之人，终日忙忙，如有所失，无事而忧，对景不乐，即自家亦不知是何缘故，这便是一座活地狱，更说甚么铁床铜柱，刀山剑树也，可怜可怜！大抵世上无难为的事，只胡乱做将去，自有水到渠成日子。如子髯之才，天下事何不可为，只怕慎重太过，不肯拼着便做，勉之哉，毋负知己相成之意可也。

答陶石篑

寄来诗文并佳，古胜律，律胜文，至扇头七言律，尤为奇绝。昔白乐天谓元微之："近日格律大进，当是熟读吾诗。"兄或者亦读仆诗耶？徐文长老年诗文，幸为索出，恐一旦入醋妇酒媪之手，二百年云山，便觉冷落，此非细事也。弟近日始遍阅宋人诗文，宋人诗长于格而短于韵，而其为文，密于持论，而疏于用裁，然其中实有超秦汉而绝盛唐者，此语非兄不以为决然也。夫诗文之道，至晚唐而益小，欧苏矫之，不得不为巨涛大海，至其不为汉唐人，盖有能之而不为者，未可以妾妇之恒态责丈夫也。弟比来闲甚，时时想象西湖乐事，每得一景一语，即笔之于书，以补旧记之缺，书成可两倍旧作，容另致之。

第九卷　袁小修小品

【小传】

袁中道，字小修，伯修中郎同母弟也。万历癸卯，魁北闱，丙辰成进士。牧斋钱先生谦益为之传曰："小修十岁著《黄山》《雪》二赋，凡五千余言。长而通轻侠，游于酒人，以豪杰自命，视妻子如鹿豕之相聚，视乡里小人如牛马之尾行，而不可与一日居也。泛舟西陵，走马塞上，穷览燕赵齐鲁吴越之地，足迹几半天下，而诗文亦因以日进。归而学于李龙湖，有志出世，操觚应举，怀利刃切泥之叹。久之数困锁院，而两兄皆毕仕，流离世故，有忧生之嗟。万历丙辰，始举进士，改徽州府教授，迁国子博士，乞南得礼部仪制，历南吏部文选司郎中，旋乞休。小修尝自叙《珂雪斋集》，谓其诗文不及古人者有五，欲付之一炬，而名根未忘，不忍弃掷。又谓出世则以超悟让人，而修香光之业，用世则以经济让人，而为仕隐之闲，修辞则以经国垂世让人，姑存其绪言以当过雁之一唳，皆实语也。余尝语小修：'子之诗文有才多之患，若游览诸记，放笔芟薙，去其强半，便可追配古人。'小修曰：'善哉，子能之，我不能也。吾尝自患决河放溜，发挥有余，淘练无功，子能为我芟薙，序而传之，无使有后世谁定吾文之感，不亦可乎。'小修之通怀乐善若此，而予逡巡未果，实自愧其言。小修尝语予，杜之《秋兴》，白之《长恨》，元之《建昌宫词》，皆千古绝调，文章之元气也，楚人不知，妄加评窜，吾与子当昌言击排，点出手眼，无令后生堕彼云雾。盖小修兄弟间师承议论如此，而今之持论者，彝公安于竟陵，等而排之，不亦过乎。公与牧斋及黄之梅公客生为至交，故其言如此。深于禅理，卒时鼻垂玉筋，人以为禅定云。所著诗文有《珂雪斋集》二十卷，《游居柿录》二十卷。"

（《公安县志》）

程申之文序

　　申之既得馤中，山水幽蒨，谓予曰："予将买之而隐。"予笑曰："子非隐者也。子之文，清而贵，绮丽而无枯槁之气，实金华殿中语也，岂山中之人哉？子有可以栖隐之地，而时不当隐，心不肯隐，其才又不容隐，然则此一片地，终当付之山樵野老，鹤怨而猿啼，有日也。予故曰，子非隐者也。"夫岂惟馤中不能留申之以隐，而其山水之清美，且足以发灵慧之性，而助其深湛之思。今申之此篇，皆馤中之所得也，果不可隐耶？数年之后，予以瓢笠入黄山，取道馤中，欲于是处觅申之也，岂可得哉？谨书之以券。

殷生当歌集小序

　　才人必有冶情，有所为而束之，则近正，否则近邪。丈夫心力强盛时，既无所短长于世，不得已逃之游冶，以消磊块不平之气，古之文人皆然。近日杨用修云："一揩大何所畏，特是壮心不堪牢落，故耗磨之耳。"亦情语也。近有一文人，酷爱声妓赏适，予规之，其人大笑曰："吾辈不得志于时，既不同缙绅先生，享安富尊荣之乐，止此一缕闲适之趣，复塞其路而欲与之同守官箴，岂不苦哉？"其语卑卑，益可怜矣。饮酒者，有出于醉之外者也；征妓者，有出于欲之外者也。谢安石、李太白辈，岂即同酒食店中沉湎恶客，与鬻田宅迷花楼之浪子等哉？云月是同，溪山各异，不可不辨也。虽然，此亦是少年时言之耳。四十以后，便当寻清寂之乐，鸣泉灌木，可以当歌，何必粉黛？予梦已醒，恐殷生之梦，尚栩栩也。殷生负美才，其落魄甚予，宜其情无所束，而大畅于簪裙之间。所著诗文甚多，此特其旁寄者耳。昔周昉画山水人物皆佳，而世独称其美人。此集之行，抑亦周昉美人类也。殷生行年如予，必当去三闾而杖孤藤，模写山容水态，从予于碧水青山之间，日可俟矣，予淬眼望之矣。酸腐居士袁中道书。

陈无异寄生篇序

六一居士云："风霜冰雪，刻露清秀。"以山色言之，四时之变化亦多矣，而惟经风霜冰雪之余，则别有一种胜韵，澹澹漠漠，超于艳冶浓丽之外。春之盎盎，百花献巧争妍者，不可胜数，而梅花独于风霜冰雪之中，以标格韵致为万卉冠。故人徒知万物华于温燠之余，而不知长养于寒沍之时者，为尤奇也。由此观之，士生而处丰厚，安居饱食，毫不沾风霜冰雪之气，即有所成，去凡品不远。惟夫计穷虑迫，困衡之极，有志者往往淬励磨炼，琢为美器。何者？心机震撼之后，灵机逼极而通，而知慧生焉。即经世出世之学问，皆由此出，而况举业文字乎？吾友无异，少遭困厄，客寄四方，益自振，下帷发愤，穷极苦心，发为文章，清胜之气，迥出埃壒，若叶落见山，古梅着蕊，一遇慧眼而兼收之，固其宜也。然予每会无异于长孺座上，嘿嘿而亲之，私自念此非经风霜冰雪之余，有以消磨其习气而然欤？古人有言："能推食与人者，尝饥者也；赐之车马而辞焉者，不畏徒步者也。"若畏饥而惮步，则天下事其畜为之，怯为之，不亦多乎？

无异常天下之难者也，必无难天下事矣，予以此券无
异焉。

筼筜谷记

　　筼筜谷，周遭可三十亩，皆美竹。门以内，芟去
竹一方，纵可十丈，横半之。前以木香编篱，植锦川
石数丈者一，芭蕉覆之。有木樨二株，皆合抱，开时
香闻十余里。赠卜黄白梅各二株。有亭，颜曰杂华
林。旁有室，曰梅花廊。总以竹篱络之，而篱外之前
后左右，皆竹也。于篱之西，杂华林之后，有竹径百
武，又芟去竹一方，纵可三十丈，横二之，有一亭三
楹，颜曰净绿。后有堂三楹，名曰箨龙。其后为燕居
小室。总以墙络之，而墙外之左右前后，皆竹也。于
墙之西，净绿亭之后，又芟去竹一方，纵可十丈，衡
半之，种黄柑四株，皆合抱，岁得柑实数石，甘美
异他柑。有亭，曰橘乐。亦以篱络之，而篱之前后
左右，皆竹也。竹为清士所爱，然未有植之几数万
个，如予竹之多者。予耳常聆其声，目常览其色，鼻
常嗅其香，日常食其笋，身常亲其冷翠，意常令其潇

远，则天下之爱享此竹，亦未有如予，若饮食衣服，纤毫不相离者。予既以腴田数百亩易之王氏，稍与中郎相视点缀，数年间遂成佳圃，而中郎总名之曰筼筜谷云。

清荫台记

长安里居，左有园，多老松。门内亘以清溪，修竹丛生水涯，过桥，槐一株，上参天，孙枝皆可为他山乔木。其余桃李枣栗之属，郁然茂盛。内有读书室三楹，昔两兄与予同修业此处。两兄相继成进士，举家皆入城市，而予独居此。夏日无事，乃于溪之上，槐之下，筑一台。台为青槐所覆，日影不能至，因名之曰清荫，而招客以乐之。虽无奇峰大壑，而远冈近阜，郁郁然攒浓松而布绿竹，举凡风之自远来者，皆宛转穿于万松之中，其烈焰尽而后至此，而又和合于池上芰荷之气，故虽细而清冷芬馥。至日暮，着两重衣，乃可坐。俯观鱼戏，仰听鸟音，予意益欣欣焉。大呼客曰："是亦不可以隐乎？"

爽籁亭记

玉泉初如溅珠，注为修泉，至此忽有大石横峙，去地丈余，邮泉而下，忽落地作大声，闻数里。予来山中，常爱听之。泉畔有石，可敷蒲，至则趺坐终日。其初至也，气浮意嚣，耳与泉不深入，风柯谷鸟，犹得而乱之。及瞑而息矣，收吾视，返吾听，万缘俱却，嗒焉丧偶，而后泉之变态百出。初如哀松碎玉，已如鹍弦铁拨，已如疾雷震霆，摇荡川岳，故予神愈静，则泉愈喧也。泉之喧者，入吾耳而注吾心，萧然泠然，浣濯肺腑，疏瀹尘垢，洒乎忘身世而一死生，故泉愈喧，则吾神愈静也。夫泉之得予也，予为导其渠之壅滞，除其旁之草莱，汰其底之泥沙，濯足者有禁，牛马之蹂践者有禁；予之功德于泉者，止此耳。自予之得泉也，旧有热恼之疾，根于生前，蔓于生后，师友不能箴，灵文不能洗；而与泠泠之泉遇，则无涯柴棘，若春日之泮薄冰而秋风之陨败箨，泉之功德于我者，岂其微哉！泉与予又安可须臾离也？故予居此数日，无日不听泉，初曦落照往焉，惟长夏亭午，不胜烁也，则暂去之矣。斜风细雨往焉，惟滂沱淋漓，偃盖之松不能蔽也。则暂去之矣。暂去之而予心皇皇然，若有失也，乃谋之山僧，结茆为亭于泉上。四置轩窗，可坐可卧，亭成而叹曰："是骄阳之所不能驱，而猛雨之所不能逐也。与明月而偕来，逐梦寐而不舍，吾今乃得有此泉乎？且古今之乐，自八音止耳，今而后始知八音外，别有泉音一部。世之王公大人，不能听，亦不暇听，而专以供高人逸士，陶写性灵之用，虽帝王之威英韶武，犹不能与此泠泠世外之声较也，而况其他乎？予何幸而得有之，岂非天所以赍予者欤？"于是置几移褥，穷日夜不舍，而字之曰"爽籁"云。

楮亭记

金粟园后，有莲池二十余亩，临水有园，楮树丛生焉。予欲置一亭纳凉，或劝予："此不材木也，宜伐之，而种松柏。"予曰："松柏成阴，亦须四五年，道人之迹，如游云。安可枳之一处？予期目前可作庇阴者耳。楮虽不材，不同商丘之木，嗅之狂醒三日不已者。盖亦界于材与不材之间者也。以为材，则不中梁栋枅栌之用；以为不材，则皮可为纸，子可为药，可以染绘，可以颒面，其用亦甚夥。昔子瞻作《宥老楮诗》，盖亦有取于此。"今年夏，酷暑，前堂如炙，至此地则水风泠泠袭人，而楮叶皆如掌大，其阴甚浓，遮樾一台。植竹为亭，盖以箬，即曦色不至，并可避雨。日西骄阳隐蔽层林，啼鸟沸叶中，沉郁有若深山。数日以来，此树遂如饮食衣服，不可暂废，深有当于予心。自念设有他树，犹当改而植此，而况已森森如是，岂惟宥之哉，且将九锡之矣，遂取之以名吾亭。

游西山十记

记　一

出西直门，过高梁桥，杨柳夹道，带以清溪，流水澄澈，洞见沙石，蕴藻紫蔓，鬣走带牵，小鱼尾游，翕忽跳达，亘流背林，禅刹相接，绿叶浓郁，下覆朱户，寂静无人，鸟鸣花落。过响水闸，听水声汩汩。至龙潭堤，树益茂，水益阔，是为西湖也。每至盛夏之月，芙蓉十里如锦，香风芬馥，士女骈阗，临流泛觞，最为胜处矣。憩青龙桥，桥侧数武，有寺，依山傍岩，古柏阴森，石路千级。山腰有阁，翼以千峰，紫抱屏立，积岚沉雾。前开一镜，堤柳溪流，杂以畦田，丛翠之中，隐见村落。降临水行，至功德寺，宽博有野致，前绕清流，有危桥可坐。寺僧多习农事，日已西，见道人执畚者插者带笠者野歌而归。有老僧持杖散步塍间，水田浩白，群蛙偕鸣。噫，此田家之乐也，予不见此者三年矣，夜遂宿焉。

记　二

功德寺循河而行，至玉泉山麓，临水有亭，山根中时出清泉，激喷巉石中，俏然如语。至裂帛泉，水仰射，沸冰结雪，汇于池中，见石子鳞鳞，朱碧磊珂，如金沙布地，七宝妆施，荡漾不停，闪烁晃耀。注于河，河水深碧泓渟，澄澈迅疾，潜鳞了然，荇发可数。两岸垂柳，带拂清波，石梁如雪，雁齿相次，间以独木为桥，跨之濯足，沁凉入骨。折而南，为华严寺，有洞可容千人，有石床可坐。又有大士洞，石理诘曲，突兀奋怒，皱云驳雾，较华严洞更觉华严险怪。后有窦，深不可测。其上为望河亭，见西湖，明如半月，又如积雪未消。柳堤一带，不知里数，袅袅濯濯，封天蔽日，而溪壑间民方田作，大田浩浩，小田晶晶，鸟声百啭，杂华在树，宛若江南三月时矣。循溪行，至山将穷处，有庵，高柳覆门，流水清激，跨山有亭，修饬而无俗气。山余出巉石，肌理深碧。不数步，见水源，即御河发源处也，水从此隐矣。

记 三

自玉泉山初日雾露之余，穿柳市花弄，田畴畛畦间，见峰峦回曲萦抱，万树浓黛，点缀山腰，飞阁危楼，腾红酣绿者，香山也。此山门径幽邃，青松夹道里许，流泉淙淙下注，朱栏千级，依岩为刹，高杰整丽。憩左侧来青轩，尽得峰势，右如舒臂，左乃曲抱，林木绣错，伽蓝棋布。下见麦畴稻畦，潆壑柳路，村庄疏数，点黛设色。夫雄踞上势，撮其胜会，华檐金铺，切云耀日，肖竹林于王居，失秽都之瓦砾，兹刹庶几有博大恢弘之风。至于良辰佳节，都人士女，连佩接轸，遗钗堕簪，绮罗从风，香汗飘雨，繁华巨丽，亦一名胜。独作者骋象马之雄图，无邱壑之妙思；角其人工，不合自然，未免令山泽之癯，息心望岫。然要以数十年之后，碧蚀于蛛丝，阶砌于苔藓，游人渐少，树木渐老，则恐兹山之胜，倍当刮目于今日也。

记　四

　　从香山俯石磴行柳路，不里许，碧云在焉。刹后有泉，从山根石罅中出，喷吐冰雪，幽韵涵澹。有老树，中空火出，导泉于寺，周于廊下，激琤石渠，下见文砾金沙。引入殿前为池，界以石梁，下深丈许，了若径寸。朱鱼万尾，匝池红酣，烁人目睛，日射清流，写影潭底，清慧可怜。或投饼于左，群赴于左，右亦如之，咀呷有声。然其跳达刺泼，游戏水上者，皆数寸鱼，其长尺许者，潜泳潭下，见食不赴，安闲宁寂，毋乃静燥关其老少耶？水脉隐见，至门左，奋然作铁马水车之声，迸入于溪。其刹宇宏丽不书，书泉，志胜也。或曰："此泉若听其喷溢石根中，不从龙口出，其岩际砌石，不令光滑，令披露山骨，石渠不令若槽臼，则刹之胜，恐东南未必过焉。"然哉！

记　五

　　香山跨山踞岩，以山胜者也。碧云以泉胜者也。折而北，为卧佛，峰转凹，不闻泉声。然门有老柏百许森立，寒威逼人，至殿前，有老树二株，大可百围，铁干镠枝，碧叶虬结，纤羲回月，屯风宿雾，霜皮突兀，千瘿万螺，怒根出土，磊块诘曲，叩之丁丁作石声。殿墀周连数百丈，数百年以来，不见日月。石墀整洁不容唾。寺较古，游者不至，长日静寂，若盛夏晏坐其下，凛然想衣裘矣。询其名，或云娑罗树。其叶若薪，予乃折一枝袖之，俟入城以问黄平倩，必可识也。卧佛盖以树胜者也。夫山当以老树古怪为胜，得其一者皆可居，不在整丽。三刹之中，野人宁居卧佛焉。

记　六

　　背香山之岭，是谓万安山。刹庵绮错其中，有寺不甚弘敞，而具山林之致者，翠岩也。门有渠，天雨则飞流自山巅来，岩吼石击，涛奔雷震，直走原麓，洞骇心目。刹后石路百级，有禅院，四周皆茂树，左右松柏千株，虬曲幽郁，无风而涛，好鸟和鸣。于疏林中隐隐见都城九衢，宫观栉比，万岁山及白塔寺了了可指。其郊坰之林烟水色，山径柳堤，及近之峰峦叠秀，楼阁流丹，则固皆几席间物。出门即为登眺，入门即为枕簟；虽夜色远来，犹可不废览瞩。有泉甚清，可煮茗，遂宿焉。风起松柏怒号，震撼冲击，枕

上闻其声，如在客子舟中，驾风帆破白头浪也。予遂
与王子定计，九夏居此，以避长安尘矣。

记　七

　　既栖止翠岩，晏坐之余，时复散步。循涧西行，
攀磴数百武，得庵曰中峰。门有石楼，可眺。有亭高
出半山，可穷原隰。墙围可十里，悉以白石垒砌，高
薄云汉，修整中杂之纤曲。阶磴墀径，石光可鉴，不
受一尘，处处可不施簟席而卧，于诸山中鲜洁第一。
刹中仅见一僧，甚静寂。予少憩石楼下，清风入户，
不觉成寐。既寤，复循故涧，涧涸，而怪石经于疾流
冲击之后，堕者，偃者，横直卧者，泐者，背相负者，
欲止未止，欲转不获转者，犹有余怒。其岸根水洗石
出，亦复皱瘦，峻嶒崎嵌，陷坎罅中，松鼠出没，净
滑可人。舍涧而上碧峰，得寺曰弘教，亦有亭可眺也。
有松盘曲夭乔，肤皱枝拗，有远韵。间有怪石，佛像
清古，亦为山中第一。降复过翠岩，循涧左行山口中，
为曹家楼。有桥可憩，竹柏骈罗，石路宛转，可三里
许，青苔紫驳，缀乱石中，墙畔亦多斧劈，石骨理甚
劲。意山中既多怪石，去其土肤，石当自出。无奈修

者意在整齐，即有奇石，且将去天巧以就人工，况肯为疏通，显其突兀奋迅之势者乎？绝顶有亭，眺较远，以在山口也。此处门径弘博，不如香山，而有山家清奥之趣，亦当为山中第一也。

记　八

予欲穷万安绝顶之胜，而僧云徐之，俟微雨洒尘，乘其爽气，可以登涉，且宜眺瞩也。一宿而微雨至，予大喜曰："是可游矣。"遂溯涧而上，徘徊怪石之间，数步一息。于时宿雾既收，初日照林，松柏膏沐之余，杨柳浣濯之后，深翠殷绿，媚红娟美，至于原隰隐畛，草色麦秀，莫不淹润柔滑，细腻莹洁，似薍簟初展，文锦乍铺矣。既至层巅，意为可望云中上谷间，而香山金山诸峰，遮樾云汉，惟东南一鉴，了了可数，平畴尽处，见南天大道一缕，卷雾喷沙，浩白无涯，或曰此走邯郸道也。扪萝分棘，遂过山阴，憩于香山松棚庵中。松身仅五尺许，而枝干虬结，蔽于垣内。下有流泉清激，声与松风相和，松花堕地，飘粉流香，晚烟夕雾，萦薄湖山，急寻旧路以归。

记　九

　　依西山之麓而刹者，林相接也。而最壮丽者，为鲍家寺。两披石楼屹立，青槐百株，交蔽修衢，微类村庄。殿墀果松仅四株，而枝叶婆娑，覆阴无隙地，飘粉吹香，写影石路，堂宇整洁，与碧云等。于弘教寺之下，又得滕公寺，石垣周遭，若一大县。其中飞楼相望，五十余所，清渠激于户下，杂花灵草，芬馥檐楹，别院宛转，目眩心迷，幽邃清肃，规骏娑而摹未央。噫，衔之之纪伽蓝，盛矣，中州固应尔，燕冀号为沙碛，数百年间，天都物力日盛，王侯貂贵，不惜象马七珍，遂使神工鬼斧，隐轸山谷。予游天下，若金陵之摄山牛首，钱塘之天竺净慈，诚为秽土清泰，至于瑰奇修整，无纤毫酸寒之气，西山诸刹，亦为独多。玉环飞燕，各不可轻，虽都人有担金填壑之讥，然赫赫皇居，令郊坰间皆为黄沙茂草，不亦萧条甚欤？王丞相所谓"不尔，何以为京师"者也。

记　十

　　居士曰："予游山，自西山始也。"或曰："居士于二十时，即泛长江，历吴会，穷览越峤之胜，北走塞上，登恒山石脂峰，望单于而还，而乃云游自西山始，何也？"居士曰："予向者雅好山泽游矣，而性爱豪奋，世机未息，冶习未除。是故目解玩山色，然又未能忘粉黛也；耳解听碧流，然又未能忘丝竹也。必如安石之载携声妓，盘餐百金，康乐之伐木开山，子瞻之鸣金会食，乃慊于心而势复不能，则虽有山石洞壑之奇，往往以寂寞难堪，委之去矣，此与不游正等。今予幸而厌弃世膻，少年豪习，扫除将尽矣，伊蒲可以送日，晏坐可以忘年，以法喜为资粮，以禅悦为姬侍，然后澹然自适之趣，与无情有致之山水，两相得而不厌，故望烟峦之窅窈突兀，听水声之幽闲涵澹，欣欣然沁心入脾，觉世间无物可以胜之。举都人士所为闻而不及游，游而不及享者，皆渐得于吾杖履之下，于于焉，徐徐焉，朝探暮归，若将终身焉，然后乃知予向者果未尝游山，游山自西山始矣。"

寄四五弟

山中已有一亭，次第作屋，辰起阅藏经数卷，倦即坐亭上，看西山一带，堆蓝设色，天然一幅米家墨气。午后，闲走乳窟听泉，精神日以爽健，百病不生。吾弟若有来游意，极好。三月初间，花鸟更新奇，来住数月，烟云供养，受用不尽也。

寄八舅

自别老舅入山，无日不快，仰看堆蓝之山色，俯听跳珠之水声，神骨俱清，百病消除。寺内有旧庵基，正据山水之胜，已倾囊鬻得，且晚市木修造，有次第矣。此去十五六里，即为清溪，峰峦洞壑，殆非人境。到此饭伊蒲，绝嗜欲，觉得容易遣日。自信于山水有缘，联榻不寐，遂有此一番佳境界，非愚甥不能造此思路，非老舅不能赏鉴也。已矣已矣，胸次舒泰，耳目清净，岂非福耶？二三月内，此中山色泉声，更当十倍，老舅如有山行之兴，当扫乳窟以待。

答夏道甫

"高情已逐晓云空，不与梨花同梦。"此情何堪！但一付庄周诸公处治也。梅花帐中，柏子炉边，别有一番光景，新春入渚宫，当唤醒吾兄三生梦耳。拙诗一册，并园柑二十五枚，家履丝帨，聊申一念。小刻初成，容续补真成百日兄诗及悼亡篇也。园柑大异市味，幸别视之。卓吾手迹跋语，幸抄付来价，以便入刻，至望。

回君传

回君者，邑人，于予为表兄弟。深目大鼻，繁须髯，貌大类俳场上所演回回状，予友丘长孺见而呼之谓回，邑人遂回之焉。回聪慧，耽娱乐，嗜酒喜妓入骨。家有庐舍田亩，荡尽，赤贫。善博戏，时与人赌，得钱即以市酒，邑人皆恶之。

予少年好嬉游，绝喜与饮，邑人以之规予曰："予辈亦可共饮，乃与无赖人饮，何也？"予曰："君辈乌足与饮。盖予尝见君辈饮也，当其饮时，心若有所思，目若有所注，杯虽在手，而意别有营，强为一笑，随即愀然，身上常若有极大事相绊，不肯久坐，偶然一醉，勉强矜持，关防忍嘿。夫人生无事不苦，独把杯一刻，差为可乐，犹不放怀，其鄙何如？古人饮酒，惟恐不舒，尚借丝竹歌舞，以泻其怀，况有愁人在前乎！回则不然，方其欲酒之时，而酒忽至，如病得药，如猿得果，如久饿之马，望水涯芳草，蹄足骄嘶，奔腾而往也。耳目一，心志专；自酒以外，更无所知，于于焉，嬉嬉焉，语言重复，形容颠倒；笑口不收，四肢百骸，皆有喜气，与之饮，大能助人欢畅，予是以日愿与之饮也。"人又曰："荡子不顾家，乌足取？"予曰："回为一身，荡去田产，君有田千顷，终日焦劳，未及四十，须鬓已白，回不顾家，君不顾身，身与家孰亲？回乃笑子，子反笑回耶？"其人无以应。

回有一妻一子，然率在外，饮即向人家住不归，每十日送柴米归，至门大呼曰："柴米在此。"即去。其妻出取，已去百步外矣。腰系一丝囊，常虚无一文。时予问回曰："虚矣，何以为计？"回笑曰："即至矣，即实。"予又谓曰："未可用尽。"回又笑曰："若不用尽，必不来。"予曰："何以知之？"曰："我自二十后，无立锥地，又不为商贾，然此囊随尽随有，虽邑中遭水旱，人多饥焉，而予独如故。予自知天不绝我，故终不营。"予曰："善。"回丧其子，予往慰之，回方醉，人家招之来，笑谓予曰："绝嗣之忧，宁至我乎？"相牵入酒家，痛饮达旦。嗟乎！予几年前性刚命蹇，其牢骚不平之气，尽寄之酒，偕回及豪少年二十余人，结为酒社。大会时各置一巨瓯，较其饮最多者，推以为长。予饮较多，已大酲，恍惚见二十余人皆拜堂下。时月色正明，相携步斗湖堤上，见大江自天际来，晶莹辉朗，波涛激岸，汹涌滂湃，相与大叫，笑声如雷。是夜城中居民，皆不得眠。

今予复以失意就食京华，所遇皆贵人，不敢过为颠狂，以取罪戾。易州酒价贵，无力饮，其余内酒黄酒不堪饮。且予近益厌繁华，喜静定，枯坐一室，或有两三日未饮时，量日以退，兴日以索；近又戒杀，将来酒皆胥戒之，岂能如曩日之豪饮乎？而小弟有书来，乃云余二十少年皆散去，独回家日贫，饮酒日益甚。予乃叹曰："人不堪其忧，回也不改其乐，贤哉回也。"

第十卷　曹能始小品

【小传】

曹学佺，字能始，侯官人。弱冠举万历二十三年进士，授户部主事，中察典，调南京，添注大理寺左寺正。居冗散七年，肆力于学。累迁南京户部郎中。四川右参政按察使蜀府毁于火，估修资七十万金，学佺以宗藩条例却之。又中察典，议调。天启二年，起广西右参议。初挺击狱兴，刘廷元辈主疯颠。学佺著《野史纪略》，直书事本末。至六年秋，学佺迁陕西副使。未行而廷元附魏忠贤大幸，乃劾学佺私撰野史，淆乱国章，遂削籍，毁竹镂板。巡按御史王政新以尝荐学佺，亦勒闲住广西。大吏揣学佺必得重祸，羁留以待，已知忠贤无意杀之，乃得释还。崇祯初，起广西副使，力辞不就，家居二十年，著书所居石仓园中。为《石仓十二代诗选》，盛行于世。

尝谓二氏有藏，吾儒何独无，欲修儒藏与鼎立。采撷四库书，因类分辑，十有余年，功未及竣，两京继覆。唐王立于闽中，起授太常卿，寻迁礼部右侍郎兼侍讲学士，进尚书，加太子太保。及事败，走入山中，投环而死。年七十有四。诗文甚富，总名《石仓集》。万历中，闽中文风颇盛，自学佺倡之，晚年更以殉节著云。

（《明史·文苑传》）

古文自序

　　曹子曰：古文时文，无二理也。秦汉之文，无以异于今日之文也。古之文也，简而质；今之文也，繁而无当。古之文也，序记传赞之类，各有根致；今之文也，不暇辨析，只成一论体。古之文也，是是非非，义例甚严；今之刻薄者隐讥诽，阘茸者滥夸与而已矣。然则谓予之文其能无剩语欤？无变体欤？又能是非之当于人心欤？而俱未之能也。是犹未免有时相也。虽然，此意不可不知，而亦不可不存也。噫！凡事皆然，宁独文矣。予既以举业翻刻署中，与蜀生相切劘，复取其古文之近于时义以广之。夫惟欲其与时文相近也，则亦不厌其为时矣。

尹恒屈诗序

　　语云："千里一士，比肩而立。"志难得也。余数奔走道路，游于山川间，未尝不亟求友之思，而危独立之叹也。去年，从豫章来，登匡庐，泛彭蠡，凌天门，蹑采石，秋尽始抵秣陵，遇蜀尹武部恒屈。恒屈已有先容予者，见迟良久。余骤而得恒屈，而后喜可知也。于是予与恒屈称莫逆。予本投闲，恒屈好懒；予性佞佛，恒屈清斋；其为趣况一也。予之所友，恒屈之友；恒屈之友，即余之友；其为交游一也。临池谈艺，必尽短长；对弈衔杯，迭为胜负；其为犄角一也。高台流水，引眺何极；春花秋月，命赏都遍；其为留连一也。夫人也，因其所同而同之，则莫不同矣；因其所异而异之，则莫不异矣。予与恒屈之为人，有不期同而同者焉，而其为诗，惟日求异以致其同者焉。今恒屈之诗何如哉？其在楚者，非乎在蜀者也，在金陵者，非乎在楚者也，盖骎骎日异而岁不同矣。古之人如是也，其可量乎哉！予乃走数年，往来几千里，始见此人耳。恒屈今别去，将归蜀。溯流而上，直指江源，其自三山九华以至浔阳钟蠡之间，则余去年未见恒屈时路也。其自武昌荆门以至巫峡绵官之乡，则恒屈昔年未见余时路也。风景不同，山川如昔，怀人天末，扣舷而歌，予知又有不容已于言者矣。

丘生稿序

余去年潞河与丘生别，生以其所作文，欲余题数言，余第应之而已，未有以复也。兹间关自长安来，访余于鸡鸣山下，索之不置。余念别生一年所矣，日之不能不逝也，地之不能不迁也，友朋之不能无聚散，时事之不能无低昂也；独吾两人相对慰藉如平生，讵能忘情哉！情之所关，则亦聊为记之而已。后之为梦寐，为感慨，未必不因之矣。若生之文，是非可否，则生以为如是，而余未必以为如是也。余以为如是，而人又未必以为如是也，余乌能定之。

钱伯庸文序

今之作文者，如人相见。作揖曲躬之际，阔别致谢，寒温都尽。及其执茶对坐，别无可说，不过再理前词，往往重复。又如俗人唱曲，以一句为数句，以一字为数字，不死不活，希图延场，及其当唱之处，又草草读过而已。噫！此所谓时套也。今之作揖不如是，则人必怪之；唱曲不如是，则无人击节赏音。作文之趋于时尚，亦如是矣。其病在于无师友传授，而少浸润之于义理，徒逞其私臆，求作新奇，不知反落俗套矣。钱生伯庸，其家师于岳水部之初，以之初书谒见于予。予观其人，不为时俗所染，岂非欲随地求师，而汲汲于义理者？予愧浅率，不足以答伯庸。伯庸归，试以其文质之尔师之初。之初之作人，无时套者也，其论文亦如之。

洪崖游稿序

游山泽，观鱼鸟，至乐事也，比之游仙焉。夫能遣除万虑，任情独往，虽峭壁绝岩，迅滩飞濑，与夫猿狖之区，百鸟之所解羽，寂寥危栗，无非寓目佳境者，则其心虚而神适也。心虚则神舍之，神之所舍，精华出焉。故宜灵秀吊诡，要眇弘肆，如太虚之浮云，任其卷舒，如洪海之应龙，恣其变化，则神之所为也。藉令有一芥蒂于其胸中，虽良辰美景，赏心乐事，近在目前，不啻隔数尘矣，况能形之诗歌，传之好事者乎？予性喜游，遇名山大川，莫不裹粮驻屐者久之。今年过南州，寻仙洪崖，会霖雨弥旬，不得穷其幽胜，

独取所谓萧峰、洪井诸处，一寓目焉。返棹入城，问南
州作者，亦有游洪崖诗否？则于友人郁仪氏所，得文明
宗侯诗一卷而读之。未始不反复三叹于斯人之先获我心
也。文明以王孙贵游，不耽歌台舞榭，而山泽是乐，固
已奇矣。游而形之歌诗，诗辄秀色与西山竞爽，非胸中
空洞，神相为用者能之乎？顾文明今则已矣，其所不朽
者在是，而诸公子雅好文，因郁仪氏索余以言，故书是
而归之。正谓禽向之侣，不必在今日耳。

洪汝含鼓山游记序

作文游山记最难。未落笔时，搜索传志，铺叙程
期，洋洋洒洒，堆故实于满纸，但数别人财宝而已，
于一种游情了不相关。即移之他处游亦可，移之他人
游亦可；拘而寡韵，与泛而不切，病则均焉。记游如
作画。画家必须摹古，间复出己意着色生采，自然飞
动。及乎对境盘礴，往往难之。乃以为画不必似，盖
远近位置，木石向背，逼真则碍理；两不入耳。法既
不伤，于境复肖，又何以似为病也？友人洪汝含氏，
作《鼓山游记》。余读之，初若不汲汲于游者，或为岚

翠招之，或为友朋动之，或自崖而返，或登顶者再，惟随其兴之所适，及乎境之所奏。故其为记，亦不为传志故实之所窘缚，与夫年月里数之所役使；神情满足，气色生动，嘻笑戏谑，皆成文章，以如意之笔术，夺难肖之画工。此所谓合作也。传《诗》之《葛覃》曰："葛者，妇人之所有事也。为是诗者，咏歌其所有事，而又及其所闻见，言其乐从事于此也。"噫！汝含氏之游，可谓乐矣，是宜记。

叶君节秋怀诗跋

予观《诗说》曰："春，至艳也，女感之而悲；秋，至爽也，士感之而悲。"然非爽艳不能以相悦，岂二序凉燠时，顾颛自为政耶？秋之色素，衷相喻者谁也？秋之韵长，兴相属者谁也？则非丈夫士不能，而非妇人女子所能辨也。予复有说焉，咏美人者，必以花草，咏花草者，又必以美人。山水之佳者，固入画图；图画之佳者，又肖乎山水。是故国风好色而不淫，相如言工于形似，此皆诗家之正脉，韵士之极致也。予甥叶君节少年爽朗，刚肠素臆之士，乃其为秋怀诗，则若寤寐美人，而驰情于佳冶者。虽曰凛哉秋之为气，殊轻柔宛转，不胜可怜春也。此固文人所藉以遣其笔端而漱芳含润者，若必举其人以实之，指其事以证之，则亦不但痴人前说梦矣。

春风楼记

　　夫山诎水赢，则能荡之而来；壑深舟固，则或负之而去。故楼居为仙人之所好，而水上为智者之至乐也。余今年客豫章，住在东湖。友人李云将氏，门楣相对，一呼即集，时坐春风楼中。春风楼者，其尊人孟乾公之所创也。孟乾一代风流，千秋命赏；铜雀春深，瑶台月满；尝有春风微籁，被之弦管，抽其景光矣。至今烟霜傍峰，犹疑绮障之施；凫鹤浮波，尚作清音之和者也。云将属余所以记之。余见东湖之水，信乎吐吞城郭，而嘘吸风云者。谁家别业，若个良工；只似秦娥背镜，孰映黛光；吴驷过门，徒看练影者哉。春风楼若为东湖而设，而湖遂得为此楼有也。层构既崇，入窗自豁。堂丽而华，房密而曲；集珠履之上宾，拥翠钿之佳妇，玉杯范雪，银烛擎烟；中无不有，外别一区；天井载浮，空廊受浸；树势半敧，苔痕尽染；既风生其荇爽，虽月晦而驻明。东西两岸，俱有长垣，为公府之所筑，乃为我而隔市尘矣。西山逶迤而来，犹窥一抹，似露半眉；落日倒景，则出金翠之盛妆也。南面相对，其为长堤高柳者，杏花楼耶？云日在杏花楼时，作胭脂色，其在柳树之上，依稀柳色也。东南水特宽，地势若少缺。湖中岛屿，有苏公亭峙之，望此辄有无穷之想。余一夕与云将泛小艇问其处，西山霞气蒸人，中流闻箫鼓声渺渺自空堕，回视春风楼如在蓬岛，而我辈已神仙中人矣。

游武夷记

以七夕前一日发建溪，百里，抵万年宫，谒玉皇、太姥、十三仙之列，履祀汉坛，即汉武帝时所谓干鱼荐武夷者也。泛舟溪上，可以望群峰。巍然首出，为大王；次而稍广，为幔亭。按《魏志》："魏子骞为十三仙地主，筑升真观于峰顶，有天鉴池、摹鹤岩诸胜。以始皇二年，架虹桥而宴曾孙，奏'人间可哀'之曲。"今大王梯绝不可登，幔亭亦惟秋蝉咽衰草矣。玉女、兜鍪之下，数里，为一线天。道经友定故城，虎为政，游人不敢深入。两崖相阖者里许，中露天光仅一线。有风洞，白玉蟾斩蛇于此，今祠之，而肃杀之气犹存云。移舟过大藏峰，踵御茶园，万磴而上，其山如鸟巢，盖魏王易裸服以登天柱者，为更衣台。渡隔岸，谒朱子所读书，拜其遗像，徘徊久之，以一径入云窝。陈丹枢修炼之所，存其石灶。出大隐屏以西，登接笋木梯铁缆之路，视上则恐错趾，视下则恐眩目；千盘而度龙脊，乃有仙弈亭可憩。修竹鸣蝉之外，黄冠启闭于丹房而已。天游虽称崔嵬过之，然迢递可肩舆入。登一览台，于是三十六峰之胜，可屈指数矣。复命舟里许，过隘岭，为陷石堂。小桥流水之中，度石门而桑麻布野，鸡犬声闻，依稀武陵之境乎？于是望鼓子峰相近，穿修篁五里，木石栈道，相为钩连。叩岩石，逢然作鼓声。岩下为吴公洞，洞旁为道院。是游凡以次达九曲矣。乃归万年宫。从山麓走二十里，游水帘，乱崖飞瀑而下，衣裾入翠微尽湿。以别涧出崇安溪之西楚道上。

　　曹学佺曰："余考《武夷祀典志》，详哉其言之。则知人主之媚于神仙，所从来矣。始皇遣方士徐市求

仙海上，而武夷不少概见，何以故？又按魏子骞遇张
湛十三仙，及宴曾孙，俱始皇二年事，何其盛也？而
后无闻焉。夫山灵之不以此易彼明矣。语云'遗荣可
以修真'，是之谓夫？"

石头庵募米疏

石头庵，有竹盈亩，有水半溪；有高人韵士来往，
愚公日坐竹林，涧水急则响，缓则文；与高人韵士睡
听无穷，亹亹酬酢不倦，而后乐可知也。假令犁竹径
为田，以水灌之，易高人韵士而为庸俗有金钱之人来
往，则师所不乐也。夫使师日乐其中，挥麈谈道，学
人数百，而不苦于乏绝，则其徒之事也。其徒某，有
威仪法，可以劝缘者。

第十一卷　黄贞父小品

【小传】

　　黄汝亨，字贞父，生而脑后棱棱有奇骨，目如曙星。年十八，归安茅坤家居，闻其名，聘之，与仲子国缙同学。初，汝亨以文学受知督学滕公。及汝亨读书湖州，而滕公已为浙巡抚，会坤忤县令，中奇祸，汝亨为请滕公白其冤。事解，坤持三百金为谢。汝亨笑曰："吾以义往而利公金耶？"不受，坤益重之。

　　万历二十六年，成进士，授进贤知县。邑多浮赋，汝亨上书台司力争之，宽征催。又为建仓水次，民不病输挽。暇则与诸生论文，坐语移日。喜搜剔名胜，复于竹林旧址寻戴叔伦栖隐处，筑栖贤院。为坛，自署"坛石山长"。奏最，当得吏部，同进者忌之，乃左迁。无何，起南京工部主事，三年，升南京礼部郎中。寻迁江西提学佥事。所奖拔，先实行，力持风格，为多士准。竿牍屏绝，尝以片言定诸王孙之变，无敢哗者。进本省布政参议，备兵湖西。逾年，以祝厘便道还浙，遂谢病不复出。结庐南屏小蓬莱，以著作自娱。持缣帛碑版造请者，相接于道。每避客六桥之阴，轻舟软舆，踪迹继至，则启窗一笑，酒茗交行，挥翰如飞。

汝亨知名最早，才气迈一世，诗格耻为艳丽，而古色照人。尤工五言，古诗在陶谢间，晚修《武林实录》，未成，卒，年六十有九。长子茂梧，早夭。孙灿，博学能文，邑诸生。次孙炜，弱冠受知于督学黎元宽，及壮，事母偕隐。凡遇甘旨，母未尝，辄不敢食，忼慨重然诺，有祖风。

（《康熙仁和县志》）

鸿苞序

　　今夫虚空之中，忽然而有天地，天地中有四海五岳，海岳中有丘陵原隰，沟浍川渎，以及于一微一尘，一沤一沫。自沤沫微尘，侵累而至天地，不可以数计形模也。而总为虚空之所苞举，则是虚空者之为物，孰与妙合偶对哉？尝试观之，惟人之灵，通神明，类万物而虚蹠实，参两天地而称三才；世人往往桎梏束之，波流汩之；故子舆氏有不能尽其才之叹。世有才子，而后能毂列虚空，宠络宇宙；坚竖之为功，而精溢之则为言。屠长卿先生所著《鸿苞》一编是也。长卿少负不羁，以文章自豪，释褐成进士，为青浦令，时与冯开之、沈君典、丁右武诸人相颉颃风云，睥睨当世。入为仪曹郎，志业不遂，仍以豪罢归。而益注其才情于著作之林，几与弇州新都辈争流竞爽。晚乃栖心于禅玄二氏，又欲综三教之旨于一毫端，时出而为竺乾，为柱下，为洙泗，霏霏乎落笔为花，流沫为珠，玄黄黼黻其辞，以自愉快。于是析天人，研性命，剖两仪，纬万类，渔猎诸子，网罗百家，以及《齐谐》《虞初》，丛聚谑浪之谈，凡书之所有，目之所淫，喉舌之所吞吐，尽举而载之于笔。盖其心灵无所不映澈，而其长才无所不游徙，其块磊历落之气不竟于名位，而眺览山川，挥洒词赋，犹不足以满其清湛浩荡之胸。读是篇也，不可谓长卿非才子，亦不可谓长卿不能尽其才者已。虽然，神明往则灵焉托？驰骤歇而才安归？六艺犹为陈筌，玄释不过传响，此篇即称博雅功臣，而谓为长卿易简理得之书，不可也。茅生元仪为吾友水部荐卿之子，博文嗜奇，爰付剞劂，属予序之，以资同好者流览。兼爱全书，未加诠择。然予闻之长卿辞世偈云："生平一过，多言多语，《鸿苞》等书，付之一炬。"呜呼！霜降木落，则长卿之为长卿，睹矣！

金玄朗于讴序

　世所称快士，脂韦謦折，能为佞士大夫间澜翻颊舌，不且箕踞嫚骂，先强贵而藉口灌将军，令贤者辟色，不肖者辟席。嗟乎！灌夫宁易为也。孔子曰："恶似而非者。"始吾不知玄朗，以为流俗人耳。既目摄玄朗，亦以为夫夫使气，即才高不可近。迨余困公车归，从雪上茅荐卿读书，而习玄朗者日久。觞咏之暇，间握手谭生平快心事，与千古豪华废兴得失之概。或呼可儿，命童子进巨觥，或发上指，语呶呶不休，四座为之爽然。及余再过吴门，览玄朗所为《结游》一篇，生平交契具在，皆当世风流廓落雄骏之士，乃知玄朗钟情之嗜，不啻菖芰，而世往往以目失之，悲夫！昔者王太史季孺之序玄朗曰："王先生之结袜，乃绝意于荣通；灌将军之骂坐，终见志于去就。"嗟乎，季孺死而知玄朗者希矣。玄朗诗似漫不经意，而雄快刲丽，放志成象，慷慨笔墨之外，酷似其为人。不知其人视其诗，不知其诗视其人，以此两言作金生钟期可也。夫灌夫有气而无文，玄朗直鞭笞使之矣。

南太史饮酒集杜小序

朱进父用杜子"浅把涓涓酒"二句，作饮酒诗十六首，而南太史子兴竟集杜句为之，得三十六首。两公俱称绝调，而为太史更难。何者？我与我周旋易，而我与人相代而竟作我，非谐情合体，仿性纾才不能也。昔庄惠游濠梁之上，惠曰："子非鱼，安知鱼之乐？"庄曰："子非我，安知我不知鱼之乐？"请以此下一转语曰："子兴非少陵者，安能集众少陵之为一少陵，而又有我在也？"然则古今才子非诗非酒，而有所以为诗酒人之雄者，览斯集可三叹焉。

玉版居记

钟陵民俭，境以内，山川城廓半萧瑟，绝少胜地可眺览。独城南山寺名福胜者，去城里许，径窅而僻，都无市喧，惟是苔衣树色相映，寺殿亦净敞可望。前令于此集父老，或诸生五六辈，说约讲艺。而寺以后方丈地，有修竹几百竿，古树十数株，为松为枥，为樟为朴，为蜡为柞，为枫及芭蕉，细草间之。四面墙不盈尺，野林山翠，葱蒨苍霭，可郁而望。六月坐之可忘暑，清风白月，秋声夜色，摇摇堕竹树下。间以吏事稀少，独与往还，觉山阴道不远，亦自忘其吏之为俗。借境汰情，似于其中不无小胜，因出余镪，命工筑小屋一座，围棂窗四周。窗以外，长廊尺许，带以朱栏干。薙草砌石，可步可倚。最后隙地亦佳，覆树似屋，据而坐，亦近乎巢树凿坯之民。而总之以竹居胜，即榜竹为径，题之以小淇园，颜其居曰玉版。里父老诸生，未始不可与集，高客韵士与之俱，更益清远，间觅闲孤往，亦复自胜。不佞令此地，无善状，庶几此袈裟地片居为政林下者云尔已矣。昔苏子瞻邀刘器之参玉版和尚，至则烧笋而食，器之觉笋味胜，欣然有悟，盖取诸此也。寺僧一二，每见多酒态，不知此味。子瞻亦不可多得。嗟乎！情境旷视，雅俗都捐，亦乌知世无子瞻玉版其人也。列一石刻玉版居约，戒杀，戒演戏，戒多滋味，戒毁墙壁篱落，砍伐摧败诸竹木。愿后来者共呵护之。有越三章者，不难现宰官身而说法。工竣，为壬寅秋九月。

岑山游记

　　岑山在兴安境。境之左，曳舆转级而上，可三五里，周遭皆小山，林木薜萝，与衣裳相钩带。登山时，日落山隈，烟浮树杪，如置身青霭中。乘余光，急探山中之胜。中一洞如佛狮子座洞口，昂首

轩鼻，卷文如螺，似天为之。左为龙乳泉，莹色如
玉，微微滴溜下如乳，味不澹而浓重，又似美人微汗
浸浸不收。其右为鱼峰，斑纹片片如黄竹叶。所居窅
窈，即白日，必秉烛入之，乃见。俗亦名仙岩。旁
有创修碑，以木为之，系天顺七年。其声朴朴，如
古琴。其纹斑驳断连，亦如老桐琴文，予目中所未
见。又转最上峰，为禅堂。堂踞岑之顶，信州山水可
揽取尽，惜山僧不能指其处。惟龟峰近一瞩目，即
至前堂。僧焚香宣梵，仪律清肃，是西江丛林所少。
次早，下山入信州矣。夫岑虽小山，然境近而踞幽
胜，其巅可揽众山，则亦足方仙岩，可作姑山两庑哲
配也。

浮梅槛记

　　客夏游黄山白岳，见竹筏行溪林间，好事者载酒
从之，甚适。因想吾家西湖上。湖水清且广，雅宜此
具，归而与吴德聚谋制之。朱栏青幕，四披之，竟与
烟水云霞通为一席，泠泠如也。按《地理志》云："有
梅湖者，昔人以梅为筏，沉于此湖，有时浮出。至春

则开花，流满湖面。"友人周本音至，遂欣然题之曰浮梅槛。古今人意，同不同未可知也。书联者二：一曰"湍回急沫上，缆锦杂华浮"，一曰"指烟霞以问乡，窥林屿而放泊"。每花月夜，及澄雪山阴，予时与韵人禅衲，尚羊六桥，观者如堵，俱叹西湖千载以来未有。当时苏白风流，意想不及此人情喜新之谭。夫我辈寥廓湛妙之观，岂必此具乃与梅湖仙人争奇哉？聊述所自，以贻观者。

题戴生病记

往予与苇航禅师山居时，偶言："昨梦不祥，奈何？"渠曰："梦已勿忆。忆，又一梦也。"又言："病后亦勿忆病。"予以为不然。梦而忆梦，则忧虞怦营，无所不至，佛氏所谓颠倒梦想，惑将不解。病后勿忆病，则追欲偿，好见猎而攘臂，后将不可为。盖忆梦，病痴；勿忆病，病忘。忘之为身害，滋甚矣。雄霸无过齐小白，而中兴之王无过刘秀。要其创基保业无他术，管子曰："君无忘射钩，臣无忘槛车。"冯将军亦言："愿国家无忘河北之难，小臣不敢忘巾车之恩。"善哉！戴生之为《病记》也，其亦槛车巾车之意乎？涉水知寒，爇火知热；前车覆，后车诫；可以保身，可以广业。戴生而自读其所记，胜于读岐轩《素问》、嵇康《养生论》多矣。或曰："雨过爽来，太虚岂无忘雨乎？"予笑不答，第喜戴生之能无忘病而书之。

题懒园记

无地间人，懒者多矣，而独一嵇叔夜当之，懒亦未易言。真懒者世外而得身，外身而得性。性便神逸，形骸不能束，尘鞅不能绁，故足尚也。叔夜之懒，见于绝山巨源一书。鄙薄荣进，遗弃世俗，即肢体骨节，非其所检。而于琴于锻，于往古高士，于当世之名流仙品，欣然有合，率尔天放，此真懒者也。吾里有秦心卿，亦以懒自命，即以懒名园。园之中，玄对山水，而尤寄兴于画。所逢旷达之士，醉眠任意，而亦不奈见俗人，酬俗务。即楚楚风仪，而颓然土木。识者谓心卿之类叔夜，犹长卿之慕相如，有之似之耳。余笑谓心卿："请以子之园，以葛天无怀为懒祖，巢许卞务而下，若子陵、渊明、嗣宗、叔夜一辈人，高列两庑，若五斗先生之祠杜康，配以焦革，心卿即于此中参一座。且著我作懒侯，附庸如何？"心卿亦笑不答，遂书其语云。

跋陈白阳阿房宫墨迹

米南宫行草，颇得晋人之神。祝京兆纵横下笔，不减南宫。道复此卷，如"六王毕，四海一"；起笔数行，神酣色飞，即京兆可为让席。至"妃嫔媵嫱"以下，腕力多散，世或疑非道复真物，非也。唐名将薛万彻，有大胜亦有大败。此为道复胜中之败，未可知，不宜遂掩名将风气。

偶语小引

孔肩心澄一泓，笔落众妙，著作非一种，忽有摇落不偶之感，乃作《偶语》。为是不偶而寓诸偶，风绪触物，灵籁相宣。予戏谓孔肩："此岂泽畔之吟，出于憔悴；当是苎萝美人，病而生颦，颦乃益美耳。"

姚元素黄山记引

我辈看名山，如看美人。颦笑不同情，修约不同体，坐卧徙倚不同境，其状千变。山色之落眼光亦尔，其至者不容言也。庚戌春晚，予游黄山，有记，自谓三十六峰之美略尽。而元素后予往，以秋月，所为纪简而整，有与不同者，取境使然。海子光明顶上，元素独饶取，而予所快览丹台之云气，与石笋上下之峰幻，元素不尽也。虽然，亦各言其美也已。夫美人入宫见妒，而吾辈入山岂相妒耶？书之发览者一笑。

复吴用修

怀足下意非楮墨可了，彼此穷愁，亦复默会，姑与足下陈说两境：泉声咽石，月色当户；修竹千竿，芭蕉一片；或探名理，时对佳客；清旷则弟蓄嵇阮，飞扬则奴隶原尝；萧然四壁，傲睨千古。此一境也。采薇颇艰，辟纑不易；内窭中馈之奉，外虚北海之尊；更复好义，先人守雌去道，食指如林，多口若棘；风雅之趣既减，往来之礼务苛。此又一境也。两境迭进，终归扰扰，半是阿堵小贼，坐困英雄耳。吾与足下俱不免，故敢及之。此未可示俗客也。

与吴子野

乍惊鹊起，复羞牛后，恐足下喜心未倒也。明年夏可得一令，今秋计乞一差南还。居京师无佳事可为，惟有"折腰卷舌，冥心柔骨"八字可行，皆非木强所堪。至于耳目化为长班，资粮捐之簿分，金谷亦竭，尘甑何为？如足下所为荷锄东皋，散发北窗，皆有道无怀之民，岂长安贵人所得与闻？素履此境者，当知仆言不谬耳。允文酒兴何似？孟孺笔墨定佳，寄声千万。

第十二卷　张侗初小品

【小传】

张鼐，字世调，号侗初，蓥从曾孙。万历三十二年进士，改庶吉士，授检讨，迁司业。天启时，屡迁少詹事，陈言十事，语斥近习，魏忠贤恶之。擢南京礼部右侍郎，上疏引疾，忠贤责以诈疾要名，削其籍。鼐砥砺名节文章，通达国体。崇祯初，起故官，协理詹事府，旋改吏部右侍郎，未上，卒，谥"文节"。

（《华亭县志》）

程原迖稿序

南高峰下，松梢乱云，竹影蔽日。刳竹引泉，其声潺潺，出于涧底。啼鸟上下，与行人唱和。境过清，非韵士不能耦而居，非胸中夙有烟霞者不能罄其文章之灵气。吾友程原迖从新安来，同王象斗读书于此。余偶过其室，瀹茗焚香，出文章数篇读之，旷远卓绝，涧水松风，宛在笔底。吾尝叹人生于世，凡浓艳之物，可争掬取者，以吾澹然当之，其味立尽。惟天下名山水，高人韵士，与奇文章相逼而来，领此趣者觉神魂飞动，手足鼓舞。盖游不奇不旷，交不奇不王也。文章之借灵于湖山，如草色之借润于酥雨；其于朋友之助，如鸟溯风而鱼沫水也。挟册子咿唔，仰面看屋梁索解句者，恶足以语此？原迖之文，饶于韵而远于趣，入于正而出于奇；倘非湖山之助，安能笔笔生动？今而往原迖益勉之矣。吾归山中，晨起见远烟一抹，起玳瑁湖上，九峰隐隐在西楼可数者，不觉旷然远览，

有南峰之怀焉。原迟其时寄我新篇，令我数浮大白，
为原迟展山水之清音也。

赠海盐胡尔音即山居叙

　　余与尔音实并海而居。余郡南金山鹦鹉没海洲，
即古海盐旧县地。循而西，诸山多浮海中，乘蜃气出
没。其秦山一带，面海而巍然者，间有之耳。而山亦
不甚窅窈，无岩栖岭玩之趣，独海若浩淼奔荡，堤高
千尺，遥望蓬岛十洲，恍惚有无，一望无际。怒涛雷
惊，彻于枕上。朝日沐浴，光怪万状。渔子牧儿，不
能领其奇胜，而通人慧士居其间者，可以开眼目，荡
心胸，拓其咏歌笔墨之气。若夫掩关却轨，一室无尘，
夜绝余喧，八窗通明，藏书在架，案无冗牍，笔床楚
楚，楮墨惟良，流览会心，信手拈句，山花自笑，禽
语相悦，倦起行乐，临水望云，或开尊引觞，或对客
清话，不闻儿女之声，不近糠粃之气，处则了心见
性，出则应世济民，斯亦人生一大快，而千古豪杰，
其能领此者几人也？丈夫灵气，多从清虚来，取势于
海，取情于山。然终日望溟渤而未旷大观，一生居幽

谷而不具远体，要在我心能自得之耳。尔音之师符九日："静坐即是深心。"尔音即以扁其居，名其所行之卷。尔音曰："居海上如太史公下龙门，浮沅湘，登崆峒，南浮江淮，以壮其文章之气者，不必静坐，不必纵观，都是文章。"如是则尔音出处皆可不朽，无论山居海观，总是尔音得力处矣。吾作此说，为即山居转一注脚也何如？

题尔遐园居序

缁衣化于京尘，非尘能化人也。地不择其偏，交不绝其靡；精神五脏，皆为劳薪。能于此中得自在者，其惟简远者乎。尔遐以治行入官柱下，卜居西城之隅。数椽不饰，虚庭寥旷；绿树成林，绮蔬盈圃；红蓼植于前除，黄花栽于篱下；亭延西爽，山气日佳；户对层城，云物不变；钩帘缓步，开卷放歌；花影近人，琴声相悦；灌畦汲井，锄地栽兰；场圃之间，别有余适。或野寺梵钟，清声入座；或西邻砧杵，哀响彻云。图书润泽，琴尊潇洒；陶然丘壑，亦复冠簪觞咏之娱，素交是叶。尔遐尝言："高林受日，宽庭受月，短墙受山，花夜受酒，闲日受书，云烟草树受诗句。"余谓非尔遽清适，不能受此六种。然余尝笑人眼目不开，辄浪谈泉石，桎梏簪裾，彼实无所自树乃尔。夫能自树者，寄澹于浓，处繁以静，如污泥红莲，不相染而相为用。但得一种清虚简远，则浓繁之地，皆我用得，马头尘宁复能溷我？尔遽读书高朗，寡交游，能自贵重，而以其僻地静日，观事理，涤志气，以大其蓄而施之于用，谁谓园居非事业耶？然尔遽临民，卓然清净，中州人比之为刘襄城、卓太傅，则今日之园居，其又以六月息者，而九万里风斯在下，吾益信京尘之未必不能息人也。

西湖谈艺序

余病游西湖，见养生家钱先生。先生谓余曰："人生功业盖世，文章名满天下，其于一针元气，如漏卮注水。"余感其言，作诗谢之，有"省言常护气，息念自通神"之句。遂假宿湖上僧舍浃旬日，求尽其服气之术。而钱塘诸君子闻余至，操文叩吾阁者，履错户外。既相对，辄似酒人逢曲车，津津不能置口矣。省言护气之戒，都不复记忆，坡老所谓知过不改者也。每坐上偶拈一题，率尔谈论，粗有本末，诸君子遂以为文，客退不能多记，其录成编者才十余首耳。友请刻而传之世，余笑曰："钱先生一服良药，吾不能服，奈何以膏肓中语，误天下无病人。"时钱孟玉、郑德滋从余游，请曰："愿师无执养生家十成语，坡老云：'与其茹也，宁吐之，适吾意而已。'"余快其言曰："是吾药也，吾病且霍然。"遂听诸君子刻之。

盖茅处记

　　城之南墅，吾庐居焉，径寂而宜禅也。百堞萦左，群木萝户，映以环溪，错以修竹，广畴迷望，云物旷然，累累古丘，平出若髻。有僧慧云者，紫柏老人旧弟子也，率其二徒来就于傍，定而无喧，朴乃知足。于是编竹为椽，诛茅当瓦，一龛依于松柏，灯火挂于蓬萝。虽震风凌雨，未受夏屋之骈欐；而夕秀朝云，已占萧斋之景色。一枝粗稳，半壁晏如。量腹而一钵千家，度形而十年片衲。物无取也，我何有哉？古之至人，以三光为户牖，故不碍桑枢，四时为庭除，故不卑茨草。但取造化之有，生成自然；若罄人工之能，补茸特甚。所以虚能生白，无有窒用；况乎佛地，雅似蓬居。昔维摩十笏开基，支公三贤备胜，止以眼前作案，不须物外多求，岂必问金田于给孤，飞玉盘于祇恒，作尘外尘，作法中法也？余性嗜丘园，夙敦禅悦。数椽古屋，栖已俭于鹪鹩；四壁秋风，趣更饶于薜荔。暇当选佛，闲亦观空。意不属于蜗争，忻亦同于鸟托，盖茅之旨，余有味焉，故记。

夜坐自述贻自南上人

　　性不解治生，客居更膴，旅馆四壁立。金马门吏故善贫，月俸所入，裁给薪水。间损其一二，供佛如来灯，为儿子祈福。马上时携百钱，遇贫儿号者，辄量施之。长安肉价颇高，独韭腐与南方相当，能甘澹素食，小奚奴经月不尝肉味。闲日，谨闭门。或无过客，则科头坐斗室，不衫不袖，啜茶以供冷腹，至终日突不黔，性所适也。或俸钱所入略赢，辄分之书贾，贷其直之半而读之，贾人征利，局鼹不堪，则倾囊而

应。大率囊累累空者，多坐此。夜惟一榻一衾，独故
乡同志者至，则抵足而寝，论古今之慨，夜分不倦。
客来无论新故，度是日有酒数升，则欣欣强之坐，且
语且嚼，倒瓶而止。遇交际劳攘，笔墨繁困，则子夜
焚香，诵《楞严》一两段。性鲁，故不甚解，聊以淘
汰渣滓而已。长安有僧，号自南，僻居城之西隅，以
情静自胜。散堂后，时往过，偕论奢糜观。渠又能从
世法内下无碍转语，每一往复，豁然参解，若渴人之
饮醍醐。似此客居，几忘年月。每念为诸生时，杜门
不通世事，于世颇不宜，而独好读书，至钱不得裹纸
中。山妻操作，枵腹相视，乃始为谭经佣，以糊其口。
又不肯误人子弟，好行其直，非分所得，或得之有故
者，不屑向俗人作较量，往往唾千金于途，傲然不顾，
其食贫固宜。第拙此一事，而幸不没我恬澹所好，今
来长安，中遵而行之，粗能自乐。向令当日略有征逐
妄想，转念堕落，涓涓江河，决坊谁砥？是今日客子
冷落，大为一身苦海矣。忆吾执友郁孝廉先生之言曰：
"书生解为文，宁解为人亦犹是也，先定其草稿，而后
真焉，蔑不工矣。"先生没十二年，此语至今耿耿也。
余不忘先生之言，其敢忘我诸生时耶？

题王甥尹玉梦花楼

辟一室，八窗通明。月夕花晨，如水晶宫、万花谷也。室之左，构层楼。仙人好楼居，取远眺而宜下览平地，拓其胸次也。楼供面壁达摩，西来悟门，得自十年静专也。设蒲团，以便晏坐。香鼎一，宜焚柏子。长明灯一盏，在达摩前，火传不绝，助我慧照。《楞严》一卷，日诵一两段，涤除知见，见月忘标。《南华》六卷，读之得齐物养生之理。此二书，登楼只宜在辰巳时，天气未杂，讽诵有得。室中前楹设一几，置先儒语录，古本《四书》白文，凡圣贤妙义，不在注疏，只本文已足，语录印证，不拘窠臼，尤得力也。北窗置古秦汉韩苏文数卷，须平昔所习诵者，时一披览，得其间架脉络。名家著作通当世之务者，亦列数篇卷尾，以资经济。西牖广长几，陈笔墨古帖，或弄笔临摹，或兴到意会，疾书所得。时拈一题，不复限以程课。南隅古杯一，茶一壶，酒一瓶，烹泉引满，浩浩乎备读书之乐也。

与姜箴胜门人

杜门不见一客者，三月矣。留都散地，礼曹冷官，而乞身之人，其冷百倍。然生平读书洁身，可对衾影，即乡曲小儿，忌谤相加，无怪也。独念国家所重者人才，君子所惜者名行。今设为风波之世局，令小人得驾为陷阱，而驱局外之人以纳其中，纵不为斯人名行惜，其如国家人才一路何？人才坏而国事坏，国事坏而士大夫身名爵位与之俱坏。吁，可惧也！不佞归矣。有屋可居，有田可耕，有书可读，有酒可沽。西过震泽，南过武林，湖山之间，赋诗谈道，差堪自老。官居卿贰，年逾五十，而又黄门弹事，止云文章无用，恐滥金瓯，不减一篇韩昌黎《送杨少尹序》。嘻！可以归矣。况又朝局以为庸廉，而天子以为才望；即宗伯墓门一片石，即年邀惠悼史，不称好结局哉？可以归矣。谛观年来士大夫风尚，愈趋愈下，鳃鳃惟异己是除，私人是引。楚人为楚人出缺，秦人为秦人营迁。不论官方，不谈才品；目中岂复有君父，而堪以服天下，拘世运乎？足下讲臣也，朝夕对扬重瞳，须留一段光明于胸中，即不宜轻发以逢时忌，而因事陈规，婉词微讽，当有旋转妙用，莫负此千载遭逢也！吾辈口不宜快，而心固不可不热，二疏已上，速去为幸，扁舟已买江上矣。

第十三卷　李长蘅小品

【小传】

　　李流芳，字长蘅，嘉定人。万历丙午同余举南畿，再上公车，不第。天启壬戌，抵近郊，闻警，赋诗而返，遂绝意进取，誓毕其余年，读书养母，刮心学道，以求正定之法。年五十有五，病咯血而卒。

　　长蘅为人孝友诚信，和乐易直，外通而中介，少怪而寡可。与人交，落落穆穆，不为翕翕热。磨切过失，周旋患难，倾身沥肾，无所避。家贫，资修脯以食母，稍赢则以分穷交寒士，视世之竖立崖岸，重自表襮者，不啻欲唾弃之。性好佳山水，中岁于西湖尤数，诗酒笔墨，淋漓挥洒，山僧榜人，相与款曲软语，间持绢素请乞，忻然应之。自以世受国恩，身虽屏退，不忘国恤。丑寅之交，阉人披猖，往往中夜屏营，叹息饮泣。崇祯初，闻余以枚卜被放，抚枕浩叹曰："不可为矣。"病剧，遂不起。呜呼，其可悲也！

　　长蘅书法规抚东坡，画出入元人，尤好吴仲圭。其于诗信笔输写，天真烂然。其持择在斜川、香山之间，而所心师者，孟阳一人而已。居恒语余："精舍轻舟，晴窗净几，看孟阳吟诗作画，此吾生平第一快事。"余笑曰："吾却有二快，兼看兄与孟阳耳。"晚尤逊志古人，草书杜白刘苏诸家诗至数十巨册，故于诗律益细。孟阳亦叹其《皋亭》《南归》诸篇，以为非今人所及也。

长蘅兄诸生元芳，字茂初，能为七言长句，次兄庶吉士名芳，字茂才，有诗集。孟阳为序。有才子曰杭之，字僧筏，画笔酷似其父。乙酉岁，死于乱兵。遗孤藐然，今育于从兄宜之家。长蘅居南翔里，其读书处曰檀园，水木清华，市嚣不至，一树一石，皆长蘅父子手自位置。琴书萧闲，香茗郁烈，客过之者恍如身在图画中。丧乱之后，化为劫灰，独其遗文在耳。而忍使其无传也哉！

（钱谦益：《列朝诗集》）

沈雨若诗草序

去年中秋，待月于西湖，因流连两山间，至红叶落而还。雨若后余至，而先余去，在湖上不数日，又初病起，扶杖蹩躠而行。然两高三竺诸名胜，无幽不探，无奇不咏，日得诗数十篇。余游迹所至，不能道一字，仅题画走笔数篇而已。见雨若之诗，畏其多而服其工，不敢出而示之。雨若乃欲余序其诗，余又何敢哉？犹忆与雨若看潮六和塔下，酒后并肩舆而行于虎跑山间，相与论诗甚洽。雨若似以余为知诗者。虽然，余不知诗，而能知诗人之情。夫诗人之情，忧悲喜乐，无异于俗，而去俗甚远，何也？俗人之于情，固未有能及之者也。雨若居然羸形，兼有傲骨，孤怀独往，耿耿向人，常若不尽。吾知雨若之于情深矣。夫诗者，无可奈何之物也。长言不足，从而咏歌嗟叹之，知其所之而不可既也，故调御而出之，而音节生焉。若导之使言，而实制之使不得尽言也。非不欲尽，不能尽也。故日无可奈何也。然则人之于诗，而必求其尽者，亦非知诗者也。余尝爱昔人钟情吾辈之语，以为不及情之于忘情，似之而非者也。必极其情之所之，穷而反焉，而后可以至于忘。则非不及情者能近之，而唯钟情者能近之也。由此言之，雨若其将有进于诗者乎？请以此质之。甲寅九日。

白岳游记序

友人徐声远诗云："向平五岳无一字，其名亦自垂千秋。"予每读而壮之，举以为游者劝。及遇山水佳处，嗒然无言，有知之而不能以告人者，又自恨才不逮情，则聊举声远之言以自解。乃今读闲孟《白岳游记》而予殆有不能解者焉。夫人之情与才，固有兼之如闲孟者。闲孟与余谈，不能胜予，而予所不能言者，闲孟之笔皆足以发之，其才真有过我者矣。往时与闲孟泊真州，风涛际天，喷薄万里，予低回留江口不去，而闲孟顾欲入城，一观其土风民俗之盛。盖闲孟之不能忘情于世如此。故其为纪游之语，不尽得之于山水，而遇事辄发，纵横古今，其磈磊骚屑之意，亦可以想见矣。予尝再游武林，无一语纪其胜，白岳吾故土，先人坟墓在焉。冉冉逾壮，而不得一往，闲孟乃能先之，又其所著撰若此，予甚妒且愧焉。虽然，吾闻黄山三十六峰，插青天而垂旷野，其胜在白岳之上，闲孟游齐云而不能兼有黄山，又至武林，出没于灵隐天竺之间，而不得一参云栖，此皆闲孟未了公案，闲孟倘有意乎？予请执笔而从闲孟之后矣。乙巳，竹醉日。

游虎丘小记

虎丘，中秋游者尤盛。士女倾城而往，笙歌笑语，填山沸林，终夜不绝。遂使丘壑化为酒场，秽杂可恨。予初十日到郡，连夜游虎丘，月色甚美，游人尚稀，风亭月榭间，以红粉笙歌一两队点缀，亦复不恶。然终不若山空人静，独往会心。尝秋夜与弱生坐钓月矶，昏黑无往来，时闻风铎，及佛灯隐现林杪而已。又今年春中，与无际舍侄偕访仲和于此。夜半月出无人，相与跌坐石台，不复饮酒，亦不复谈，以静意对之，觉悠然欲与清景俱往也。生平过虎丘才两度，见虎丘本色耳。友人徐声远诗云："独有岁寒好，偏宜夜半游。"真知言哉！

游石湖小记

予往时三到石湖游，皆绝胜。乙亥与方孺冒雨着屐，登山巅亭子，贳酒对饮，狂歌绝叫，见者争目摄之。去年与孟阳、弱生、公虞寻梅到此，遍历治平僧舍，已登郊台，至上方绝顶。风日清美，人意颇适。九日，复来登高，以雨不果登。放舟湖中，见烟樯雨楫，杂沓而来，举酒对之，亦足乐也。是日秋爽，伯美舍弟辈俱有胜情。由薇村至上方，复从郊台茶磨取径而下。路旁时有野花幽香，童子采撷盈把。落日，泊舟湖心，待月出，方命酒，孟阳、鲁生继至，方舟露坐，剧饮至夜半而还，盖十年无此乐矣。

游虎山桥小记

是夜，至虎山。月初出，携榼坐桥上小饮。湖山寥廓，风露浩然，真异境也。居人亦有来游者，三五成队，或在山椒，或依水湄，从月中相望，错落掩映，歌呼笑语，都疑人外。予数过此，爱其闲旷，知与月夕为宜，今始得果此缘。因忆闲孟、子薪、无际、彦逸皆贪游好奇，此行竟不得共。闲孟以病，挟子薪、彦逸俱东；无际虽倦游，意犹飞动，以逐伴鞅鞅而去，尤可念也。清缘难得，此会当与诸君共惜之。

游玉山小记

　　二十五日，抵京口。饭后步银山，小憩玉山亭子。遥见伯美自山麓施施而来，遣童呼之。亭下皆绝壁瞰江，有巨石独立江渚，上夷而下罅。涉而登，可数人。丁酉春，留滞京口，暇即来此。或摊书独坐竟日，或与家兄辈载酒剧饮，值惊风怒涛，澎湃震荡，水激其下，坎窾镗鞳，如东坡之所谓"石钟"者，江豚乱起，帆樯绝迹，飞流溅沫，时落酒盏中，亦一时快事也。癸卯，偕孺谷过白下，登亭子小饮。丙午，复偕仲和至此。皆值秋涨，石没水中，每怀昔游，为之怃然。不意今日得还旧观！与伯美盘砖石上，不能去。适有渔舟过绝壁下，遂呼之，泛至金山，登紫霞楼，坐眺久之而还。

游焦山小记

二十七日，雨初霁，与伯美约为焦山之游。孟阳、鲁生适自瓜州来会，亟呼小艇，共载到山。访湛公于松寥山房，不遇，步至山后，观海门二石。还登焦先岭，寻郭山人故居。小憩山椒亭子。与孟阳指点旧游。孟阳因诵湛公诗"风篁一山满，潮水两江多"，相与赏其标格。寻繇小径至别山、云声二庵，径路曲折，竹树交翳，阒然非复人境。有僧号见无，与之谈，亦楚楚不俗，相与啜茶而别。寻《瘗鹤铭》于断崖乱石间，摩挲久之。还，饭于湛公房。孟阳、鲁生遂留宿山中。予以舟将渡江，势不可留，怏怏而去。孟阳、鲁生与山僧送余江边。徙倚柳下，舟行相望，良久而灭，落日注射，江山变幻，顷刻万状，与伯美拍舷叫绝不已。因思焦山之胜，闲旷深秀，兼有诸美。焦先岭上，一树一石，皆可彷徨追赏。其风涛云物，荡胸极目之观，又当别论。且其地时有高人道流，如湛公之徒，可与谈禅赋诗，逍遥物外。观其所居，结构精雅，庖湢位置，都不乏致。竹色映人，江光入牖，是何欲界，有此净居？孟阳云："吾尝信宿兹山，每于夕阳，登岭眺望，落景尚烂于西浦，望舒已升于东溆；琥珀琉璃，和合成界，熠燿恍惚，不可名状。"嗟乎！苟有奇怀，闻此语已那免飞动？予自丁酉来游，未遑穷讨。人事参商，忽忽数年，始一续至。又以羁绁俗缘，卒卒便去，如传舍然，不知此行定复何急，良可浩叹。自今以往，日月不居，一误难再，赋归之后，纵心独往，尚于兹山不能无情。当择春秋佳日，买小艇，襆被宿松寥阁上十日夕，以偿夙负，滔滔江水，实闻此言。

游西山小记

出西直门，过高梁桥，可十余里，至元君祠。折而北，有平堤十里，夹道皆古柳，参差掩映，澄湖百顷，一望渺然。西山匌匒与波光上下。远见功德古刹及玉泉亭榭，朱门碧瓦，青林翠嶂，互相缀发。湖中菰蒲零乱，鸥鹭翩翩，如在江南画图中。予信宿金山及碧云香山，是日，跨蹇而归。由青龙桥纵辔堤上，晚风正清，湖烟乍起，岚润如滴，柳娇欲狂，顾而乐之，殆不能去。先是约孟旋、子将同游，皆不至。予慨然独行。子将挟西湖为己有，眼界则高矣，顾稳踞七香城中，傲予此行，何也？书寄孟阳诸兄之在西湖者一笑。

江南卧游册题词

横 塘

去胥门九里，有村曰横塘。山夷水旷，溪桥映带村落间颇不乏致。予每过此，觉城市渐远，湖山可亲，意思豁然，风日亦为清朗。即同游者未喻此乐也。横塘之上，为横山，往时曾与潘方孺阻风于此。寻径至山下，有美松竹，小桃方花，恍若异境。因相与攀跻，至绝顶。风怒甚，几欲吹堕。二十年事也。丁巳中秋后三日，画于孟阳阊门寓舍。九月，复同孟阳至武林，夜雨，泊舟朱家角补题。

石 湖

石湖在楞伽山下，寺于山之巅者，曰上方。逶迤而东，冈峦渐夷，而上下起伏者，曰郊台，曰茶磨。寺于郊台之下者，曰治平。跨湖而桥者，曰行春。跨溪而桥，达于酒城者，曰越来。湖去郭不十里而近，故游者易至，然独盛于登高之会，倾城士女皆集焉。
戊申九日，余与孟鬐同游，值风雨，游人寥落，山水
如洗。着屐至治平寺，抵暮而还。有诗云："客思逢重
九，来寻雨外山。未能凌绝顶，聊共泊西湾。荼磨风
烟白，薇村木叶斑。谁言落帽会，不醉复空还？"山
下有紫薇村，鬐尝居于此，今已作故人矣，可叹！

虎　丘

虎丘宜月，宜雪，宜雨，宜烟，宜春晓，宜夏，
宜秋爽，宜落木，宜夕阳，无所不宜，而独不宜于游
人杂沓之时。盖不幸与城市密迩，游者皆以附膻逐臭
而来，非知登览之趣者也。今年八月，孟阳过吴门，
余拿舟往会。中秋夜，无月。十六日，晚霁，偕游虎
丘，秽杂不可近，掩鼻而去。今日为孟阳书此，不觉
放出山林本色矣。丁巳九月六日，清溪道中题。

灵　岩

余往来西山，数过灵岩山下。戊申秋日，始得与
起东及其二子梁瞻、雍瞻一登，余皆从舟中遥望其林
石之秀而已。灵岩为馆娃旧址，响屧廊、采香径、琴

台皆在其上。石上有陷痕如履，相传以为西施履迹，殆不信。少时梦与友人至此僧舍作诗，醒时记有"松风水月皆能说"之句。辛亥，同家弟看梅西碛，过灵岩，诗云："灵岩山下雨绵绵，香径琴台云接连。忆得秋山黄叶路，松风水月梦中禅。"盖谓此也。丁巳九月七日，西塘舟中题。

题画册

甲寅九月，扫墓新安，过吴门，别季弟无垢于寓舍，持素册授余曰："遇新安山水佳处，当作数笔，归以相示，可当卧游。"颔之而别。自禹航从陆至丰于，一路溪山红树，掩映曲折，或旷或奥，皆在画中行。归自屯溪，买舟沿溪而下，清流见底，奇峰怪石，参错溪中，两岩束之，上限云日。所谓舟行若穷，忽又无际者，昔人称新安江之胜，今始见之。每欲下一笔，逡巡不敢。归与无垢言之，但相对一笑而已。然此册犹在余箧中，每开视之，犹作新安山水想。乙卯北上，乃复携之而行。京师尘埃蔽天，笔冻欲死，画意益不得发。丙辰，落魄而南，长夏闲居，思理笔研，简得此册，则曩时新安山水又付之子虚乌有矣。因随意弄笔，以解烦热，数日而册满，尚欲题字，识此一段因缘。邹仲锡一见便夺去。固索不得，好画如仲锡，便脱手相赠，不足复惜。但此册未画时，已走新安，往返二千里，京师八千里，中闲游览之乐，车马风尘，菀枯冰炭之感，历历皆影现于此，不可不惜也。因题而归之。丁巳五月二十四日。

题画卷与子薪

三月十八日，余自吴门还。翌日，与子薪相闻，且招之。子薪报云："彦逸亦在此，质明当与偕来。"是日轻阴，风气萧爽，集伯氏从子辈于宝尊堂，既酣，子薪、彦逸遂留宿山雨楼头，晨起，登楼看雨，焚香啜茗，颇适。饭罢，两君便欲别去。予曰："家酿颇冽，尚堪小饮，当为稍淹。"已维舟于门矣。既饮，酒白于玉，芳于桂，甘于泉。新绿映槛，雨润欲滴，门外屐声不至，鼎足而谈，或笑，或歌，或泣，皆生平怀而不尽者，遂不能去。肴既尽，佐以笋蕨。重涤酒器，出所藏哥窑旧玉二杯陈案上，呼五木得异采者饮一杯。童子时时摘花来供，蕙既芳，蔷薇视人而笑，虎茨数树，着花如雪，掩映斋壁。子薪往往叫绝。因相牵入慎娱室，索墨汁属予画，且画且谈，竟尽此卷，欲题一诗，已醉不能，聊纪此以资它日谭柄，相知如闲孟、孟阳者，可一示之，勿以示俗人也。己未三月廿二日，泡庵道人题。

题画两则

余近喜画小册，时有好事者，往往致此乞画。此册亦为友人所乞，携之虞山。是日风日清美，与子崧寻吾谷，盘砖枫林下，舟黄如绣。饭后，呼兜舆至维摩、兴福两兰若。归而落日映湖，圆月出岭矣。因出此册示子崧，便欲攘去，子崧爱余画，十年所蓄，皆落盗手，遂欲以攘补之，知攘效矣。顾余手在，患子崧不好尔，何必尔耶！因题而归之，并发一笑。

余尝画柳，赠西湖张女郎，题云："断桥堤外柳如丝，愁杀春风烟雨时。见说美人能爱画，的应将此斗腰肢。"女郎珍重此画，数持以示人。由是湖上之人，无不知余能画柳者。乃至缁流道民，亦以见乞。一日，法相寺小师乞余画，辄依前韵题云："西湖烟柳断肠丝，只合将来斗翠眉。料得禅心应不染，也教和墨写风枝。"后又为灵隐蘧沙弥题扇云："爱柳终何意，秋风君始知。青青虽画得，不是动摇时。"为六如画此便面，已数年，纸墨剥落，犹为装池成轴，可以见其癖好，不减女郎小师也。

题画册

戊午夏，写经皋亭真歇禅师塔院。平头从城中装一小册，置笥中。六月出山，舟中热甚，不堪近笔研，开而复卷。八月，重至湖上，复携此册而往。舟中无事，画得五帧，意倦辄止。归而匆匆治装北行，途中病还，数月以来，不见湖山，无从发画思。九月，乃复来钱塘，买舟西湖，留连十日，饱看两山红叶而归，则此册又在几头矣。舟次吴江，风雨如晦，灯下饮数杯，辄画三纸。明日，抵苕门，晤淑士，小饮而别。泊金闾城下，与君长复命酒对饮。君长饮户太窄，不三酌已醉。雨过月出，天水如洗，徙倚船头，听君长吹箫度曲，弹三弦，遂不能寐。篝灯试墨，又画得四纸。前后共十二帧，竟满册矣。又明日，舟过维亭，出此展玩，复为写旧作题画绝句，兼记岁月，己未十月二十日也。

第十四卷　程孟阳小品

【小传】

　　程嘉燧，字孟阳，故新安人，少时从父居练川（今江苏嘉定），乐其土风之美，因家焉。练川之父老子弟以文学行业表著于时者无不师友先生，岁时伏腊，不与不快也。平生游屐至广，近而建康广陵，远则沅湘河渭，所至倾动都邑。与李长蘅、唐时升、娄子柔并称为嘉定四先生。其为诗宗少陵，钱牧斋甚称之，尊之为松圆诗老。牧斋选历朝诗集，颇以程意为取舍云。

李长蘅檀园近诗序

余与长蘅皆好以诗画自娱，长蘅虚己泛爱，才力敏给，往往不自贵重。余呰力笃志，类于矜慎，而中不能无意于名。顷长蘅屡踬，而智益恬，貌益腴，若能嚣然遗世以游，故不自知其所得日以臻妙。尝造云栖，留连湖上，其绘画为好事者所藏去，动皆盈箱累箧，余偶见于他所，如观古名画，心若不能得之。至于诗歌，率然而成，尤不能尽见。如《夜游皋亭龙居诗》已刻石山中，始一传讽，虽同时老成，皆以为不逮也。昔人云："后世谁相知定吾文者耶？"余尝叹息斯言。曩岁闽中宋珏比玉见余诗于客坐，遂相求于数千里外，历数年而始相识，其艰如是。因每与长蘅兄弟及正叔辈相对窃叹，以为吾侪虽不逮古人，亦非有讽切美刺，宜传于时，顾其缘情拟物，旷时日而役心神，亦已多矣。及今略不相示，使生同时居同里，所谓同声同好之人，邈若异域，徒令后人有不同时之叹，岂不惜软？余又观古人流传之文，多收拾于零落散亡之余，而其为标序，皆数言而定。盖物之美者不掩，而论以久而自合，物理固然。达人之意，方以爱诗爱画为一病，其传与不传，皆无足论也。余自楚归，舟行无聊，追记生平旧诗八百篇，绝不以示人，虽长蘅丐录一通，余犹缩朒不肯出。然当酒酣淋漓，新知在前，则又不觉手舞口讽，洒洒中夜不能已，盖其事惟可与知者道，可一笑也。甲寅孟夏，将游广陵，宿长蘅家，因夜论诗，约为黄山之游，且令余序其近诗。是岁中秋，比玉由白下来，同观月金焦，信宿江寺，鼓琴啸树，或过夜分，偶忆长蘅临分之言，姑不暇序其而聊序余两人之意如此。

题子柔杂怀诗卷后

余昨在广陵，客有传子柔《暨阳杂兴》诗数篇，其诗云："岂谓平生意，才消一领衫。道心长自照，世味总无馋。"又云："世已无如假，余犹颇识真。最怜惟稚子，难使学时人。"又云："青袍宁再误，绿酒尚无情。"时固已慨然与世违矣。近又为《杂怀诗》三十篇，诗皆五言近体，其中多指切时事，识深而虑远，盖其心若恻然有所不得已而形于咏叹，犹且虞其多忤，缄秘而不出也。余谓自古感遇讽刺之作多矣，至以律诗含讽谕，剀切忠厚，则未有若子柔诸诗也。子柔为人和顺详雅，而至于持论是非，独侃侃无少徇。平生恬于荣利，恶衣菲食，而好求当世之务，晚既逃于寂矣，其忧天悯人之意，老而逾至。余贫懒废学，尤不乐闻时事，独时聆子柔之论，相与扼腕，意未尝不同。故子柔于近诗不多示人，顾私谓余当志之。嗟乎，夫子柔之诗，岂独其言之工，而余亦岂徒叹服子柔之诗者耶？使当世之君子，有若古之采风者，能听其言，则此诗犹庶几为中流之壶也哉。

松寥诗引

李太白有《望松寥山》诗在大江中，焦山湛公以名其阁云。余己亥夏寻洞庭润公不遇，留阁中，与湛公谭诗品茶，至通夕不寐。临行握手谓余："江山九月最佳，子能一来？"是后凡两到山，而皆不相遇。壬寅十月，大风夜留诗于壁云："寺外风江断去津，峰头木脱月相亲，僧斋归处窗如烛，始觉寒风是主人。"又十余年，岁甲寅，余复过江，时润公演法华于金山，而湛公亦来招余。中秋同宋比玉放舟至松寥，因值等慈。等公少为诸生时，客闽，喜琴善诗，素善比玉，视余一见如平昔，皆夙契也。留二十日，至重阳始别，方期结夏山中，为书《圆觉经》，明春湛公逝矣。丁巳卧病虞山，则等公在焉，与余时有警策语。戊午，别之西行，偶一登焦山，是日风阴萧萧，堂宇阒寂，低回西廊阶除间，哑哑如闻老湛吟讽声，心为凄然。旧年刻诗二卷，取凡自丙午者曰《雪浪》，自甲寅者曰《松寥》，志余晚遇禅老，皈心空寂，其所存诗，皆唾弃结习之余耳。顷钱太史书云："等公亦化去，拂水草深一丈矣。"不觉投书失声，因追述此引于卷端。辛酉清明日偈庵书。

溪堂题画诗引

迩年不好作诗，即有索和，亦多不能应。壬寅二月，归新安，故人方伯雨与诸子居烟村溪上，首作诗招余。淫雨浃旬，久未能赴。时吴中刘价伯留余山阁，偶次东坡《岐亭诗》韵作诗以遗孙履和，余遂同作，得诗三篇。是后过伯雨溪堂，俱信宿，价伯乐其山川友朋之美，遂留共卒业，余亦悠然忘归，不知妻子之在远也。堂去溪百余步，溪流至王村，湾环如玦，豁然山夷而野舒，数十里间峰峦百叠，樵径渔舍，疏数出没，平列于前。余留此逾六阅月，凡花木禽鸟之生成无不观，晨凉夕燠之气候无不更，风月晦明之变态无不穷。时与升高丘，踞磐石，携壶以探远洲，举棹以溯清流。咏归一室之内，高友千世之上，帆影拂于门户，湍声振于枕席，此皆骚人诗客所极力而未能仿佛者。迹余平生之所游处，殆未尝有也，与价伯亦可谓幸矣。余既不能有所咏述，然酒酣兴发，往往吮笔画为泉石竹木，虽零杂琐细，而友人好事，争自取去。因属以诗者亦数数焉。暇日序而录之，以志故人能赏我于笔墨之外，故能使余自忘其拙。且画虽散去，而异时略观其诗，亦见山川秀发之气积于胸中者，不可没也。

余杭至临安山水记

　　辛卯二月丁亥，夜发抵余杭城下，明日舁篮舆过

城之西门，道左见溪水甚清深，问舁夫，云是苕溪，
从天目来。道逶迤隐起若堤，右平田，左陂泽，泽中
多莲芰茎，陂皆临溪，田亦带山。沿陂多深松美篠。
远山色若翠羽，时出松杪。稍前竹益绵密，路屈曲竹
中，如行甬道。竹光娟娟袭人，有沟水带之，或鸣或
止，与竹声乱，琮铮可听。几十余里，径折竹穷，复
与溪会。溪益深阔，道行溪之右，皆高岸。溪流所激
啮，多崩坼。树根时踞颓岸，半迸出水上，偃蹇离
奇，多桑多乌臼。溪左皆平沙广隰，松竹深秀，桃柳
始华，时见人家隐林间。估客乘筏顺流下，悠然如行
镜中。溪流曲折明灭，远水穷处，爰有高山入云，黛
色欲滴，与丛林交青，深溪合翠，森沈蓊蔚，惊神沁
目，盖至青山亭而道折。背溪行山间，至十锦亭大溪
桥，乃复逾溪，则已次临安。桥以石，颇壮。桥上四
望皆山，采翠翔矗，诚所谓龙飞凤舞者也。马首一山，
形若案，上有浮图，为石镜山，一曰衣锦山，吴越王
归燕父老处。山林皆蒙以锦，故今有十锦亭。道傍竹
林中有化成寺，会天雨，急趋临安邸。按余杭有大涤
山，有金堂玉室，为第三十四洞天。又有天柱山，居
福地之五十七。是日意于空际或一睹焉，然舁夫野人

莫能指其处也。

临安至昌化

　　既雨宿临安邸中，明发遂行。云气淋漓，衣袂皆
润。至九州山，路缘崖屈曲上下，小溪绕山足，苕溪
亦相映带，而稍远。俯察水涯，枫柽丛生。溪得雨乍
涨，回萦林间，仰视崖树，宿雨滴沥。数里外人家，
林木翳然。晨烟如缕，明灭远上，半入云雾，屡回不
觉，旋至其地。又前为一泉山，有泉悬石上，旁有石
磴，闻上有佛寺。山麓犬牙回互，水木益攒簇，至藻
溪，遂入于潜境。水皆分流其中，聚为山市，散为远
村，疏数出没，曲有异趣，凡若干里，道左临溪，故
双溪之下流也。望见九里桥，山峦岑秀，松柏槠楠，
蒙茏其上，人家倚薄其下。危桥浅河，马渡河际，人
行树间，暮色掩霭，宛在画中。又一二里，抵于潜。
明日，游观山，亭午始就道。时余霑醉舆中，胜概已
失其十九。至罗岭，不甚高峻，然有关踞其隘。其上
逶迤，旁见林坞；其下陡狭，回俯县邑。山县无城，
其大不能当歙之聚落。然溪谷特回合，县东石桥亦壮，

县南隔溪，小山崒嵂，上有古刹，皆足寓目。薄暮独
南行溪水，上观寺阁，复东渡石桥，读山下古碑。碑
载县沿革甚详，惜好事者未尝至也，故记之。

自昌化至屇溪

出昌化之西门，门跨两山之间，甃以石窦，上有
睥睨。路缘崖行，甚仄。崖石堀礨，傍临大溪。中有
堰蓄水，灌水舂溪流，上平若鉴，其中溅沫沸白，声
亦载路。少前有村曰西腕，隔岸一山，峰石廉峭，状
如英石，皴剥甚丽。其地多漆，多枣，多棕榈，桃梨
始华，时照篮舆。又前至獭子溪，下舆从板桥渡，溪
流触石，四进倒注，泌㳽轶越，漎漶跳号，桥为之撼。
从桥隙望见，惊掉心目。其水闻出绩溪县。又前过柱
溪桥，其势遂杀。越华光、三跳二岭，至泥脱渡，乘
小舟渡。舟可受四五人，时日色射水底，晶莹的皪，
沙石五色如霞绮，淘金漾碧，亦异观也。又四望，山
翠万叠如城。近而修者如龙蛇之饮于河，或如骇兽临
河，踟躅而却走；远者如连山之涛，喷薄漓渐，千派
万落，或皎若翠羽，或澹若碧衣之蒙雾绡，殆无以穷

其状。既渡，乃饭于大柳铺。又若干里，至五圣桥，路缘崖斗折，下临澄溪十余丈。路险仄高下，岸间松桎玲珑荫溪路，时出其杪，有庙阁嵌绝壁，下临崩崖，桥所由名也。桥已圮，今从上流一二里渡。桥下水漱激石间，水杨蒙幕其上。隔岸有平畴，春华烂然，远山益层叠攒矗，若回巧呈异于险仄之境者。又前，有大冥山十余峰，尤峭削如卓笔。更薄暮过车盘岭，岭高四五里，在层山中，不能绝出也。二月壬辰记。

发淳安记密山诸岩

自淳安县而下，溪阔可四五里，两崖多颓岸，高一二丈。或时有小山临岸，远者去数里，盖山夷水舒，旷如也。凡若干里而见两山如阙，溪回入其间，舟行狭中。其右一山，皆精石嶙峋，苔绣丹碧如霞，峰首甚崒嵂。其后数峰沂流拥之。从绝顶堕一峰，俯溪浃，有庙踞其上，下为澄潭，曰罗山潭。循山趾行，可一二里，马石庙出焉。庙前有石如马，藤萝胄其上，不知为何神也。又若干里而为合溪浦。有山壁立，绵亘如城，石半作铁色，其将尽一峰，皱文具五彩。时方昼哺，坐舻间观潭水如展镜，浸濯峰趾，倒影沉碧，菖蒲藤树，披拂涯涘，悠然历之，疑非人间也。其下有湍，忘其名。时溪稍折而右，其左一峰，高数仞，衡倍之，皱理与前埒，而多草树，茟丛石罅间，形正圆如月，半出水上，最奇。其下复有密山岩，岩嶄然嵌空，其高可数百仞，山形亚缺如朽株，其理皆衡。旋舟徐移其下。山势侧出，凹凸亦异状。中稍断为狭。按山形如堂者曰密，岂洼缺处形肖堂室欤？其石大都瓦裂冰坼，参错骨立，或锁碎攒累，如鸟兽器物之形者，不可胜计。时微雨自远至，过乳香潭，潭壁亦奇丽，晦冥不可辨矣。

游齐云观天门虎崖记

　　予幼尝至齐云，盖欲为之记云。又十余载，辛卯三月庚子，与李氏表叔有事祠下，携一兜舆往。其径至桃花涧而始奇，然莫若天门虎崖。夫始入山，路忽峻忽夷，人前后历历，蛇行树中，凡十余折，辄亭焉。其峻绝处皆舍舆徒行，犹磳碅彳亍。五六里而忽坦陀，道左四五峰皆岢然如障，有摩崖大刻。又三四折而上，过桃华涧，路复险仄，行两山中。山夹峙如堵墙，右峰尤崒嵂特上。有亭当其隘，入亭，路绕峰稍折而下，联以石梁，弥亘绝涧，抵于崖壁。壁间路衡不逾寻，俯视邃壑下注，凡数十级，沉沉无际，洞骇心目。回视峰趾，崭然坠壑底，下仄上颓，若压若俯，俯仰欲眩，益缩缩循崖壁行。又前数百步，而有楠木迸出石间，大且数拱，苔鲜如甲，其崖曰楠崖，上当天门——所以名天门者，崖顶石壁如屏，忽中穿一窦，高可五六仞，深半之，广又半之，方如门，阚其内，石崖环周，翕口洼腹，如竖半瓮。崖岭有树木亭观俯之，泉如出瓮口，下注于池，不绝如散珠，名曰真珠帘。其洼处为雨君、罗汉、大士诸洞，路环曲历其前。予绕池俯仰者久之。时有道士为予指虎崖之胜，石壁间有虎迹，如印泥淖。崖与天门对，复见人缕缕从门入，逶迤树杪，真不自人间来也。直西复有悬崖石室，闻由此可上香炉峰。会道士来相迎，遂折由石磴上，有石坊曰天梯，至巅，平如台，即虎崖之巅。其表里皆绝壑，其里草树林薄，尤丰蔚葱蒨。又望见帝宫琳宇，金碧舟垩，攒簇累积，如霞如银，矗矗林际，地遥与榔梅庵对。西南见三姑峰及紫霄崖，皆巃嵸如岑

楼秀出于云气渗漓之间，向所见俯崖树木亭观，乃在
道傍。至庵已昏黑，因宿南极楼，烧烛为之记。

冷泉亭画记

　　鲁生以此扇索画，留余箧中年余矣。今年再同至
杭，长夏，鲁生泊松毛而余栖韬光，时往来焉。又时
时致美酒，酒酣，辄与坐客挥洒。一日，鲁生所饷酒
特劳冽，适雨过，下至冷泉亭观瀑，经灵隐寺僧舍，
携友人数辈，先置此扇于案，汲水拭砚及移茶铛酒榼，
就涧底弄石掬水，磅薄大醉。径起入寺，因惜鲁生不
共此，作图贻之。其兀然歆坐者，余也。对余饮者，
为薛蕙光。相向斟酌者，为薛更生、张德新。翘足仰
卧者马巽甫。热炉煎茶为鲍豁父。濯足仰观崖际僧者，
陈文叔也。时烟岚淋漓，云木杳霭，虽未及仿佛，而
人物意态，笔法流动，众客颇为绝倒，遂命记之。

与方季康

　　维扬邸中，得与仁兄及诸君子聚首信宿，差解征

夫牢骚之怀。别后复一登焦山，曾题小像赞，属瓜洲
僧赍上矣。初一日，江行至京，留宋比玉斋中。一宿，
遂渡江，至南滁，少游琅琊、醉翁诸山，即短衣塞卫，
兀兀风尘中，半月而达汴。比渡河，陟太行，抵上党，
则闰月晦矣。赖庇筋力，差可支吾，未至委顿。幼儿
鞍马上下，更轻矫。少休署中，与儿子追叙所历，跋
履险绝，便如说梦。又恍惚如隔世事，可知眼前忧喜，
色阴器界，无一真实，可一笑也。当未至黄河，百里
外望见太行，如黑云亘天际，吁骇突兀，始疑其非山
也。行二日，抵其麓，峰峦森列峣崒，皆拔地卓云，
触目尽范宽、荆浩障子。前人多产关陇，盖图所见也。
初上山，十余里，羸马皆悲鸣不前，其径皆羊肠鸟
道，径石荦确龈腭，如狼牙剑戟，意非此中蹄迹弗习
者，决不能厝足也。上关王坡，南望两三峰，出白云
中，疑是嵩高二室，问道中人，无能言者。至天井关，
则所见峣崒卓云诸峰，峰杪尽碌碌坠谷底，仰望峻坂，
盘曲宭窭，如无道境，瞪视微觉人马转动耳。百余里，
至泽州，又前，次高平，即古长平。入潞州境，似渐
夷，实太行之巅，天下之脊，号称上党不虚耳。昏晓
寒燠，与中土异。署舍疏敞，高寒便夏，昼无蝉，夜

无蚊。六月杂衣单夹，正如三四月在兄寓时风气耳。以此知古人河朔无暑，可豪饮，非逃暑也。此中多名酒，尝之略遍。羊羔白如乳泉，但微甘，风骨似襄陵为胜，惠山珠曲，殊不可忘，登顿之余，几亡饮情。未几而主人有安仁悼亡之戚，因兹索莫，两月以来，觉百念灰冷，虽笔墨习气，索然嚼蜡。淡境亦自有味，但无由策进耳。方叔近为按君首荐，有"治冠一时，材堪大用"语，计邸报中兄已见之。前二十七日赴省克房考，今方在事南场，主司到日，或尚不至更期。此时若渊、行先诸君事已大定矣。别后不知宅眷何日取到？僦舍毕竟居停何所？积著之利，更稍裕否？净业益精进否？闲居孰与往来，有以为乐否？风便愿闻之也。

与郑闲孟

每得兄书，必娓娓竟幅，琐细曲折，真当面谈。去冬闻饮量大减，情兴萧飒，并不得兄一字，固已悬念。夏间正叔、长蘅书中，乃闻兄病渐损眠食，久欲奉讯。前发家书时，偶一�，遂不能执笔。大抵吾辈多属情痴，少年志猛气盛，又不自爱，今各半百，垂白衰病，岂非应得？屈指交旧，入鬼录者，侥幸已多。若论五浊恶世，阳焰空花，本不足沾恋。兄是有信根人，趁此病苦，当勤精进，如救头然。平日信服，不论僧俗胜友导师，得其一言半偈，自求解脱，悬崖撒手，明了一大事，所谓朝闻夕死，正在于此，才不枉却平日些子聪明也。身方在二千里外，循方乞食，巴吉家口，作法语相劝勉，岂不可笑！然正可见世缘如恶又聚爱网，极鼋杀好汉。兄比我有女无子，省却大半挂碍，勿作世人"有子万事足"蠢话头死见识下寻求也。急亲近明眼人求出头路，千万千万！吾乡既无国医，宜谨慎调养，少进药物。彦逸友爱极笃，当用吾言，不更作字。

第十五卷　钟伯敬小品

【小传】

钟惺字伯敬，号退谷，武进学训钟一贯子也。中万历癸卯举人，庚午科进士。公为人羸寝，力不能胜布褐。性深靖，霭一泓秋水，披其帷，如含冰霜，不与世俗交接，而专致积于书史。庚戌闱中，为夷陵雷公思霈所深赏。初授行人者八年，中间使四川山东及典贵州乙卯乡试者凡三差，所过各有著作。拟部者二年，改授工部主事，疏愿改南曹部，持不覆者又二年。授南礼部仪制司主事，转祠祭司郎中者又一年。在南都读书，评阅《诗归》《史怀》，多所发明，有古贤所不逮者。升福建提学佥事，考校兴化、延平、福州三府者一年。寻丁父忧去职，居家服阕，凡三年而卒，寿五十有二矣。所著述有《隐秀轩诗文集》《楞严如说》《酒雅》，及评选《左史》《汉书》等行世。

按公读书学道为念，通籍十四年，简淡自持，耻事生产，自著述外，无酬酢主宾，人以是多忌之。然与文士接，终日谈论不辍，与邑名士谭元春为性命友，每商榷古今文章诗史，不袭人唾余，而两家各勉为孝友，俨如通家，有雍睦古道焉。

（《景陵县志》）

又

钟惺，字伯敬，竟陵人，万历三十八年进士。授行人，稍迁工部主事，寻改南京礼部，进郎中。擢福建提学佥事，以父忧归，卒于家。惺貌寝羸不胜衣，为人严冷，不喜接俗客，由此得谢人事。官南都，僦秦淮水阁，读史恒至丙夜。有所见即笔之，名曰《史怀》。晚逃于禅以卒。

自宏道矫王李诗之弊，倡以清真，惺复矫其弊，变而为幽深孤峭。与同里谭元春评选唐人之诗，为《唐诗归》，又评选隋以前诗，为《古诗归》，钟谭之名满天下，谓之"竟陵体"。其两人学不甚富，其识解多僻，大为通人所讥。元春字友夏，名辈后于惺，以《诗归》故与齐名，至天启七年始举乡试第一，惺已前卒矣。

（《明史·文苑传》）

诗归序

选古人诗而命曰《诗归》，非谓古人之诗，以吾所选为归，庶几见吾所选者，以古人为归也。引古人之精神，以接后人之心目。使其心目有所止焉，如是而已矣。昭明选古诗，人遂以其所选者为古诗，因而名古诗曰"选体"，唐人之古诗曰"唐选"。呜呼！非惟古诗亡，几并古诗之名而亡之矣。何者？人归之也。选者之权力能使人归，又能使古诗之名与实俱徇之，吾其敢易言选哉？尝试论之，诗文气运，不能不代趋而下，而作诗者之意兴，虑无不代求其高者，取异于途径耳。夫途径者，不能不异者也，然其变有穷也。精神者，不能不同者也，然其变无穷也。操其有穷者以求变，而欲以其异与气运争，吾以为能为异，而终不能为高，其究途径穷而异者与之俱穷，不亦愈劳而愈远乎？此不求古人真诗之过也。今非无学古者，大要取古人之极肤、极狭、极熟，便于口手者，以为古人在是。便捷者矫之，必于古人外自为一人之诗以为异。要其异，又皆同乎古人之险且僻者。不则其俚者也。则何以服学古者之心？无以服其心，而又坚其说以告人曰："千变万化，不出古人。"问其所为古人，则又向之极肤、极狭、极熟者也。世真不知有古人矣。惺与同邑谭子元春忧之，内省诸心，不敢先有所谓学古。不学古者，而第求古人真诗所在。真诗者，精神所为也。察其幽情单绪，孤行静寄于喧杂之中，而乃以其虚怀定力，独往冥游于寥廓之外。如访者之几于一逢，求者之幸于一获，入者之欣于一至。不敢谓吾之说非即向者"千变万化，不出古人"之说，而特不敢以肤者、狭者、熟者塞之也。

书成，自古逸至隋凡十五卷，曰《古诗归》。初唐五卷，盛唐十九卷，中唐八卷，晚唐四卷，凡三十六卷，曰《唐诗归》。取而覆之，见古人诗久传者，反若今人新作诗；见己所评古人语，如看他人语。仓卒中，古今人我，心目为之一易，而茫无所止者，其故何也？正吾与古人之精神，远近前后于此中，而若使人不得不有所止者也。

问山亭诗序

今称诗，不排击李于鳞，则人争异之。犹之嘉隆间，不步趋李于鳞者，人争异之也。或以为著论驳之者，自袁石公始；与李氏首难者，楚人也。夫于鳞前，无为于鳞者，则人宜步趋之，后于鳞者，人人于鳞也，世岂复有于鳞哉？势有穷而必变，物有孤而为奇。石公恶世之群为于鳞者，使于鳞之精神光焰，不复见于世，李氏之功臣，孰有如石公者？今称诗者，遍满世界，化而为石公矣，是岂石公意哉？吾友王季木，奇情孤诣，所为诗有蹈险经奇，似温李一派者。乃读其全集，飞翥蕴藉，顿挫沉着，出没幻化，非复一致，要以自成其为季木而已，初不肯如近世效石公一语。使季木舍其为季木者，而以为石公，斯皎然所以初不见许于韦苏州者也，亦乌在其为季木哉？季木居石公时，不肯为石公，则居于鳞时，亦必不肯为于鳞。季木后于鳞起济南，予与石公皆楚人，石公驳于鳞而予推重季木，其义一也。假令后于鳞为诗者，人人如季木，石公可以无驳于鳞，以解夫楚人之为济南首难者。

梅花墅记

出江行，三吴不复知有江，入舟，舍舟，其象大抵皆园也。乌乎园？园于水。水之上下左右，高者为台，深者为室，虚者为亭，曲者为廊，横者为渡，竖者为石，动植者为花鸟，往来者为游人，无非园者。然则人何必各有其园也？身处园中，不知其为园，园之中各有园，而后知其为园，此人情也。

予游三吴，无日不行园中，园中之园，未暇遍问也。于梁溪则邹氏之惠山，于姑苏则徐氏之拙政、范氏之天平、赵氏之寒山，所谓人各有其园者也。然不尽园于水。园于水而稍异于三吴之水者，则友人许玄祐之梅花墅也。玄祐家甫里，为唐陆龟蒙故居，行吴淞江而后达其地。三吴之水，不知有江，江之名复见于此，是以其为水稍异。予以万历己未冬，与林茂之游此，许为记。诺诺至今，为天启辛酉，予目常有一梅花墅，而其中思理往复曲折，或不尽忆，如画竹者，虽有成竹于胸中，不能枝枝节节而数之也。然予有《游梅花墅》诗，读予诗而梅花墅又在予目。

大要三吴之水，至甫里始畅，墅外数武，反不见水，水反在户内，盖别为暗窦，引水入园。开扉垣，步过杞菊斋，盘磴跻映阁。映阁者，许玉斧小字也，取以名阁。登阁所见，不尽为水，然亭之所跨，廊之所往，桥之所踞，石所卧立，垂杨修竹之所冒荫，则皆水也。故予诗曰："闭门一寒流，举手成山水。"迹映阁所上磴，回视峰峦岩岫，皆墅西所辇致石也。从阁上缀目新眺，见廊周于水，墙周于廊，又若有阁亭亭处墙外者。林木荇藻，竟川含绿，染人衣裾，如可承揽，然不可得即至也。但觉钩连映带，隐露断续，不可思议。故予诗曰："动止入户分，倾返有妙理。"乃降自阁，足缩如循寒渡，曾不沾裳，则浣香洞门见焉。洞穷，得石梁，梁跨小池。又穿小酉洞，憩招爽亭。苔石啮波，曰锦淙滩。指修廊中隔水外者，竹树表里之，流响交光，分风争日，往往可即，而仓卒莫定其处，姑以廊标之。予诗所谓"修廊界竹树，声光变远迩"者是也。折而北，有亭三角，曰在涧。涧气上流，作秋冬想。予欲易其名曰寒吹。由此行，峭蒨中忽著亭，曰转翠。寻梁契集，映阁乃在下。见立石甚异，拜而赠之以名，曰灵举。向所见廊周于水者，方自此始。陈眉公榜曰流影廊。沿缘朱栏，得碧落亭。

南折数十武，为庵奉维摩居士，廊之半也。又四五十武，为漾月梁，梁有亭，可候月风，泽有沦，鱼鸟空游，冲照鉴物。渡梁入得闲堂。堂在墅中，最丽。槛外石台，可坐百人，留歌娱客之地也。堂西北结竟观居，奉佛。自映阁至得闲堂，由幽邃得宏敞；自堂至观，由宏敞得清寂。固其所也。观临水，接浮红渡。渡北为楼，以藏书。稍入为鹤籞，为蝶寝，君子攸宁，非幕中人或不得至矣。得闲堂之东流，有亭曰涤研。始为门于墙，如穴，以达墙外之阁。阁曰湛华。映阁之名，故当映此，正不必以玉斧为重，向所见亭亭不可得即至者，是也。墙以内所历诸胜，自此而外，若不得不暂委之。别开一境，昇眺清远。阁以外，林竹则烟霜助洁，花实则云霞乱彩，池沼则星月含清，严晨肃月，不辍暄妍。予诗云："从来看园居，秋冬难为美。能不废喧薆，春夏复何似？"虽复一时游览，四时之气，以心准目想备之。欲易其名曰贞薆。然其意淳泓明瑟，得秋差多，故以滴秋庵终之，亦以秋该四序也。

钟子曰：三吴之水皆为园，人习于城市村墟，忘其为园。玄祐之园皆水，人习于亭阁廊榭，忘其为水。水乎？园乎？难以告人。闲者静于观取，慧者灵于部署，达者精于承受，待其人而已。故予诗曰："何以见君闲，一桥一亭里。闲亦有才识，位置非偶尔。"

浣花溪记

出成都南门，左为万里桥，西折纤秀长曲，所见如连环，如玦如带，如规如钩，色如鉴，如琅玕，如绿沉瓜，窈然深碧，潆回城下者，皆浣花溪委也。然必至草堂而后浣花有专名，则以少陵浣花居在焉耳。行三四里，为青羊宫，溪时远时近。竹柏苍然，隔岸阴森者，尽溪。平望如荠，水木清华，神肤洞达。自宫以西，流汇而桥者三，相距各不半里，异夫云通灌县，或所云江从灌口来是也。人家住溪左，则溪蔽不时见，稍断则复见溪。如是者数处，缚柴编竹，颇有次第。桥尽，一亭树道左，署曰"缘江路"。过此，则武侯祠。祠前跨溪，为板桥一，覆以水槛，乃睹浣花溪题榜。过桥，一小洲，横斜插水间如梭。溪周之，非桥不通。置亭其上，题曰"百花潭水"。由此亭还，度桥过梵安寺，始为杜工部祠。像颇清古，不必求肖，想当尔尔。石刻像一，附以本传，何仁仲别驾署华阳时所为也。碑皆不堪读。钟子曰："杜老二居，浣花清远，东屯险奥，各不相袭。严公不死，浣溪可老，患难之于友朋，大矣哉！然天遣此翁，增夔门一段奇耳。穷愁奔走，犹能择胜，胸中暇整，可以应世，如孔子微服主司城贞子时也。"时万历辛亥十月十七日，出城欲雨，顷之霁。使客游者，多由监司郡邑招饮，冠盖稠浊，磬折喧溢，迫暮趣归。是日清晨，偶然独往。楚人钟惺记。

修觉山记

辛亥十月，十有九日，早发新津，叔弟恬，不知隔江者为何许山也，与童骑疾驱过之。予与艾子后，坐舟中，指江干削壁千仞，竹树榱桷，出没晴岚云浪外者，异焉。问之，则修觉山。子美《游修觉寺》诗曰："野寺江天豁，山扉花竹幽。诗应有神助，吾得及春游。径石相萦带，川云自去留。禅枝宿众鸟，飘泊暮归愁。"《后游》诗曰："寺忆昔游处，桥怜再渡时。江山如有待，花柳更无私。野润烟光薄，沙暄日色迟。客愁全为减，舍此欲何之？"及唐明皇幸蜀，

大书"修觉山"三大字，嵌石壁，今犹存者，即其处
也。决策登焉。所从径，哀山石之复者为磴，乱整枉
直，各肖其理。登者屡憩，憩处每平，平处每当竹树
隙，隙处必从其下左方见江，江错碛渚，或圆或半，
或逝或返，去留心目间。上人缚竹为乱，若童子置叶
盏中以度蚁，设身处地。颇危之。从上视下，轻且驶，
甚适。度磴去顶可四五之一，行住坐立，更端者数矣。
其傍乃有石级齿齿，蜿蜒壁间者，往修觉寺道也。日
姑舍是，寻中径数折上，有亭翼然，祠杜工部、李供
奉、苏端明、方正学。方有石刻诗，可读。亭后数武，
为宝华寺。礼佛毕，反自亭，出山门，左行，竹树纯
驳夹砌，数折即修觉寺。寺前双井，一井置一塔，唐
物也。明皇书嵌佛殿左侧岩壁上，字方广二三尺，一
字各专一石，飞翥沉着，且甚完好。予入蜀所见唐碑，
独此耳。出寺，无所见。欲返，寺僧指石隙一小径，
才容足。出此径，乃有平田大陆。复缘磴数折上，矗
然眺江者，曰雪峰，两寺乃在其下。始悟所云磴去顶
四五之一者，第可指修觉耳，非此峰也。左眺稠粳山，
如旅行，而稍居其傍。下凭栏视江，则已正，无所不
见。不若初所见江之从其下左方也，然从下上修觉，

去江趋远，从修觉上雪峰，视江乃反近。舟中所指江干削壁者，即今着脚处也。降自雪峰，复绕井塔下，屈曲一二里许，不复见所由宝华寺径矣。乃忽得所谓石级齿齿壁间往修觉寺道者，则今还道也。与初所从径合，径穷登舆。是日抵彭山宿，记授弟恬。

白云先生传

　　白云先生陈昂者，字云仲，福建莆田黄石街人也。所居所至，人皆不知其何许人。自隐于诗，性命以之。独与马公子用昭善。先生诗所谓"自天亡我友"者，即其人也。其后莆田中倭，城且破，先生领妻子，奔豫章，织草履为日。不给，继之以卜，泛彭蠡，憩匡庐山，观陶令之迹，皆有诗。已入楚，由江陵入蜀，附僧舟佣爨以往。至亦辄佣于僧，遂遍历三峡、剑门之胜，登峨嵋焉。所佣僧辄死，反自蜀，寓江陵、松滋、公安、巴陵诸处。至金陵，姚太守稍客之，给居食。久之，姚太守亦死，无所依，仍卖卜秦淮。或自榜片纸于扉，为人佣作诗文，其巷中人有小小庆吊，持百钱斗米与之，辄随所求以应。无则又卖卜，或杂以织履。而林古度与其兄桊者，寓居金陵。一日，兄弟过其门，见所榜片纸于扉者，色有异，突入其室。问知为莆田人，颇述其平生，一扉之内，席床缶灶，败纸退笔，错处其中。检文诗诵之，是时古度虽年少，颇晓其大意，称之，每称其一诗，辄反面向壁，流涕悲咽，至于失声。其后每过门，辄袖饼饵食之，辄喜。复出其诗，泣如前。居数年，竟穷以死。其子仓皇出，觅棺衣，异之中野。古度兄弟急走索其集，无所得，得先生手书五言今体一帙。五言今体者，五言律、排律也。其诗予莫能名，其自序略云："昂壮夫时，尤嗜五言，第家贫无多古书，得王右丞即诵读右丞，得杜工部即诵读工部，闲取其所中规中矩者，时或一周旋之，又时或一折旋之，含笔腐毫，研精殚思。"今观其五言律七百首，则先生所学所得，实录实际，尽此数言矣。其云末一卷为排律，亦不存，盖谢生兆申云："先生有集十六卷，在江浦族人家。"或亦有据。今刻其存者，以次购之。

论曰："明自有诗，而二三君子者，自有其明诗，何隘也？画地为限，不得入，自缙绅士夫，诗的的有本末者，非其所交游品目，不使得见于世者多矣，况老贱晦辱之尤，如陈昂者乎？近有徐渭、宋登春，皆以穷而显晦于诗，诗皆逊昂，然未有如昂之穷者也。予尝默思公织履卖卜、佣爨佣书时，胸中皆作何想？其视世人纷纷藉藉，过乎其前者，眼中皆以为何物？求其意象所在而不得。吾友张慎言曰：‘自今入市门，见卖菜佣皆宜物色之，恐有如白云先生其人者。’甚矣，有激乎其言之也。”

断香铭

　　《断香铭》者，铭吾友蜀人刘晋仲之妇尹氏之墓也。君讳纫兰，叙州府宜宾县人，大参尹子求先生之女也。记己酉，予以丧子，狂走白门。先生为南职方郎，尝为余言，其婿刘郎七岁能诗。刘郎者，给谏勿所公仲子，即今所称晋仲者是也。安知其有女慧如是？然其时犹然女儿，习玩不知书。既归晋仲，见晋仲妹文玉词翰妙敏，心悦而好之。相与为友。始读书，稍稍为诗，精神起落，常出人外，佳处不必由思，思者反是无关系处。久之，从晋仲省尊公于燕，由蜀江出峡，由峡入江，由江达运河，峰树逢迎，烟日争让，舟行遭缓，可以为家，得一意为诗。其篇时全时缺，缺则听之。缺于此或全于彼，有弦摧柱折，缓他琴以续之之意。予读其诗，骨散神寒，音节清巉，如病叶偶然从风而坠，或中胃之，附枝翅鸣，不能自致于地。如暗泉之阨于石，而不能自竟其响。此断香之旨也。至燕亦有诗，全缺如之，久之意忽忽无主，有秋冬气。晋仲忧之，曰："我亦不知。"至是，亦不甚作诗，作亦不以示人。晋仲检其枕中所藏，如其全与缺而存之。顷之，卒，年甫十九。钟子曰："世所不常有者才，人所不可无者友。才而为我友，友而为我妇，妇而才相当，晋仲以为能永乎？不能永乎？"铭曰："丈夫才而鬼瞰之，矧其在女子之躬也？好友在四方，而造物或收之，矧其在闺阁之中也？刘子者，怜才乎？求友乎？悼亡乎？能寻香于落叶暗泉之间，而迹其所终也乎？噫！"

题潘景升募刻吴越杂志册子

富者余资财，文人饶篇籍。取有余之资财，拣篇籍之妙者而刻传之，其事甚快。非惟文人有利，而富者亦分名焉。然而苦不相值者，何也？非人也，天也。奚以明之？资财者，造化之膏脂；篇籍者，造化之精神。浚膏脂以泄其精神，此其于事理两亏之，数也。人不能甘而造化肯听之乎？故日天也。呜呼！此资财之所以益蠹，而篇籍之所以益晦也。友人潘景升，著书甚多，所缉《三吴越中杂志》，事辞深雅，心力精博，盖地史之董狐也。募刻于好事者，而多不能给。予谓此雅事也，昔杨子云作《太玄》，蜀富人赍钱十万，求载一名，不许。今开口向人，已出下策矣，况言之而不应？钱受之日："今天下俚诗恶集，阗咽国门，此其剞劂之费，岂非资财所为乎？"予曰："此非造化精神所存也。无损于精神，而徒用其膏脂，亏其一焉，或亦天之所不甚忌也。"

题鲁文恪诗选后二则

观古人全诗，或不过数十首，少或至数首，每喜其精，而疑其全者或不止此，其中散没不传者不无。或亦有人乎，选之，不则自选存其所必可传者而已，故精于选者，作者之功臣也。向使全者尽传于今，安知读者不反致崔信明之讥乎？予喜诵乡先达鲁文恪诗文。庚戌，官燕，曾从其孙睢宁令乞一部，欲选之，为汤嘉宾太史索去，遂不果。壬子，谭友夏选刻之金陵，至九十首，精矣，该矣。予读之，喜焉，敬焉，有弘正名家所未能入其室者。使予读文恪全集，固未必其喜且敬之至此也。删选之力，能使作者与读者之精神、心目为之潜移，而不知然，则友夏虽欲不为文恪功臣，固不可得也。或曰："作者为文恪，而后之选者不必如友夏，若之何？"予尝与友夏言矣，莫若少作。作其所必可传者，选而后作，勿作而待选。吁，谈何容易哉！

诗文多多益善者，古今能有几人？与其不能尽善而止存一篇数篇、一句数句之长，此外皆能勿作。即作而能不使传，使后之读者，常有其全决不止此之疑，思之惜之，犹有有余不尽之意焉。若夫篇与句善矣，而不能使其不善者不传于后，以起后人厌弃，而善者反不见信，此岂善为必传之计者哉？故夫选而后作者，上也；作而自选者，次也；作而待人选者，又次也。古人所谓数十首数首之可传者，其全决不止此。若其善者止此，而此外勿作，正予所谓作其必可传者也。
此其识其力，古今又能有几人乎？

题马士珍诗后

　　予既为诗赠马郎矣，顷之，其从兄金吾君来言，
马郎能画，匍匐时画地作山水。右丞云"前身本画
师"，此说非也。良是山水宿因未尽，心惟目想，故习
复生。尝闻画者有烟云养其胸中，此自性情文章之助，
昔人怪孙兴公神情不关山水，而能作文，明山水之与
文章相发也。世未有俗性情能作大文章者。马郎性情
在山水间，发为文章事业，自当入妙。寄语画师，勿
以为戏而戒之。藏修余日，使之伏习成家，亦可消闲
止逸。异时予衰不出游，马郎读万卷书，行万里路后，
应作真形图寄我山中，鼓琴动操，四壁皆响，是马郎
相对时也。辛亥十月八日，止公居士题。

跋袁中郎书

　　诗文取法古人，凡古人诗文流传于钞写刻印者，

皆古人精神所寄也。至于书欲法古，则非墨迹旧拓，古人精神不在焉。今墨迹旧拓，存者有几？因思高趣人往往以意作书，不复法古，以无古可法耳。无古可法，故不若直写高趣人之意，犹愈于法古之伪者。余请以袁中郎之书实之。夫世间技艺不一，从器具出者有巧拙，从笔墨者有雅俗。巧拙可强，雅俗不可强也。中郎没才十余年，其书又不工，今展卷深思，若千百年古物，乍见于世，是何故？请与书家参之。

与井陉道朱无易兵备

记明公五月书中有云，不肖以《诗归》招尤。初谓事理不甚关切，疑风闻之误。久乃知其有之。夫不肖性疏才劣，可以见斥之道甚多，至《诗归》一书，进退古人，怡悦情性，鼓吹风雅，于时局官守，似不相涉。徐思之，乃当事者不忍过求于某，断其进趋之路，姑择此微罪罪某，而又不甘处己于俗，分此美名，若其目中亦曾看过此书者。此则自处处人之妙，其中真似，俱不必深论者也。若真以《诗归》见处，则此一书将藉此一语口实以传，某以一官徇此一书，且有余荣。彼其之子，何爱于某，而肯为此乎？一笑一笑。

与陈眉公

相见甚有奇缘，似恨其晚。然使前十年相见，恐识力各有未坚透处，心目不能如是之相发也。朋友相见，极是难事。鄙意又以为不患不相见，患相见之无益耳。有益矣，岂犹恨其晚哉？

第十六卷　谭友夏小品

小传同前卷。

诗归序

春未壮时，见缀缉为诗者，以为此浮瓜断梗耳，乌足好？然义类不深，口辄无以夺之，乃与钟子约为古学，冥心放怀，期在必厚，亦既入之出之，参之伍之，审之克之矣。有教春者曰："公等所为，创调也，夫变化尽在古矣。"其言似可听，但察其变化，特世所传文选诗删之类，钟嵘、严沧浪之语，瑟瑟然务自雕饰而不暇求于灵迥朴润，抑其心目中，别有夙物，而与其所谓灵迥朴润者，不能相关相对欤？夫真有性灵之言，常浮出纸上，决不与众言伍；而自出眼光之人，专其力，壹其思，以达于古人，觉古人亦有炯炯双眸从纸上还瞩人，想亦非苟然而已。古人大矣，往印之辄合，遍散之各足。人咸以其所爱之格，所便之调，所易就之字句，得其滞者熟者，木者陋者，曰我学之古人，自以为理长味深，而传习之久，反指为大家，为正务，人之为诗，至于为大家，为正务，驰海内有余矣，而犹敢有妄者言之乎。呜呼！此所以不信不悟，而有才者至欲以纤与险厌之，则亦若人之过也。夫滞熟木陋，古人以此数者收浑沌之气，今人以此数者丧精神之原，古人不废此数者，为藏神奇藏灵幻之区，今人专借此数者，为仇神奇仇灵幻之物，而甚至以代所得名之一人，与一时所同名之数人，及人所得名之篇，与篇所得名之句，皆坚守庄调而不敢扬言之，不过曰，古今人自有笃论。

夫人有孤怀，有孤诣，其名必孤行于古今之间，不肯遍满寥廓，而世有一二赏心之人，独为之咨嗟彷皇者，此诗品也。譬如狼烟之上虚空，袅袅然一线耳，风摇之，时散时聚，时断时续，而风定烟接之时，卒以此乱星月而吹四远。彼号为大家者，终其身无异词，终其古无异词，而反以此失独坐静观者之心，所失岂但倍也哉。

今之为是选也，幸而有不徇名之意，若不幸而有必黜名之意则难矣。幸而有不畏博之力，若不幸而有必胜博之力又难矣。幸而有不隔灵之眼，若不幸而有必骛灵之眼又难矣。法不前定，以笔所至为法。趣不强括，以诣所安为趣。词不准古，以情所迫为词。才不由天，以念所冥为才。恬一时之声臭，以动古今之波澜，波澜无穷，而光采有主，古人进退焉，虽一字之耀目，一言之从心，必审其轻重深浅而安置之。凡素所得名之人，与素所得名之诗，或有不能违心而例收者，亦必其人之精神止可至今日而不能不落吾手眼。因而代获无名之人，人收无名之篇，若今日始新出于纸，而从此诵之将千万口。即不能保其诵之盈千万口，而亦必古人之精神至今日而当一出，古人之诗之神，所自为审定安置，而选者不知也。惟春与钟子克虑厥始，惟春克勖厥中，惟钟子克成厥终，诗归哉。

秋寻草自序

予赴友人孟诞先之约，以有此寻也。是时秋也，故曰"秋寻"。夫秋也，草木疏而不积，山川澹而不媚，结束凉而不燥。比之春，如舍佳人而逢高僧于绽衣洗钵也。比之夏，如辞贵游而侣韵士于清泉白石也。比之冬，又如耻孤寒而露英雄于夜雨疏灯也。天以此时新其位置，洗其烦秽，待游人之至，而游人者不能自清其胸中以求秋之所在，而动曰悲秋。予尝言宋玉有悲，是以悲秋，后人未尝有悲而悲之，不信胸中而信纸上，予悲夫悲秋者也。天下山水多矣，老子之身不足以了其半，而辄于耳目步履中得一石一湫，徘徊难去。入西山恍然，入雷山恍然，入洪山恍然，入九峰山恍然，何恍然之多耶。然则予胸中或本有一恍然以来，而山山若遇也。予乘秋而出，先秋而归。家有五弟，冠者四矣，皆能以至性奇情佐予之所不及，花棚草径，柳堤瓜架之间，亦可乐也。曰"秋寻"者，又以见秋而外皆家居也。诞先曰："子家居诗少，秋寻诗多，吾为子刻《秋寻草》。"

退寻诗三十二章记

秋寻之三年，予怀九峰，率两舍弟往住焉，自春达秋，殆山中人也。已而退家湖上，复为湖上人。始追搜之，始审可之，而后乃今有诗。

凡山之妙，不在游而在住，游则客，住则主人，主人则安焉，作《入九峰诗》。春秋过眼，怅然归与，作《别诗》。非雷雨窈冥必登山，作《上山诗》。既上低回不能下，作《下山诗》。游九峰者，攀平林，度泉桥，礼香刹，信宿山房，以为好事未暇登峰从某至某，予则否矣，作《遍行九峰诗》。有学公塔，学公者，开山祖也，念其精神不出山外，作《礼塔诗》。学公法力坚永，为浴佛诵经诸教，至今不废，作《浴佛诗》。此外独二三僧房木鱼耳，作《劝僧工课诗》。九峰之胜，其一在松，其一在茶，其一在笋，笋不数园，家有二小童善寻笋，作《食笋诗》。茶叶卷者上，舒者下，有三采，作《头茶》《二茶》《三茶》诗。雨前者真不在芥下矣，作《雨前催僧诗》。随造随尝之，不以僧，不以童子，予与舍弟烹啜焉，作《造茶尝茶诗》。予对松久，私谓松之神，栗然宜寺，松之响，缕然宜枕，松之烟，愤然宜晨，松之状，矫然宜楼，松之影，澹然宜月，独未察盛雪时，想当宜耳，故作《楼宿听松诗》，作《晨起看松诗》，作《月下看松诗》，作《遍上僧楼看松诗》，详爱敬也。见樵子入山则劝止之，止之不得，然后叹息之，作《松柴诗》。其残枝颓唐焉在地，或由风，或由老，或由鸟雀，或由斤斧，由斤斧者盖不忍言矣，拾者何罪，作《拾松枝妇人诗》。性好闲行，遇可留处，乃招弟友与俱，在桥作《坐泉桥诗》。在池作《坐池上诗》。在石作《携卷选石诗》。在廊作《纳凉于廊诗》。廊东西通，雨中不盖不屦，又作《长廊诗》。在殿作《开殿反锁诗》。在田作《寺田诗》。因而远想焉，则出谷矣，作《出谷诗》。余先，舍弟元声、元礼从，孟子从，或刘子从，或柳子从。若诸子先，予从亦如焉。闻一客来则欣然迎之，作《客至诗》。有招予者，予亦往，作《饮山中人家诗》。其诗题或次或不次，凡五言绝句三十一章为集。

是集也，山谷之开闭，虫鸟之哀乐，僧农之只偶，雨晴之升降，钟磬之润燥，予虽终身不忘也，而况其始离乎。此庐山诸道人游石门时，所谓退而寻之也。往而寻之者浅，退而寻之者深，昔者秋寻，又何也？

自题湖霜草

予以己未九月五日至西湖，三旬有五日而后返。又过吴兴，穷苕霅。以为西湖之美在里湖，苕霅之美在二漾，汲汲乎为之赋诗以显于士君子间，而士君子之贺其遭者亦众矣。当其不寓楼阁，不舍庵刹，而以琴樽书札托彼轻舟也，舟人无酬答，一善也。昏晓不爽其候，二善也。访客登山，姿意所为，三善也。入断桥，出西泠，午眠夕兴，四善也。残客可避，时时移棹，五善也。挟五善以长于湖，僧上凫下，觞止茗生，篙楫因风，渔茭聚火，奇唱发，流光升，霞敛星移，烟高霜满，或闻邻舟之一叹，或当空阁之无声。当斯际也，属秋冬乎，属之人乎，属之湖乎，日不知也。细而察之，意绵绵于空翠古碧之中，逢客来而若断，目恍恍于衰黄落红之下，触松色而始明。众阜欣欣，借红叶为魂魄；六桥历历，仗明月以始终。我怀伊何，谁念及此。夫哲人早悟，入山水而神惊；志士多忧，闻黄落则气塞。况乎望山陟岭，杳然无极，泊岸依村，动必以情。有西湖幽映其外，不待十里而步步皆深，有两高环照其上，寻至千里而层层欲霁。江海倒射乎韬光之顶，溪流送阴于龙井之前。响声依然，如苏子过亭之日；泉事甚远，同骆丞刿木之思。又因而自念不已也。予清缘既不如人，壮岁又将去己，若得一间草阁，临涧对松，半棹野航，藏身接友，老母肯俯从于外，子弟不相念于家，任野人之所之，朝在山而夕在水，度才力之所及，书一卷而诗一章，则西湖二漾之间，足吾生济吾事矣。纵不能，亦必践李三长蘅之约，乐饥忘返，往来小筑间，自勾盟以之于红落，自霜雪以之于炎歊，自喧杂以之于无人，静观一年之消息，默审百物之去来，其为弘益，岂诗文而已耶。然二漾者又予之所入而惧，惧而返，返而后思入者也。苟不惮精魂之微，年载之久，游于其上，立于其中，映于其外，将使人荡荡默默而不自得，长蘬何择哉？

自题秋冬之际草

昔人言："秋冬之际，尤难为怀。"以之命篇，非是之谓也。何尝快，独无忧，予之为怀良易矣。然则曷取焉？夫已冬而秋，不犹之方春而夏乎哉。鹦花藻野，则春全在夏矣，红黄振谷，则秋不遽冬矣，故君子际之以答岁也。况独往苦少，同志若多；泛则方舟，登或共屐；非甚喑滞，其何默焉。然当斯际也，以游则山潝潝而不至于癯，水岩岩而不至于嬉，故渊明所谓"良辰入奇怀"，灵运所谓"幽人尝坦步"，每临境下笔，皆抱此想矣。

秋闱梦戍诗序

古今劳臣思妇，感而生叹，夫叹之于诗亦不远矣，何难即形之而为诗乎。尝有一言数语，真笃凄婉，如猿之必啸而后已者，非尽系乎才也，叹之至也。然役或不尽于戍，时或不及于秋，情或不生于梦，体或不限于七言律，数或不至于百篇，一叹而已矣。吾友宋比玉，客越之夜，忽若有通焉，而得《秋闺梦戍》七言近体一百首于荒村危垣之家，见其中有"芳草无言路不明"之句，惊叹而卒读之，则虎关马氏女也。凡秋来风物水月，枕簟衣裳，砧杵钟梵，其清响苦语，一一摇人，而至于英雄之心曲，旧家之乔木，部曲之冻馁，儿女之瓢粒，悲天悯人，勤王恤私，非惟肤士所不知，盖亦仁宦男子，博雅通儒，所吟之而面赤者也。而又皆梦声情步履，倏去来于孤灯瘦影之中，渔阳之道路夜经，罗幂之车轮朝转，岂止鹳鸣于垤，妇叹于室而已乎？叹者不足以尽其才者也，才者不足以尽其魂者也。百首之梦，无一不秋，三秋之魂，无一不香，故题曰《香魂集》。吾犹谓如此女士，而以婉恋待之，但恐不爱耳。或怜其大苦，余曰不然，《伯兮》之诗曰："愿言思伯，甘心首疾。"彼皆愿在愁苦疾痛中，求为一快耳，若并禁其愁苦疾痛而不使之有梦，梦余不使之有诗，此妇人乃真大苦矣。嗟乎，岂独妇人也哉?

渚宫草序

予甲子客燕,与徐公穆定交,未暇言诗也。越二年,公穆始乘一舟走寒河园居,徘徊于小桥茅屋之间。因相与游晴川夏口,往来江港数十日夜。日在乎宽闲之野,寂寞之滨,和渔人,杂芦子,备极冥缅,而后与公穆谈诗。公穆出数年诗,皆令予道其工拙去取之由。予尽其诚,而公穆尽其虚,盖亦朋友中所难也。但古之诗亡矣,予所与谈古人诗者,亦亡矣,予尚敢言诗也哉?窃念生平思有以自立,空旷孤回,只是一家,非其所安。意欲上究风雅郊庙之音,中涉山川人物之故,下穷才力升斗之量,然是数者,非荒寒独处,稀闻渺见,则虽不足以乱其情,而或足以减其力,虽不足以隳其志,而或足以夺其气,则亦终无由而至也矣。公穆才秀朗百予,少年勃勃以古今自命,久之而落落瑟瑟然,如有所失焉。如有所失者,其诗之候也。予所谓荒寒独处,稀闻渺见,孳孳栗栗中,所得落落瑟瑟之物也。古之人,即在通都大邑,高官重任,清庙明堂，而常有一寂寞之滨，宽闲之野，存乎胸中，而为之地，夫是以绪清而变呈，公穆之候其至矣，予请以渚宫诗为端。公穆自渚宫归蜀，蜀成都，予有师在焉，曰朱无易先生，往质之。

官子时文稿序

士之有文，如女之有色，文之有先辈时辈，如色之有故人新人。善论色者曰："颜色虽相似，手爪不相如。"又曰："将缣来比素，新人不如故。"知手爪之所以妙，又知素之所以胜，此一人也，岂目挑而心招，倚门而刺绣，可以侥幸于欢侬之交者哉？夫时文中有多数句者，而先辈常少数句；有重后半者，而先辈常重前半；有用过文者，而先辈常用本文。此论色者之及于手爪也。时文中有读之欲笑者，而先辈不苟嬉；有读之欲泣者，而先辈不苟悲；有读之动人心目，快人口齿者，而先辈不苟艳。此论色者之明于缣素也。前辈沦亡，莫究此义，有志之士，多伤心焉。友人官子，以其文投予。予惊而相向，退而告人，此于元词宋曲中而有人焉，独宗《离骚》者也。此于繁弦急管中而有人焉，独弹素琴者也。已而掩袂叹息于官子之前曰："予不得与倚门者争旦夕之效，正坐此耳。子胡为然哉！孔子曰：'吾未见好德如好色者也。'当此之时，吾亦未见好色者也，悔不盛年时嫁与青楼家。子盛年，子勿贻此悔。"官子曰："非也，穷达天为，智者不愁，泻水置地，任其所流。"予乃跃然而起，官子之见达矣，所以有官子之文，岂诬哉？

选语石居集序

闽唐梅臣先生初至襄，延见属吏师儒之属，睹谒有罗学博，竟陵人也，因问竟陵谭子。谭子方匿迹远墟，久不挂于坛坫，学博心窃讶之，曰："安从知是人也？"已而投一集，曰："为我示谭子，选而序之。勿多，多弗传也。勿誉，誉勿益也。"学博传斯语以至谭子。谭子笑曰："唐先生如是，安得不问谭子乎？予所以远迹不求挂文人齿牙者，凡以为谈诗者，量多而亲诣，元春性翘劣，无以塞其望。且吾师友皆散逝，古道不可以望人，宁甘兀兀撅株枸耳。今使君乃若是！"起而披其集。是月也，雪郊枯岸，手龟坼如淘河渔人。

喜极兼怵，辄永夜独坐，妍朱凝水，亲炙砚鼎铦间，为下点不休。所逢艳惊目秀可餐，风神肃肃，忠孝迸裂者，歌之，声出篱外，绝不知有寒夜。小婢送酒至手边，亦不知取暖，而或有应付杂收，熟如无物。眼不惊怪，入手芒断者，亦竟不能为使君踟蹰。回顾卷帙上丹铅之痕，如古木槎枒可怪，则因而念之。夫诗文之道，上无所蒂，下无所根，必有良质美手，吟想鲜集，足以通神悟灵，而又有砚洁思深，惕惕于毫芒之内者，与之观其恒，通其变，探心昭式，庶几一遇之而不敢散。然则今者使君令谭子职选，谭子欣然选之而不辞者，岂非所谓遇之而不散者乎？多也，诎也，斯散矣。予入冬阅《方秋崖集》，喜其咏梅有云："古心不为世情改，老气了非流俗徒。三读《离骚》多楚怨，一生知己是林逋。"是诗也，可以赠梅臣，而梅臣诗中又有"拙吏津头不嗜钱，浮囊布被恒夷然。论交结客清寻研，硕人逸叟中流连"，日在吾口中吟讽不去。遂觉秋崖、梅臣二老，来往雪天手眼之间，不知何以遇，又不知何以不散。使君治襄多暇，为我祀杜二、孟六，招其诗魂，一问其故，恐亦无以举似也。

长安古意社序

　　予来京师，僦居城外寺，柏二株，鸢一只，送声递影，常若空虚。暇则如退院僧，不常接城中人，书亦罕至。自以为虽非学问所得，然躁心名根，退去四五，往往有不负师友处。一日，步至城东，值桐乡钱仲远、山阴张葆生、平湖马远之、武进恽道生、公安袁田祖、兴化李小有、阆中徐公穆饮正畅。予久不见奇士，怦怦心动，徙倚难去。小有、田祖者，旧社友也。公穆数年前邀予住峨眉未果，予甚感其意。庚申岁，予在西湖，看两山红叶，葆生、远之先后拏舟相寻，予适去，然犹蹑予叶上履迹，皆可径称故人。而仲远之交侠，道生之笔墨，与予久相闻，初得见。尽日六七人相劳苦，长安尘沙多，米贵，诸君皆来觅作官人，不能满持一觞酒。遍赞客曰："有贵交游乎！"谢无有。曰："时事何如？"皆曰："无从闻也。"于是乐甚。酒半酣，问年齿少长，忽下拜，兄己而弟人。是日觉有古意，令谭子授笔记其事。记成，无所附，附以他文字，人若干首刻焉。题为长安古意社。因想卢尉有《长安古意篇》，盛称香车宝马，挟弹探

丸，徒与丽人冶客，争郊外巷中之艳者，视此孰为古
意耶？

高霞楼诗引

苦无秀逊之士与谈诗者，幸而得之，以愁郁为骚
雅，以淫艳为风格，以柴门花鸟之属为幽深，前者步，
后者躐，举秀逊之才而小用之，予窃以为恨。岂独人
哉！即予不才，自束发来，二十五年，未尝不寄歌哭
眠食于斯，而至今诵汉魏盛唐之诗何如哉？友人车孝
则别八年，忽一仆冲八百里洞庭，负其诗质予。予快
甚。曷快乎？夫孝则真秀逊之才耳。得孝则而予之所
以惭汉魏而逊盛唐者，方有人乎究之，其何肯以秀逊
止。陈同父奇人也，然生平不能作诗，观其为桑泽卿
诗序，有"立意秀稳，造语平熟，不刺人眼目"之语，
则同父真不知诗矣。诗岂如是之谓耶？郦生论山水
曰："峻嶪百重，绝目万寻，既造其峰，谓已逾嵩岱，
复瞻前岭，又倍过之。"我等作诗，真当作如是想。
愿与孝则、伯孔切磋究之。伯孔、周楷者，固孝则
友也。

谭叟诗引

　　隔寒河四五村，有谭叟者，教童子村中。或邀其童子去，不得馆，即行吟沟坞间，称诗里中，里中人辄笑骂之曰："牛亦自称作诗耶？"叟闻之大笑。尝袖其诗过余，余多外出，叟即袖其诗去。后数日复来，又不值，又去。如是者三年，无倦容怒色，园丁问翁何事，翁亦不告以袖中物。一日逢舍弟，搜袖中良久，出一帙投之曰："尔兄归，为我示之。"舍弟手其本，荒荒然无全纸，笑而应之曰"诺"。余客归，舍弟出其帙如叟旨。余性不敢妄测人高下，虽褐夫星卜，必凝思穷幅，度其所以笔起墨止。故得叟诗，即屏人深读。其虫蛙之音，唾败之习，已了半帙，余犹望其能佳，而最后乃得《老夫起病》三诗，如闻其呻吟，如见其枯槁，如扶筇待老友至，如白发妻在旁喃喃不已。人固贵自重，余虽年如叟，病如叟，不能为此奥语也。自是始与叟往来。久之阅一诗复佳，久之又阅一诗复佳，积之，得二十三首，刻焉。叟僵羸如柴，举止语气，如不识字人。听余去取其诗，皆茫然，觉非其初意。叟名学，未有字，或呼为讷庵。谭居士曰："安知古工诗者，不尽如此叟欤？"

期山草小引

己未秋闱，逢王微于西湖，以为湖上人也。久之复欲还苕，以为苕中人也。香粉不御，云鬟尚存，以为女士也，日与吾辈去来于秋水黄叶之中，若无事者，以为闲人也。语多至理可听，以为冥悟人也。人皆言其诛茆结庵，有物外想，以为学道人也。尝出一诗草，属予删定，以为诗人也。诗有巷中语、阁中语、道中语，缥缈远近，绝似其人。荀奉倩谓"妇人才智不足论，当以色为主"，此语浅甚。如此人此诗，尚当言色乎哉？而世犹不知，以为妇人也！

胡彭举诗画卷跋

彭举年六十余，坐起一斋，藤垣苔石，冲然无虑，然未免为人作画。其画缘饰于云林、大痴、叔明间，而疏疏自运，无惊跳束缚二者之失，居然有逸士老人之度，世知传贵之。惟彭举古诗，老枝少叶，自写其质性之所近，则自吾数人外，诚莫有知之者。夫为世所知，不如为所不知，然苟无一物以掩之，则虽欲不为人知，其道莫由。故画能至于神逸，而又能蚤以之名于世，是彭举所由以自掩其诗也。江南之俗，画之易售倍诗，彭举为贫而画，鬻手用老，亦无可奈何而以画存于世，又无一人推本其为人之贞朴以掩之，然则画与诗，幸不幸何如也？

游玄岳记

自寒河七日抵界山，山始众。是时方清明，男妇鬓生柳枝，凄然有坟墓想。至迎恩观。舁人忽下肩，向井东叩首，复舁上肩去，肃肃悸人矣。过沐浴堂，夹古柏阴黑成市，与王子坐柏下，告之曰："此物岂无神乎，矧今且万林？"入遇真宫，复出行于柏，穷其柏之际。仰视枝，俯盼根，无一株遗者。柏穷，为仙关。关阨塞，伟木老秃与细竹点两山。又行陂陀中，指元和观东路行人纭纭者："何所也？"同行僧曰："十八盘道也，返则径其处。"又行沃野，乃见王虚桥，桥渡之以之于宫耳。舍桥縠树隙傍至道人室，粲道人室蹑板渡溷渠旁，至宫。宫丽甚，制乃不可详，且非野人所好。旁至会仙楼，峻壁四周，苍翠无间。启后窗，有樵人方负薪过。出宫，柏数十层乱于门。又旁至先所谓桥者，微闻水音，不能去。返道人室，语同行僧曰："游他山，人迹不接。从本路出入，稍曲折焉，即幻矣。此山有级有锁有绠，以待天下人，如人门前路。天下人咸来此山，如省所亲，足足相蹑，目目相因，请与师更其足目，以幻吾心。"同行僧曰："此而去，有金沙坪。"

明日从望仙楼后，粲昨所谓樵径者，渐不逢人。橡叶正秀，堑平其阜。柳家涧初自林出，岭行屡折，橡辄随其折处。忽从万橡中下一堑，高低环青，有石可坐，涧亦送声来坐处。将至坪，左山深杳，道者结庐才引胜。坐之，有二山鸡，从涧中冲起入观中。道人方煮橡面接众，食随磬下。粲斋堂启窗，群山墉如出。与王子坐泉中，而同行僧从左右遥呼，已先得一处为闲亭者，为烟客居者，皆可澹人情虑。去坪，回望坪中，殊秀绝。然堑渐深，树皆如其深数，高卑疏密，非聪明所能施设。过系马峰，忽一岩奇甚，连延数处，怪石与树与草与涧若一心一手，彼隙则充之。

与王子复返其起处详观焉。岩未穷即为神威观，有落叶数十斤，背正红，点桥前小池，若朱鱼垂空。

　　过观十余里，桃李花与映山红盛开如春；接叶浓阴，行人渴而憩，如夏；虫切切作促织吟，红叶委地，如秋；老槐古木，铁干虬蟠，叶不能即发，如冬。深山密径，真莫能定其四时。有猿缀树间，方自嬉。童仆呼于后，猿挂自若。入隐仙岩，若无居人，惟异柏一株，类垂杨，袅袅然新青欲堕矣。自老姥祠而上，望天柱、南岩诸峰，岚光照人，层痕自接者为一重，而其下松柏翼岭，青枝衬目，稍近而低者，又为一重。两重山接魂弄色于暗霁之中，万壑树交盖此围于趾步之间，目不得移，气不得吐，遂休五龙方丈自恣焉。宫所负山峰，峭然豪立。所谓五非二池，碌碌不可照览，一入即出。又途中经奇逾涯，闻有凌虚岩、希夷诵经台、自然庵皆胜，皆略之。是夜眠不稳，楼下有系猿，啼到晓。

　　早起，梯石穿冈上，竹树几不可止，细流时在耳边，与蒙茸争路。又行四五里，俯看深壑，茫若坠烟，身在堑底，五龙忽在天际。下级，水自北来，南响始奔，自南折东，始为青羊涧。涧上置桥，高壁成城，相围如一瓮。树色彻上下，波声为石所迫，人不得细语。桃花方自千仞落，亦作水响，听涧，自此桥始快焉。沿涧而折，过仙龟岩，如龟负苔藓而坐，泉从中喷出溅客。此而上，石多怪，向外者如捉人裾，向下者如欲自坠，突起者树如为之支扶，中断者树如为之因缘。其为松柏尤奇。在山上者依山蹲石，根露狞狞，必千寻数抱而后已；其在深壑者，力森森以达于山，千寻数抱，才及山根；而望其顶，又亭亭然与高树同为一盖，此殆不可晓。觉山壑升降中，数千万条，皆有厝置条理，参天拔地，因高就缺，若随人意想现者，始犹色然骇，中而默息，久之告劳焉，如江客之厌月矣。然每至将有结构处，尤警人思。

　　自仙龟岩过百花泉，东至滴水岩，观其水所滴如刻漏。是时南岩宫殿，已迎瞻瞩，犹寻径左行。右见五龙，已如舟中望岸上送者，欠立未去，而五龙前所见众山，纷纷委于壑，松柏各随其山下伏，安然与荇藻不异。自顾身所经处，怪石奇植，非无故者。度天一桥，山蕊自吐，道人室层架其上，岩坂危栈，相为奔秀。及登小天门，有岩石垂垂冒人，但所谓巨人迹者，贸贸不可踵趾。王子亦曰："岩间纹多类此者。"欲入殿观诸岩之奇，而两日间木石多变，心目贤劳，若更以众奇岩惑之，纵观费目，分观费心，参差观心目俱费，费必将有所遗，曷寓道人室，明晨澹然一往矣。

　　日未午，道人不可久对，与同行僧谋："此半日亦无坐理，当以了虎耳岩。"同行僧曰："若上太子岩，取道之虎耳，则并可了紫霄。"乃往紫霄。其宫背展旗峰，卷云切铁，如起止之势，使人眩栗。已入宫，问禹迹池及福地所在，则已过。复出宫，观池，绕池登福地。参顶以下诸峰，赤日直射，有光无色。𪢮宫上太子岩，磴道迢迢，疲乃造极。参顶别为一重，不可见以下诸峰。岚息烟灭，暗多而凄少。𪢮岩历山上行，临睨紫霄，指隔岭朱垣，问同行僧，云为威烈观。行穿后山，下趋虎耳。此路无林木，见一松，追而憩之。虎耳僧适来松下会，因同进。近岩有竹数竿，水一泓，与王子坚坐。比入岩，嵌空成屋，故榻尚在，僧导至顶上，凡老僧花木亭榭殆尽，惟藕塘水犹与泥相守。仆有善取藕者，跣而下，两足踏藕之所在，如梭往反而手出之。山僧以为乐，送余从岭间还，不𪢮向路。忽循展旗峰后，过其隙，中峰方削而突左，竟离为一处，非先所见皂纛相连者矣。稍进，复会于五龙来路之杉松下，较始见觉亲，盖虎耳心目，闲于无林故也。

晨起，往观岩。岩在殿后，大石百余丈，诡秘峭刻，有骨有肤，有色有态，有力有巧，高者上跃，鏊以下至不可测，使鬼为之，劳矣。内察岩之高下思理，外察顶之起伏神情，不觉遂穷亭际。凭栏坐楯，远望人客，佛号沸然。是日天风吹木，作瀑布声，常以之自愚，为岩中补遗。已而详所过几处亭阁蜿蜿，天与人规制若相吞。西去为元君殿，数十折至舍身崖，大木队而从，繇级以登，为飞升台。台孤高，亭其上，天柱峰耸然在五步内，不望亦见矣。台旁有一树，下穷鏊，上出亭，挟千章万株之气，而叶未能即发，作枯木状。台上石后老松，有一株作数枝，衔石而披，大风摇之宜可折，偏以助此台灵奇。台旁又有灵台，露台下有巢穴者能休粮，呼之，久不应，慨然舍去。

行晒谷岭，经黑虎岩下，精魂方为诸岩所夺，至此都不经意。过斜桥，问斜桥人，上顶有三径：一为磴道，人所繇三天门是也；一为官道，繇欢喜坡往；一为樵人道，繇铜殿垭入。予樵人，当繇垭入。同行僧别去，上三天门，独与王子次万丈峰。向背香炉诸峰，行枳棘中，数息数上下。道人家汲水者，负土筑者，稍稍遇于路，乃至垭。石岩高危，岭横如界，同行僧先至，迎我太和，一见而笑："蹂磴道者近耶？"小憩道人室，室七层，有鸦数十头，方向板屋上飞。喘而登天柱绝顶，礼真武殿上，观其范金之工。四顾平台，万山无气，近而五老、炉烛，远则南岩、五龙，在山下时了了能指其峰，今已迷失所在，惟知虚空入掌，河汉西流而已。出返铜殿，是元大德年物，坐观天柱峰，草木童稀，石骨寒瘠。墼而上，石稍开，因筑城衔开处。城而上，石复结，稍敧之以护顶。至于顶，乃平焉。高削安隐，天人俱绝，因想山初生时，与人初上此峰时，皆荒荒不可致思。私语王子曰："水犹不满人意，如此大名山，苟有千瀑万泉，流之使动，树杪石隙，受响不得宁，吾何思庐霍哉？"同行僧曰："此而下，蜡烛诸涧，纯是水矣。且可了琼台。"但察僧意，以失三天门为恨。然予以避三天门益力。从琼台往，非避其险，避其杂也。他日谭山中事，独不知三天门何在，亦奇矣。乃复自垭出，枳棘随人衣裾，渐觉又有山石傲峰，与他石离而立于前者无数，皆默领其要。王子恐予未见，辄从后呼语之。至上琼台，琼台峰落落有天地间意。

去，投宿中观。桃花开我立处，松左于门外，有数鸟拍拍飞而东入。登其楼，蜡烛两峰正当窗，不知其名而围者，同照眼。是时天欲暮，白云起壑中，然气甚暖，力不能上山。闲步静室，有道人瞻视不凡，与之语，导以山下僻处，松石依依可坐，而即促予起曰："钟时虎过此。"因明日涧上，夜梦即焉。逾一冈，为下琼台，两烛峰已向后数里，始入涧。山束为峡，水穿其腹，右伏者为底，竖者为壂，大者为激，最大者为分湍；石少者为衍，多者为嵍；石不胜水者狭为沟，宽为塘；水石并胜，则狭声急，宽声远。长石为桥，方石为水中台，圆石为座，植本之朽而倒于水中央者，亦赖之为桥。水趋左而傍右，岭行水忽趋右，人从右穿左，水分为二道，则人踏水声，相石之可过者托履焉。心在水声者常失足，视在水声者常失听，心视听俱在水声者常失山，恐其失也，常坐石两崖望。王子常越数石，坐水中大石，予望其自石过石也若蹈空，亦常徙数处，而两崖山断复合，开复收，削复平者，树层层翠水光中，妙高夹立，画鸡惊飞，自山半亦思返。日非断崖，不得露涧，二十余里皆阴阴，而山香四发，不辨其自何来。惟左山一隙，有行人繇山路出，同行僧曰："此自威烈观来，前紫霞山后所望丹垣者也。"

至此一岭横于前，以为不复峡而趋过之，又峡焉。涧声直汩汩喧，至王虚岩下，九渡涧旁出，与之合。岩两收其响以为幽，遂欲为诸岩冠。涧中观岩，岩上望涧，上岩水声，若在空中，下岩水声，若在本末，而其间结构，天为之屋，人为之栈，无此一段，是山犹不可竟也，遂自此竟之，以为武当山记。其下十八盘与其出路，不足论。

游南岳记

丙辰三月，谭子自念其为楚人，忽与蔡先生言："我且欲之岳。"于是遂之岳。湖南山水，舟恋其清，次江潭，盟周子以静游，周子许焉。谭子曰："善游岳者，先望；善望岳者，逐步所移而望之。"雨望于渌口，月望于山门，皆不见。谭子怅然，都市乃得见之，深于云一纸耳。将抵衡，触望庄栗，空中欲分天。又望于县之郊庵，云顶一二片绽者，的的见缥碧。又望于道中，万岭皆可数，然是前山，非郊庵所望缥碧者也。道中多古松，枫色绿其旁，听睹如意。行三十里，入岳坊，杂木乱植，新叶洗人。步寻集贤院，荫松息竹，一僧瘦净，良久始启扉，问周子何来。盖周子少时读书院中。扁尚有周楷姓字。是日意有余，再往水帘洞。越陌踏涧，涧中乱石流影，闲花开之，举头见山岩间，忽忽摇白光者，水帘也。水倾如帘，霜雪同根，下坐冲退石，且卧焉，以仰察其所飞。返于庙，天乃雨。

明日，又雨，登峰者危之，驱车而上，不雨。及华严峰，晴在络丝潭；及潭，晴在玉板溪；及溪，晴在祝高峰。若与晴逐者。紫云洞以上，泉气白坟，络纬轧轧，潭名不谬。过潭无不泉者，左右交相生，或左右隐，或左右微断，惟玉板桥左右会，草木阴其响。离桥南折，频上绿影。小憩半山亭，游者颇自足，香炉、狮子、南台诸峰皆莫能自立，鸟莫能自飞，再上可折入铁佛庵矣，曰"留以快归路"。又上则湘南寺，意不欲往，遂不往。惟一入丹霞寺，栋宇飘摇若欲及客之身，自此以上，云雾傺居，冬夏一气，屋往往莫能自坚，僧莫能自必。谭子每值平台，俯纳晴朗，所曾经危耸，已有冈焉者，有壑焉者矣。广畴细亩，水微明如江，江水亦莫能自大。出丹霞门外望，又有异同矣。渐仰幽径，穿草木花竹行，有桧松拙怪可笑，顾周子而笑之。逾北斗岭，岭盘为星，数步一折，足不遑措，颇以此生喘。转寻飞来船石，众石支扶一石，翱翔甫定，衔尾卧其上。人从隙中过，见石上树如藤皮半存，青青自有叶。望讲经台，甚了然，遂不往。取旧路边山而下，指隔山上封寺道，有级路，趾斜垂蚁影，游人与云遇于途，云不畏人，趾穷，坦然得寺。僧火于衲，客依于垆，是时春夏交候，有虫无鸟，亭午弄旭，澹若夕照。

由寺后上祝融峰顶，新庵旧祠，仙往客来。四顾止有数人，数人止，各据一石，晴漾其里，云缝其外，上如海，下如天，幻冥一色，心目无主，觉万丈之下，漠漠送声，极意形状之，转不似。谭子顾周子语："奇光难再得，愿坚坐以待其定。"周子许焉。久之云动，有顷，后云追前云不及，遂失队，万云乘其罅，绕山左飞，飞尽日现，天地定位。下界山争以青翠供奉，四峰皆莫能自起，远湖近江，皆作一缕白。谭子持周子手，不能言。右下会仙桥，是青玉坛也。桥垂空外，架空中石，老松矫首桥下，倚试心石不可以眂。乃复过上封，见歧路幽翠，仿佛若有奇，欲搜之。僧曰："此下观音岩矣，留为明日南台路。"宿诸寺。云有去者，星月雍然，磬声不壮。

晨趋望日台，艰难出浅雾于天海之间，稍焉日脱干窘，山山云洗，乃搜所谓幽翠若有奇者，观音岩也。寺阁光洁，有泉鼎鸣，自幽径左行，忽得来时路。祝融追随，下铁佛庵，乃不见。此皆所谓后山也。庵以下，为兜率庵，下极复上，为巳公岩，稍上即又平，为福严寺，惟狮子、天柱，相从最远。左方溪涧沟塍，时时宕人眼，因思来时路，南台左翼所峙者，香炉、狮子、赤帝诸峰所望者，特右之溪涧沟塍，虽南台火无昔观，要当补为归路也。

出南台，松径豁整如前，初入衡山道，想其未火时，谭子怅然。已复自解，游人各自有会，如所憩兜率庵大竹桐如笋皮半脱，泉喧喧静其右，僧引入阁上听泉，晴天雨注，凭轩对天柱峰，峰气静好，可直此一来耳。下退道坡，坡尽，榛楚荒寂处，有阁触目，知为紫虚阁。迹之，道士樵，扃户。攀檐端，接魏夫人飞仙石，石盘空外，势出香林，高松寒覆，而溪声曲细，上合其涛。道士既不归，予亦去与周子订方广游，周子许焉。于是遂以明日往。

　　初行平壤十余里，溪山效韵，望昨所为诸峰皆不见，无论祝融。陟岭得疏林，云有须弥寺，意不欲往，遂不往。须弥而上，向背高低不一，沙边有石，石隙有泉，泉旁有壑，壑下复有奔响，响上有树，树间有花草青红光，光中又有飞流杂波，流急处有桥，桥上下皆有阴，阴内外有幽鸟啼。水可见则水响，不见水则汩汩草树响。万树茂一山，则山暗，一山或未能，或则两山映之使暗，崖石森沈，多如幽斋结构。至于水蒲溪毛，宛其明秀，步步怀新。度三十余里，声影光三绝。惟至半道，缓行蔽翳间，右左条叶，随目俱深，表里洞密，有心斯肃。谭子视周子良久，卒不能发一言。此山中太阳易夕，壁无返照，小憩岭端，望之莲形若浸。瞑投方广寺，林火鸿濛，泉鸟惊心。僧引至殿旁，折入禅栖，廊下忽度桥，泉声又自桥出，所宿处眰眰然，与来路莫辨。

　　晓起即出寺西，由林泉夹道中，过洗衲池，梁惠海尊者洗衲处。一石卧水面，旁守以大石，乱流汇泻，声上林间。石去地数寸耳，不能帘，而亦依稀作帘光。稍进为尊者补衲石，近人因其势，上置台，题曰啸，予易以恋响。恋响者，恋洗衲以下，水石樾薄之响也，然亦任人各领之。又西，高径山开，可入天台寺，意不欲往，遂不往。惟坐起林边水边，自西历东，低回澄涑而已。如是者三往返，俗人知好，僮仆共清，乃出方广路，天乃雨。影响无一增减，但初至重径，略有异同。当此之时，虎留迹，鹿争途，猿啼一声即止，蝶飞无算，似知春尽者，谭子怅然。明日不雨，乃出岳。善辞岳者，亦逐步回首而望之。

初游乌龙潭记

白门游，多在水。矶之可游者，曰燕子，然而远。湖之可游者，曰莫愁，曰玄武，然而城外。河之可游者，曰秦淮，然而朝夕至。惟潭之可游者，曰乌龙，在城内，举踵即造，士女非实有事于其地者不至，故三患免焉。予壬子过而目之，己未，友人茅子止生适轩其上，轩未壁，阁其左方，阁未窗未栏，亭其湄，甃其矶，皆略有形，即与予往观之。登于阁，前冈倒碧，后阜环青，潭沈沈而已。有舟自邻家出，与阁上相望者宋子献、傅子汝舟，往来秋色上，茅子曰："新秋可念，当与子泛于沄沄潗潗之中，不以舟，以筏。"
筏架木朱槛，制如幔亭，越三日，筏成。

再游乌龙潭记

　　潭宜澄，林映潭者宜静，筏宜稳，亭阁宜朗，七
夕宜星河，七夕之客宜幽适无累，然造物者岂以予为
此拘拘者乎！茅子越中人，家童善篙楫，至中流，风
妒之，不得至河荡。旋近钓矶，系筏垂柳下，雨霏霏
湿幔，犹无上岸意。已而雨注下，客七人，姬六人，
各持盖立幔中，湿透衣表，风雨一时至，潭不能主。
姬惶恐求上，罗袜无所惜，客乃移席新轩。坐未定，
雨飞自林端，盘旋不去，声落水上，不尽入潭而如与
潭击。雷忽震，姬人皆掩耳欲匿至深处。电与雷相后
先，电尤奇幻，光煜煜入水中，深八丈尺，而吸其波
光以上于雨，作金银珠贝影，良久乃已。潭龙窟宅之，
内危疑未释。是时风物倏忽，耳不及于谈笑，视不及
于阴森；咫尺相乱，而客之有致者反以为极畅，乃张
灯行酒，稍敌风雨雷电之气。忽一姬昏黑来赴，始知
苍茫历乱，已尽为潭所有，亦或即为潭所生。而问之

女郎来路，曰"不尽然"，不亦异乎？招客者为洞庭吴子凝甫，而冒子伯麟、许子无念、宋子献孺、洪子仲韦及予与止生为六客，合凝甫而七。

三游乌龙潭记

予初游潭上，自旱西门左行城阴下，芦苇成洲，隙中露潭影。七夕再来，又见城端柳穷为竹，竹穷皆芦，芦青青达于园林。后五日，献孺招焉。止生坐森阁未归，潘子景升、钟子伯敬由芦洲来，予与林氏兄弟由华林园、谢公墩取微径南来，皆会于潭上。潭上者，有灵应，观之。冈合陂陀，木杪之水坠于潭，清凉一带，丛灌其后，与潭边人家檐溜沟勺入浚潭中，冬夏一深。阁去潭虽三丈余，若在潭中立，筏行潭无所不之，反若住水轩。潭以北，莲叶未败，方作秋香气。令筏先就之。又爱隔岸林木，有朱垣点深翠中，令筏泊之。初上蒙翳，忽复得路，登登之冈，冈外野畴方塘，远湖近圃，宋子指谓予曰："此中深可住，若冈下结庐，辟一上山径，俯空杳之潭，收前后之绿，天下升平，老此无憾矣。"已而茅子至，又以告茅子。

是时残阳接月，晚霞四起，朱光下射，水地霞天，始
犹红洲边，已而潭左方红，已而红在莲叶下起，已而
尽潭皆赪，明霞作底，五色忽复杂之。下冈寻筏，月
已待我半潭，乃回篙泊新亭柳下，看月浮波际，金光
数十道，如七夕电影，柳丝垂垂拜月，无论明宵，诸
君试思前番风雨乎。相与上阁，周望不去，适有灯起
荟蔚中，殊可爱，或曰，此渔灯也。

繁川庄记

　　庄远清白江六里，过繁县北六里，江至此分为川。
在大石桥西半里，川又分，不及桥一亩复合。桥北不
能见川，柳阴之。柳南度竹隐桥，以川为地，不能见
地而见川。时一见地，浮其间如水上物，度其地十三
亩有半，竹阴之。蜀中竹善为阴，碧沉如桐，高瞩如
有叶，叶郁郁隆至半，万竹齐阴，倒影在川，川尝碧
碧浸人影而后已。桤亦然，年深映远，株必累百。初
入竹时，烟其步。朱无易先生从苍蔚间置含清亭，清
所含也。竹尽，桤阴之，合百数十以为影，如不见川，
而见川所浮之地，如桤中物。然川至此奔激怒生，流

泼泼有声，自竹隐桥以南之地，皆若动。先生乃置轩，常自成都来住累月。课隶人，分江水入川，灌田以自澹。而先生之仲子履，颜其轩为纯音，先生之乡人称为繁川庄，先生皆听之。万历丁巳，官楚宪司，属谭子为之记。记暇，谭子想慕其地，复为绝句诗，凡六首，先生亦听之也。

与钟居易

足下来札，欲仆为令兄志墓，俟文成即书一通，觅佳石刻之，以传天下，或至来世，使两人精神如金光聚，非足下不能发此想。仆此一篇文字，不须伸纸和墨，仰屋运思，已自有一篇全文，汩汩然，随泪踪而出矣。生平知己，无少长显晦，离合誉咎，亦并无"东野为云我为龙"之分，亦并不借天地山川，东西南北，作车笠俗证者，独令兄一人尔。令兄诗云："庶几夙夜，惟予与汝。"今既生死路乖，自令兄魂魄而外，惟足下可知之，其他固无用取知也。志铭当求要人高官，取重幽明，然亦决知非令兄高穆之性，故吾与足下决意作此一篇文字，用投逝者私好耳。倪云林画是令兄生平宝爱，以足下有道气，又雅知画，临终付嘱收藏，是仆所亲见，今乃捐以见予，仆出入负携，即用其画作先贤云林、先友伯敬二祠香火矣。敬下四拜，拜二公焉。但此画入好事家，立致十万，徒手坐获，恐贪豪成愆，辄用三万钱奉足下，为忏度饭僧之资，此亦如置祠边香火田二十五亩也，如何如何？

答袁述之书

古人无不奇文字，然所谓奇者，漠漠皆有真气。弟近日止得潜心《庄子》一书。如解牛，何事也？而乃曰依乎天理。渊，何物也？而乃曰默。惑，有何可钟也？而乃曰以二缶钟惑。推此类具思之，真使人卓然自立于灵明洞达之中。庄子曰："言隐于荣华。"又曰："高言不止于众人之心。"今日之务，惟使言不敢隐，又不得不止于吾心足矣。半年中承使书两至，真古人举动。辱惠孙汉阳花卉，久欲致之而不可得者。李祠部《绛学碑记》叙事造语之妙，若生若脱，可以为法，弟反谓书法不及耳。

第十七卷　刘同人小品

【小传】

刘侗，字同人，号格庵。崇祯进士，知吴县令，之任卒于维扬舟次，时年四十有四。文章事业未竟其志，海内伤之。

初为诸生，见赏于督学葛公，礼部以文奇奏参，同竟陵谭元春、黄冈何闳中降等，自是名著闻。楚场数不利，复以公事忤乡先辈。入学成均，癸酉举北闱，甲戌捷南宫。客都门，取燕人于奕正所抄集著为书，名《帝京景物略》，属同里友周损采诗，共成之，刻行世。所为诗制举艺，先是为武昌孟登刻于兰阳，名《龙井崖诗》及《雉草》，后《韬光三十二义》为景陵谭元礼刻于德清。其生平全集，尚俟收缉。为人以千秋自命，不苟同于世，具见诗文中。

（《麻城县志》）

定国公园

　　环北湖之园，定园始，故朴莫先定园者。实则有思致文理者为之。土垣不垩，土池不甃，堂不阁不亭，树不花不实，不配不行，是不亦文矣乎？园在德胜桥右，入门，古屋三楹，榜曰"太师圃"。自三字外，额无扁，柱无联，壁无诗片。西转而北，垂柳高槐，树不数枚，以岁久繁柯，阴遂满院。藕花一塘，隔岸数石，乱而卧。土墙生苔，如山脚到涧边，不记在人家圃野塘北。又一堂临湖，芦苇侵庭除，为之短墙以拒之。左右各一室，室各二楹，荒荒如山斋。西过一台，湖于前，不可以不台也。老柳瞰湖而不让台，台遂不必尽望。盖他园花树故故为容，亭台意特特在湖者，不免佻侻矣。园左右多新亭馆，对湖乃寺。万历中，有筑于园侧者，掘得元寺额，曰石湖寺焉。

三圣庵

德胜门东，水田数百亩，洫沟浍川上，堤柳行植，与畦中秧稻，分露同烟。春绿到夏，夏黄到秋。都人望有时，望绿浅深，为春事浅深；望黄浅深，又为秋事浅深。望际，闻歌有时。春插秧歌，声疾以欲，夏桔槔水歌，声哀以啴，秋合酺赛社之乐歌，声哗以嘻，然不有秋也，岁不辄闻也。有台而亭之，以极望，以迟所闻者，三圣庵背水田庵焉。门前古木四，为近水也。柯如青铜亭亭，台庵之西，台下亩，方广如庵，豆有棚，瓜有架，绿且黄也，外与稻杨同候。台上亭曰"观稻"，观不直稻也。畦陇之方方，林木之行行，梵宇之厂厂，雉堞之凸凸，皆观之。

吏部古藤

吴文定公手所植藤，在吏部右堂。质本蔓生，而出土便已干直。其引蔓也，无蝺委之意，纵送千尺，折旋一区，方严好古，如植者之所为人。方夏而花，贯珠络缨，每一鬖一串，下垂碧叶阴中，端端向人。

蕊则豆花，色则茄花，紫光一庭中，穆穆闲闲，藤不追琢而体裁，花若简淡而隽永，又如王文恪之称公文也。公植藤时，维弘治六年，距今几二百年矣。望公逾高以遐，而藤逾深芜。莆田方公兴邦有《古藤记》，刻石藤下。又仁和郎公瑛、秀水李公日华所记礼部仪制司，有优钵罗花焉，金莲花也。开必自四月八日，至冬而实，如鬼莲蓬，脱去其衣，中金色佛一尊者，核也。花不知何人植之，而奇以其花，今其种不存，亦不更传。然唐岑嘉州有《优钵罗花歌》，则是花东渡久矣。吏部司厅亦藤，无奇者，重以其人。文定诸所服用，砚石，一竹冠，一竹杖，人间传宝之。士尚介尚玄者，或记之，或铭之。

李皇亲新园

三里河之故道，已陆作乂，然时雨则渟潦，泱泱然河也。武清侯李公疏之，入其园，园遂以水胜，以舟游，周过亭，村暖隍修，巨浸而孤浮。入门而堂，其东梅花亭，非梅之以岭以林而中亭也。砌亭朵朵，其为瓣五，曰"梅"也。镂为门为窗，绘为壁，髹为地，范为器具，皆形以梅。亭三重，日梅之重瓣也，盖米太仆之漫园有之。亭四望，其影入于北渠。渠一目皆水也，亭如鸥，台如凫，楼如船，桥如鱼龙。历二水关，长廊数百间，鼓枻而入，东指双杨而趋诣，饭店也。西望偃如者，酒肆也。鼓而又西，典铺饼炸铺也。园也，渔市城村致矣。园今土木未竟尔，计必绕亭遍梅，廊遍桃柳荷蕖芙蓉，夕又遍灯，步者泛者，其声影差差相涉也。计必听游人各解典具酒且食，醉卧汀渚，日暮未归焉。

报国寺

送客出广宁门者，率置酒报国寺二偃松下。初入天王殿，殿墀数株，已偃盖。既瞻二松，所目偃盖松，犹病其翘楚。翘楚者，奇情未逮，年齿未促逼也。左之偃，不过檐甃，右之偃，不俯栏石，影无远移，遥枝相及，鳞鳞蹲石，针针乱棘。骇叹久，松理出，盖藤胫而蔓枝，傍引数丈，势不得更前，急却而折，纡者亦轮转，然无意臻上也，被于地，则已耳。人朱柱支其肘，乃得蹓蹭行影中。僧视客颜定，导之上毗卢阁，望三殿日光，四坛雨色，意气始得扬。每日霁树开，风定尘短，指芦沟舆骑载负者井井。下阁，礼观音，僧前通曰：窑变也。像可尺，宝冠绿帔，瞑而右倚，偃左膝，膝承左手，手梵字轮，植右膝，膝植右肘，右腕支颐焉。右倚不端坐者，晏坐也。右肘微鸿者，肘屈植也。准颊微偏右者，支颐也。维化身自定故，岂意匠所能识，所敢攞指？礼罢送客，别意满胸，奇情满胸。

草　桥

右安门外，南十里草桥，方十里，皆泉也。会桥下，伏流十里，道玉河以出，四十里达于潞。故李唐万福寺，寺废而桥存，泉不灭而荇荷盛。天启间，建碧霞元君庙其北。当四月，游人集，酿且博，旬日乃罢。土以泉故宜花，居人遂花为业。都人卖花担，每辰千百，散入都门。入春而梅，而山茶，而水仙，而探春。中春而桃李，而海棠，而丁香。春老而牡丹，而芍药，而李枝。入夏，榴花外，皆草花。花备五色者蜀葵、莺粟、凤仙，三色者鸡冠，二色者玉簪，一色者十姊妹、乌斯菊、望江南。秋花，耐秋者红白蓼，不耐秋者木槿、金钱。耐秋不耐霜日者，秋海棠。木樨，南种也，最少；菊，北种也，最繁。种菊之法，自春徂夏，辛苦过农事。菊善病，菊虎类多于螟螣贼蟊，圃人废晨昏者半岁，而终岁衣食焉。凡花，无根茎花叶俱香者，夏荷秋菊也。凡花，历三时者，长春也，紫薇也，夹竹桃也。香历花开谢者，玫瑰也。非花而花之者，无花果也。草桥惟冬花，支尽三季之种，坏土窖藏之，蕴火坑咺之。十月中旬，牡丹已进御矣。元旦，进椿芽黄瓜，所费一花几半万钱，一芽一瓜几半千钱，其法自汉已有之。汉世大官园，冬种葱韭菜茹，覆以屋庑，昼夜爝煴，菜得温气皆生。召信臣为少府，谓物不时，不宜供奉，奏罢之。盖水腹坚，生气蛰，蛰者伏其毒，贾火气以怒之，木挟骄而生，不受风雨，非膳食所宜齐。今紫姹红妖，目交鼻取，其中人精微，于滋味正等矣。草桥去丰台十里，中多亭馆，亭馆多于水频圃中，而元廉希宪之万柳堂，赵参谋之匏瓜亭，栗院使之玩芳亭，要在弥望间，无址无基，莫名其处。

万松老人塔

万松老人，金元间僧也。兼备儒释，机辩无际，自称万松野老，人称之曰万松老人。居燕京从容庵，漆水移剌楚材，一见老人，遂绝迹屏家，废餐寝，参学三年，老人以湛然目之。后以所评唱《天童颂古》三卷，寄楚材于西域阿里马城，曰《从容录》。自言著语出眼，临机不让也。楚材序而传至今。老人寂后无知塔处者。今乾石桥之北，有砖甃七级，高丈五尺，不尖而平，年年草荣其顶，群号之曰"砖塔"，无问塔中僧者，不知何年。人倚塔造屋，外望，如塔穿屋出，居者犹闷塔占其堂奥地也，又不知何年。居者为酒食店，豕肩挂塔檐，酒瓮环塔砌，刀砧钝，就塔砖砺，醉人倚而拍拍歌呼漫骂，二百年不见香灯矣。万历三十四年僧乐庵讶塔处店中，入而周视，有石额五字焉，曰"万松老人塔"。僧礼拜号恸，募赀赎而居守之，虽塔穿屋如故，然豯肩酒瓮刀砧远矣。

极乐寺

高梁桥水，来西山涧中，去此入玉河辞山而平，未到城而净，轻风感之，作青罗纹纸痕。两水夹一堤，柳四行夹水，松之老也秃，梅之老也秃，柳之老也逾细叶而长丝。高梁堤上柳，高十丈。拂堤下水，尚可余四五尺，岸北数十里，大抵皆别业僧寺，低昂疏簇，绿树渐远，青青漠漠，间以水田界界，如云脚下空。距桥可三里为极乐寺址。寺，天启初年，犹未毁也。门外古柳，殿前古松，寺左国花堂牡丹，西山入座，涧水入厨，神庙四十年间，士大夫多暇数游，轮蹄无虚日，堂轩无虚处。袁中郎、黄恩立云：小似钱塘西湖，然。

白石庄

白石桥北，万驸马庄焉，曰白石庄。庄所取韵，皆柳，柳色时变，闲者惊之；声亦时变也，静者省之。春黄浅而芽，绿浅而眉，深而眼，春老絮而白，夏丝迢迢以风，阴隆隆以日，秋叶黄而落，而坠条当当，而霜柯鸣于树。柳溪之中，门临轩对，一松虬，一亭小，立柳中。亭后台三累，竹一湾，日爽阁，柳环之。台后池而荷，桥荷之上，亭桥之西，柳又环之。一往竹篱内，堂三楹，松亦虬，海棠花时，朱丝亦竟丈，老槐虽孤，其齿尊，其势出林表。后堂北，老松五，其与槐引年。松后一往为土山，步芍花牡丹圃良久，南登郁冈亭，俯翳月池，又柳也。

摩诃庵

近市焉，非庵所也；近名焉，非僧事也。远之而后可，有游者为招寻计矣。庵近不欲市，远不欲山；僧高不至坚，卑不至伧。郊外庵，韵中僧，聊可娱耳。阜成门外八里之摩诃庵，嘉靖丙午建也。高轩待吟，幽室隐读，柳花榆钱松子，飞落时满院中。诗僧非幻，琴僧无弦，与客耦俱。万历中，宇内无事，士大夫朝参公座，优旷阔疏，为听非幻吟，为听无弦琴，住斯庵也。浃日浃辰，盖不胜记。留诗庵中，久久成帙焉。庵有楼，以望西山。天启中，魏珰过庵下，偶指楼曰："去之。"即日毁，自是，人相戒不过，僧日畏不测，

渐逃死，庵则渐废。东法藏庵，无弦别院也。西大乘
庵与摩诃庵，盛相妒，衰相后先。

法云寺

　　过金山口二十里，一石山，髯鬚然，审视叠千百
石小峰为之。如笋张箨。石根土被千年雨溜洗去，骨
棱棱不相掩藉。小峰屏簇一尊峰刺入空际者，妙高峰。
峰下法云寺，寺有双泉，鸣于左右。寺门内甃为方塘，
殿倚石，石根两泉源出。西泉出经茶灶，绕中霤，东
泉出经饭灶，绕外垣，汇于方塘，所谓"香水"已。金
章宗设六院游览，此其一院。草际断碑，"香水院"三
字存焉。塘之红莲花，相传已久，而偃松阴数亩，久过
之。二银杏，大数十围，久又过之。计寺为院时，松已
森森，银杏已幡幡矣。章宗云春水秋山，无日不往也。

水尽头

　　观音石阁而西，皆溪，溪皆泉之委；皆石，石皆
壁之余。其南岸皆竹，竹皆溪周而石倚之。燕故难竹，

至此林林亩亩，竹丈始枝，笋杖犹箨，竹粉生于节，笋稍出于林，根鞭出于篱，孙大于母。过隆教寺而又西，闻泉声，泉流长而声短焉，下流平也。花者，渠泉而役乎花，竹者，渠泉而役乎竹，不暇声也。花竹未役，泉犹石泉矣。石罅乱流，众声溅溅，人踏石过，水珠渐衣，小鱼折折石缝间，闻足音则伏，于苴于沙。杂花水藻，山僧围叟，不能名之。草至不可族，客乃斗以花。采采百步耳，互出，半不同者。然春之花，尚不敌其秋之柿叶。叶紫紫，实丹丹，风日流美，晓树满星，夕野皆火。香山曰杏，仰山曰梨，寿安山曰柿也。西上圆通寺，望太和庵前，山中人指指水尽头儿，泉所源也。至则磊磊中两石角如坎，泉盖从中出。鸟树声壮，泉喈喈不可骤闻。坐久始别曰，彼鸟声，彼树声，此泉声也。又西上广泉废寺，北半里五华寺。然而游者瞻卧佛辄返，曰卧佛无泉。

中峰庵

中西山而领焉，莫高中峰庵。峰意左顾，其左支，张而左，左涧水从之。晏公祠、翠岩寺、永寿庵，宅山阴，门水阳。其右支逐而亦左，右涧水舍之。弘教寺，宅山阳，门水阴。两涧右会而桥，桥边而门，门冠塔三尺，弘教寺门也。入中峰左右嶂，率是门也。游者，难岭上之永寿庵，而乐翠岩之麓，今去去，不欲入矣。翠岩先有老梧桐数株，游人诗多成其下，择梧叶书之。寺有僧，怪客不携金钱，劚桐，卖琴肆中。又一夕，火其精舍，以绝读书者。自是僧榻厨间，客来坐佛殿也。竟过翠岩，则入晏公祠。出乎祠，坡数十步，蹑危磴十百者三，中峰庵矣。庵地尽石，无土，阶磴墀径，尽可枕藉卧，不生一尘，实无尘也。不以风拼，不以雨盥濯，松满院，响谡谡然，左右故涧，涧涸。石曾当疾流，堕者，偃者，横直卧者，泐者，背相负者，未止辄止者，方转未毕转者，犹怒。松鼠出入石根中，净滑诡曲，不可扑矣。涧南，上弘教寺，废寺也。三木皆欢喜佛，蹲右配殿中。游者往往稽其重腹下，曰宜男也。

西　堤

　　水从高梁桥而又西，萦萦入乎偶然之中。岸偶阔狭，而面以阔以狭。水底偶平不平，而声以鸣不鸣。偶值数行柳垂之，傍极乐、真觉诸寺临之，前广源闸节之，上麦庄桥越之，而以态写，以疏密致，以明暗通。过桥，水亦已深。偶得渍衍，遂湖焉。界之长堤，湖在堤南，堤则北。稻田豆场在堤北，堤则南。曰西堤者，城西堤也。堤，官堤，人无敢亭，无敢舫，无敢渔。荷年年盛一湖，无敢采采。凡荷，藕恶石及水，芋恶泥，蒂恶流水，花叶恶水而乐日，故水太深以流，泥太深浅者，不能花也。西堤望湖，不花者数段耳。荷，花时即叶时，花香其红，叶香其绿，香皆以其粉。荷，风姿而雨韵，姿在风，羽红摇摇，扇白翻翻。韵在雨，粉历历，碧琤琤，珠溅合，合而倾。荷，朵时笔植，而花好偃仰。花头每重，柄每弱，盖每傍挤之，菱砌茭铺，簪之慈菇，鹭步鹳投，浮鹥没凫，则感荷而愁鱼矣。堤行八九里，龙王庙。庙之傍，黑龙潭。隔湖一堤，而各为水。又行一里，堤始尾，湖始濒，荷香始回。右顾村百家。上青龙桥，即玉泉山下也。万历十六年，上谒陵还，幸湖，御龙舟，先期水衡于下流闸水，水平堤，内侍潜系巨鱼水中，处处识之，则奏举网，紫鳞银刀，泼剌水面，上颜喜。

红螺崦

　　山头苦乱，目不给瞬也，正复爱其历乱。山涧苦喧，耳不给聒也，正复爱其怒喧。山路苦陡，趾不给错也，正复爱其陡绝。尔乃樵夫牧儿，释厥苦辛，来助游人，矻矻惘惘，盖险思僻情，夫人而有之已。上方山之险僻，未险僻也。东去三十里，有红螺崦焉。山通体一蛮锷，而峦诸相具。循九龙峪，度八达岭，犯云雾而上，上牛羊径，非人径也。曰桃叶口。入五里，数十人家，苑随崖起，户随涧开，远望云会门，两峰立矣。到门而坠石开裂，真若门然。荒荒落落，亦有僧烟。如是者下崦，下崦而上里余，凑凑出石隘中者，龙潭水也。过此径穷而梯，垂铁绠挽而下上，久之梯穷又径，洞曰红螺。当年有红螺放光也。洞石作古色，下土穹然，当年有人饮此，霹雳骤至也。龙窟欤？如是者中崦，中崦复上半里，崦意渐弛，僧渐拓其宇，峰蹙者渐列，面面见其巧，然势仍仄逼，直上视，莫及列峰之顶。右松棚庵，一松横阴，广轮四五丈，半覆庵，半覆空。僧聚石松根，为松御风也。右百磴，观音洞，曲而容坐，深而朗朗。如是者上崦。

出嵝，有宇翼翼差差，花竹簇簇者，嘉遁庵，中贵山栖焉。嵝旧名幽岚山，一曰宝金山。樵径之，成化年始；僧宇之，嘉靖年始；游人传之，万历年始。

贾岛墓

房山县南十里，翠然而土阜，唐诗人贾岛墓也。榛芜不可识。弘治中御史卢某，访得于石楼村，读仆碑有据，乃植碑。辟地三亩，大学士西涯李公，别树一碑，记焉。按岛字浪仙，范阳人，僧名无本，初祝发法善寺，一曰云盖寺，在瀛州城南，今芜没，无一椽，夜或闻铃铎梵呗音焉。岛之入东都时，吟"落叶满长安"句，卒求一联未得，因突京尹刘栖楚，被系一夕释。又一日，苦吟驴上，指画错然，遇韩京兆愈，不觉冲至第三节。左右拥至尹前，具云某方得句"僧推月下门"，欲易"敲"字，未安，引手作敲势耳。尹立马良久，曰：作"敲"字。遂教岛为文，举进士。然举辄不第。文宗时，得除长江簿，卒年五十六。岛常以岁除，取一年诗，祭以酒脯，曰："劳吾精神，以是补之。"岛至老无子，李洞慕其诗，范铜事之。常诵

"贾岛佛"。今房山有石庵，曰贾岛庵。景州西南五十里，有贾岛村，一曰贾岛峪。盖诗人丘里名，岛为多，身后名，岛为久。

第十八卷　陈明卿小品

【小传】

陈仁锡，字明卿，长洲人。父允坚，进士，历知诸暨、崇德二县。仁锡年十九，举万历二十五年乡试。闻武进钱一本善《易》，往师之。得其指要。久不第，益究心经史之学，多所论著。天启二年，以殿试第三人授翰林编修，时第一为文震孟，亦老成宿学，海内咸庆得人。明年，丁内艰，庐墓次。服阕，起故官，寻直经筵，典诰敕。魏忠贤冒边功，矫旨锡上公爵，给世券，仁锡当视草，持不可，其党以威劫之，毅然曰："世自有视草者，何必我？"忠贤闻之怒，不数日，里人孙文豸以诵《步天歌》见捕，坐妖言，锻炼成狱，词连仁锡及震孟，罪将不测。有密救者，得削籍归。崇祯改元，召复故官，旋进右中允，署国子司业事，再直经筵。以预修神光二朝实录进右谕德。乞假归越。三年，即家起南京国子祭酒，甫拜命，得病卒。福王时，赠詹事，谥文庄。仁锡讲求经济，有志天下事。性好学，喜著书，一时馆阁中博洽者鲜其俦云。

（《明史·文苑传》）

冒宗起诗草序

　　己未，识冒宗起于灯市，气不可一世，而恂恂下人，文特秀挺。兹集又一变矣，盖游蜀作也，险阻增壮采。尝论文字如美人，浮香掠影，皆其侧相，亦须正侧俱佳。今文字日媚日薄，可斜视，不可正观，如美人可临水，不可临镜。宗起，镜中人也。所著《山水影》，镜中影也。宗起自此远矣。

宛陵游草序

　　文士之不得已而用笔，犹画家之不得已而用墨，长年之不得已而用篙。譬如东莱海市，峨眉圣灯，非楼非阁，疑烟疑雾，正需个中着想。又有摹而失之者，嫫母之不得已而涂脸，支离之不得已而伛偻，樗木之不得已而屈曲，皆矜严而可憎者也。予观先辈，大都法凝则神拙，神旷则法轶。斯道中极心折贞父黄先生。

法之所不得已而神生，神之所不得已而法生。每披一
义，非焚香静坐，不敢亵视。宛陵刘君，为高弟子，
偕先生之武陵，道吴门，出琬琰而待余湖上。其指蓄，
其词洁，其脉邃，笔墨之径，别无可寻，酷似秋月贮
寒潭。盖由先生之法，以入先生之神，精微又豁然，
先生既有评矣。

张澹斯文序

　　文章大概如女色，好恶止系于人。山谷语，不甚
然也。"雪夜园林才半树，水边篱落已横枝。"山谷笑
欧阳公赏鉴未到，但诧疏影暗香为绝倒耳。宋大内征
梅千种，一本得自张公洞，极奇。谓此梅之遭耶，洞
口何尝不绝佳？吾辈作文，正要看得澹。澹于遇则可，
澹于文章之得失则不可。楚张澹斯，澹人也。思奇而
能法，神揭而能凝，骨藏而能振，脉动而能鲜。昔贤
谓攻厉于围藩之外，摧陷廓清，不惟不随众而已，且
必以其文易天下而后止，元结、穆修是也。然亦苦矣。
作古文即为元结、穆修可，若时艺则征肖圣贤之精心，
严事帝王之功令。昔贤所云得失寸心知，其犹有千秋

心也。夫有千秋心，则有得还有失，此事可有工拙，岂可有得失？雪后水边，殿廊洞口，得意于荒寒平远，得趣于木石瘦硬，烟云远近，盖夭桃艳李，大都刺讥，而梅花无弹文，此花中之无蹉失者。澹斯高才卓识，精色内白，善自护持，读其草，用墨不丰，而韵自传，清壮顿挫，旦夕必售，何暇远付百年。家世清白，于文中乃见之矣。

合刻两先生稿引

　　两先生之品，不以画重。两先生诗格，多以画掩之。或曰："解画易，解诗难。"予谓正坐解画者少耳。其实诗中原无画，画中原无诗。何也？诗与画皆寄也。若寄之中，又有寄焉，则空庭之影，为之不落，水上之波，为之不皱。不知画，乌知诗哉？故两先生之画不与诗谋，诗不与画谋，诗与画两相高，而两不相知，又乌意乎人知？予谓一念不及物，便是腐肠；一日不做事，便是顽汉。二者朝士犯之十五，隐士犯之十九，盖必中情淡漠，而负义慷慨激烈，如两先生者，其人可以隐。故每每于笔墨间，微示其磊砢偃仰之色，岂易言哉！岂易言哉？吾观一代始兴，圣君贤相之景色未开，已有人埋畎亩之光。及其衰也，人才政事，煨烬无余，而又有人从畎亩收之。此隐士与气数相为终始，吾所称淡漠而激烈者。紫阳犹知此意，故书晋处士陶潜卒，则不拘其官，书管宁卒于魏，则不拘其地。史臣无识，往往以山野陋夫，充隐逸传，隐士之统遂亡。夫不为贞松，必为槿花，朝荣夕殒，矧其蒺藜？盖两先生之所必剪矣。石翁与先中丞同在成弘之际官大理，时为赠《姚江十二咏》，瑞莲有图，分竹有吟。予读书东禅，睹翁遗像，有"留与清溪伴月痕"句，遂以"伴月"题其斋。既编先白翁集，购翁稿合授之梓，而谋广于钱先生，成若干卷。嗟乎，吾耳天下名人熟矣，未有垂老读书，绝俗迈行，介然不欲，如先生者也。

王宇皆集序

表兄王宇皆，清真君子也。下帷攻苦，多沉郁之思，可与细论文。余里居有年，尝启扉见，终日危坐，寂无人声。尝试语之曰："所欲乎富贵者安己耶？

住也，坐也，卧也。旷己耶？画也，山也，水也。快己耶？茗也，香也。之三者，今有余矣，何欲？所恶乎贫贱者，车马稀也，语言无味也，漠漠然不足缓急恃也。之三者，今更有余矣，何恶?"宇皆听然莫逆，则又语之曰："清风明月，不用一钱买，古人寓言尔。物不可多取，况天乎？余索居无事，常坐千梅花，万荷花，慨然为造物惜费，为吾生惜福。陈白沙一生不受人供养，每有意乎其人。夫不受人供养难，不受天之供养更难。宇皆一行作吏，尚命为儒，此亦辨志之会，炼骨之场矣。苜蓿一盘，庶免北门之谪；雪花盈户，聊充季女之饥。君自此远矣。"

昭华琯序

文字，山水也；评文，游人也。夫文字之佳者，犹山水之得风而鸣，得雨而润，得云而鲜，得游人闲懒之意而活者也。游人有一种闲懒之意，则评文之一诀也。天公业案，惟胡乱评文字为最。何也？山水遇得意之人固妙，遇失意之人亦妙。缘其人闲懒之意而山水活者，亦不必因其人憔悴之意而山水即死，总于山水无损也。借他人唾余，装自己咳笑，而妄以咳笑乎山水，山水不大厌苦之乎？嘉禾仲展项君，灵心异骨，拈花微笑，而评文之劫一开。一日，携《己未选》而问序。适携至洞庭，从千万顷巨浪中，读一篇，浮一大白，读一快评，浮十大白。酒尽浩歌，歌曰："有山方得地，见月始知天。"须臾，仲展之评，化为湖，湖化为酒，独不使籍中诸君子和吾歌也，其中有山水之句也。又独不使仲展氏痛饮我酒也，其人乃山水之人也。夫曹所可而项否，曹所否而项可，项所生平可而今否，项君非敢得罪于人，不敢得罪于天也。凡以文章浪得名者，罪在窃国之上，项君不惟忏阅文之悔，而亦为海内忏作文之悔也。

七笺引

渊明不善琴，东坡不善饮；悠然南山，意已远矣。而高其韵于无弦，坡尤甚焉。日见人饮酒，余辄浩浩汩汩。天下之饮酒，无有予上者。夫饮不逾一升，而使天下饮酒之人，皆出其下，岂不谬哉！登吴山，江海日月并出，杭西湖其一肢。记所云引湖水灌田者耳，而诮其山川不深，不亦迂乎？宋汴都失守，尚席西湖老萟之荫，乃比于尤物，岂不悲哉！夫陶与苏能言，则升量也而石，无弦也而琴，聚天下之好美，而自归之西湖。不能言，则尤之罝之而不怨，可哂也。此中许才甫，贫善病，病辄游，游辄问花谱曲，以酒消之。其品茶云："简器弗精，招朋非类，妄投溷入，茶之劫也。"类道者言，故冠诸笺焉。诵之齿牙俱冷，无一字辱西湖者。西湖能言如二公矣。噫嘻！虽谓《药房七笺》，作西湖一佳史可也。

题春湖词

尝笑红粉心长，节侠气短，西湖不然。节侠心即红粉心，拜岳先生，齿牙尽裂，才过第一桥，浑眼娇粉，以此二障牵惹，湖光消去一半。夫缟衣綦巾，齿于蜎蛴，衷怀悒悒，属云义愤，缘红粉心不真耳。初抵杭，忽见撩草人，如睹西湖面。古今怀古诗，鹧鸪宫草，一经摹拟，便成丑恶。词云："见说当年歌舞地，钱塘三日断江潮。"老劲，他诗称是。月之十，泊岳坟，坐楼舟，"美人跃马如飞电，琵琶消尽第三桥"。归作《春湖词序》。

铜井山重建石桥记

山以凿坎得铜，有泉出焉。洼为井，悬巨石如坠入井，呼则不得声。固奥区，嘉靖间，郡有倭警，多居此，亦安壤也。范石湖先生记："凡游吴中，不至石湖，不登行春，与未始游吴无异。"余曰："凡游光福，不泛下崦，不登铜井，与未始游光福无异。"铜井之胜，以太湖带下崦，以下崦带上崦。志邓尉而西之，则沈润乡；记玄墓而并青芝以左之，则袁胥台。濒湖诸山，高出邓尉而安山亚之，则都玄敬。"天为渔家开下崦，晚宜画舫驻中流"，则吴文定。虽然，其胜也以桥。虎山桥在乱山中，文笔锐而去湖远。铜井桥峙乱水中，而挽数万顷具区以运腕。又迩龙山，其并确也宜。考郡志，"结兰三百九十桥"，乐天诗也。及宋，始甃以石。此桥昔木而败，濒危数人；今石而永，贻安百世。将后人之功倍于前人，故此日之费亦侈于往日。有奋迅踊跃而出，即发可捐，囊可破也，况兹山也。天雨玉耶，梅花三十里；天雨金耶，桂花千万树。

其奚有于一桥？桥成之日，予将登焉。遥望山之半，石皆拔起，如张巨翅，凤凰也。高五百余丈，冈陇抱，岩岫缀，幽而旷，邓尉也。山半面湖，远见法华如屏，浮于水面。奇石高松，谷啸数里，玄墓也。缘溪一桥，如伸左臂，昔日养虎，今我秣马，虎山也。自西崦湖阔十余里，乱流而渡，槛与湖浮，青芝堤也。树树凌波，香雪扑人，霏桃间之，蟠螭朝士，西碛也。一望太湖极壮，烟霞乱抹，近者九龙，远者苔雪也。

重建焦山塔记

大江中一笔判吴楚，吸江海，如高才生，滔滔无择言，其笔雄浑而奔放；一笔闯飞仙之窟，挟万丈云霞，呼三诏精爽，其笔幽奇而峭兀。故金山有笔，写波涛，亦写牙筹。其僧如妓，其庐如市；笔自不俗，用笔者俗之尔。焦山无笔，如读万卷书，不作一篇文字，如待诏金马门，十问不一答，非体也。焦山宜蒲柳，宜葵菜病僧，宜黄叶。入山惟见挑水道人，洗菜老僧，惟闻经声鸟声水声。十六年前，与何孺龙共坐水晶庵，绝去药饼，沉疴顿愈。再读书松寥阁，阁主人见源，煮豆腐，夜半披衣，与冶净、孺龙跳荡海门。月吐四更，则万如烧红橘一箩，而待我于云声庵竹篱之下。以此风风雨雨，思之不置。丙寅服阕重来，初棹金山石，予置浮玉十廊，山起五州，予与冶净开山构庐，遥挹山容，接万顷天杯，因笑世人知三山，不知五州。是日，放舟焦山，五色云起。俄见墙下风帆，错疑塔影欲移，急询山头着笔处，嶷然作势。或曰圌山重镇，称江上羽林，上宵盱求治，鞭挞四夷，此地不可无一笔。而予有感于用笔之难，在古人有李卫公笔，今北固之上，铁笔一枝，有余劲哉。

天台第一游自仙筏桥至断桥下慈圣寺
道乌溪岭入万年寺记

游石梁，惊欲狂，则阒然止，不问断桥消息。问即舆夫目摄，寺僧口嚅，不知石梁山特华顶一枝。仙源乍引，至断桥，又十里，二水合流慈圣寺左，直下新乘畀花亭上，造物鼓奇方壮，乌溪万年寺犹未已已。故不游断桥，未奇也，游矣，不慈圣，又不由慈圣入万年，未奇也。李五峰咏雁山云：“匆匆仅得皮肤耳，出外逢人莫浪夸。"则吾岂敢，且肤游而肤述之。山无名字，聊一点缀题目，俾好奇者咏焉。

四月二日，晓晴。升仙桥，坐杉树下观瀑。半里，左笔架山，右山水岭，瀑藏竹梢上，剩月明一片。（莲花架）三里，为梅溪。泉自香柏峰小直溪界流，而老梅之两干，（柏直横斜）有水一泓，由腹出。卧狮群浴，犀兕雄踞，溪流迅深，足蹦玛瑙石，如舞空下者，点头上者。招手一山，朵朵分莲，祇树层层缀异，草木皆成宫阙，水晶尽是毬花。只在此山，各为城郭。白云鸡犬，风铃水柝，半空笑语，泻为渊渊，则紫金而黝缘，矗立皆霞剪，处处飞花洞口。（千岩喷花）举头四山，有阙并峙，餐秀赏异，（四山双阙）俄呈六峰。（六峰华萼）大声排空，梁长亘地，天际惊断。（长梁忽断）倚石一坐，双池醮墨。（坐仙池滴）乃扪松于断桥之左，凭险侧观，龙潭下而复上，旋转飙忽。数长年逆水，纤痕破石。（旋涛挂纤）潭之岩畔，乍吐宝光。需臾，五色飞于烟际，可罩可笼。转从桥右，晶光在掌。（龙潭放光）瀑之疑烟而花者，吾于石笋见之。非烟非花，以雪城为锦江，石梁讵有此乎？奔泻方池，巨鳌承之。（方池惊鳌）乃有鹃花十八根，拉路石据，几涛听草深，间道垒石而坐。铿铉震天，雨霰扑面，疑雨而日也；树动经翻，疑风而寂也。（长风恒雨）大峰危坐，笑而不答。（不答岩）为采山果，似染蛟宫。（雪潭红溅）于是瞪眸四顾，天半舞花，左则雄腾作势，右则神龙出穴。（方池二水）小流复合，群结为珠。珠垂左颗颗粒粒，而右沸奔激中，亦复数帘垂垂下。（颗粒精圆）予乃与省僧，轻拂衣露，倚杖数磴，珠帘幻作峰岩状。（花雨千峰）一石尽笼奇草，危岫献奇，如衔丹书。（衔丹缨络）跌坐片石，五味树精好，有拍掌岩。飞泉百道，且抚且掌。（团泉拍掌）过岭，积石临流欲笑，未几，诸涧奔谷，（大开笑口）居人捣蕨树蓬，（临流捣蕨）石斛行路，皆龙孙一筏径过。（笋街霞筏）涧如霞，紫金色，有石壁引蜂，藤丝长系。（石斛蜂）山如雪而残冻未消，（雪山积冻）一片阶席，都是琼瑶。（雪阶杂坐）斜渡而石梁之水，合断桥以入。嗟乎！孙与未之见也，故置不道耳。（两瀑合流）于是山容敛，浪势平，细流深汇，（圣水止止）又复散为平田，远山藩屏，大池匝绕，可种莲十亩。足涉数溪，老枝藤枫，剥树引泉，修竹四围，为慈圣寺。立寺左岗，泉侧出，而石梁断桥合流新嵊，植以石关。（新嵊海门）饭罢，寨岭水分。绘为丹青，则蒙密菁翳；有时淡写山容，伸指能呼摩诘。（绣溪墨岭）盖自断桥数里，藤萝半水半山，嵯岈疑峰疑树，咳唾似语似泉；天工巧削，有时跨石而空腾，有时傍竹而鸣箨，有时看花而迎笑，有时借山鬼而啸呼，皆渺不可测焉。最奇为乌溪峰。居人长子孙，水柳才尺五，而干如老鳞，一奇也；鸟如管弦，声咽而后出，一奇也；松可合抱，根老于石，石阶寸土，一奇也；二石倚长松如老僧，一奇也；登乌溪岭望华顶，直当西一面，重关层障，猿猱不得渡，一奇也。（华顶西关）乃抵万年寺。

剡溪记

　　溪江平渡，二十里，望上虞龙珠山，翠色扑人。三四曲，为金星吐月山，陶家卜窀穸。面前一山吐蕚，树皆垂云。左一小山郁起，竹木森茂，而一小岗尾之。沿溪，山二十余，乍起乍伏。举头阙处，则有远岫补之。水六七折，溪田绕其中，溪声如近，见树根浮面，宛若舣舟其下。入画则摩诘，入诗则青莲。山不甚奇而峭，水不甚阔而秀，人家不多而山呼谷应。日之夕矣，牛羊下来，境亦不寥寂。

　　稍前则冯家浦，若雉堞环拱，而晚照沙平，水波容与，远山皆碧。霸王山突起江面，山后修竹崇岗，汇为一湖，如半月，日照风帆如云，而东西两霸王山可招臂呼。盖溪江、水口二镇，山皆错绣。临江一壁独出，江流八百，束如驾马而斗。一松两巢，如承露盘。小浦藏舟，绿树为家，遥闻声而思。想天工造此溪山，神慵意懒，涂抹成峰峦，唾余是波浪。傍溪诸山，高者与屋平，低者人行反出其上。凌霄之树，可伯叔行；初出之笋，可兄弟行。如老人不耐行走，持杖缓行，常匍伏，常趺坐，宜闲云数片，往来其间，亦宜远眺，山与云齐，江挟风涌，令人目不敢视。余方细听溪声落平田，而舟人已指点东山在数行松树间。散发披襟，寻谢公，见晋朝两石将军，高约一丈五，一神气安闲，一威武作色，须眉如戟，各执长剑，各披虎甲，腰玉环，一剑作龙形，一剑作钟形，臂结束，帽下皆悬一带束紧，玉环之上，更有一束。寺僧云："常走入村间，今半身在草泥中。"余尽搜而得之。

　　初入岭，奇松十树，有二大石，正襟危坐，松枝倒舞，悬百尺而下垂田亩，闻环珮音。一松折躬而上，最奇峭。先是，风倒一枝，枝犹在下。去年雪压一枝，枝在上，作蟠舞势，更可惋痛。此为小石门云。累累而坐者，西眺峰峦，八松蟠卧，则大石门。国庆戒碑立其上，稍上为洗屐池。池湾月形，四环一涧，池中勺水，经旱不竭。余自天台来，无日不着屐，兹游独晴，又晚霁。自此为蔷薇洞、更衣亭、荷花池亭。池塘尚有茭草，而路旁无洞。闻当年四面惟蔷薇花，结为洞，挟妓游此，故云。洞前后五松，一松倒垂势直，从西眺望，状若交颈洞口。摸索五干，其上独瘦舞腰肢，疑美人影落。再上为龙牙石者二，左牙尤逼肖。上顶一小塔，亦晋朝物。小桥听涧声暗度，一松和之。殿前老梅一枝，山径渐深，湖如片镜。抵僧房，行二里，无一人。遥望僧房，楼上闲看山头，以手招之而出，为太虚上人。登其楼，见楼右殿之巅，有屋三楹，太傅祠也。文靖中康乐公左，袭封康乐公右，皆长髯，风吹须动。闻寺有百鸟图，以谷掷之，仅存其秕。又有嗣封公浴图，赤身裸立，修髯过腹。惜乎不见。旧有古钟，钟毁，铸为邑塔顶。惟殿后高岗，晋永平元年僧法兰书"棋墅"二字，可珍。若"东眺""西眺"

二碑隶字，不知何人所书，笔亦奇古。

　　余拜太傅公墓，上西眺崇岗，见戚家山，王家渭山，坐于江面。山一从嵊，一从上虞，一从董浦汤浦，一从蒿坝。一为琵琶州，水港环流，结成琵琶之形，而水方没涧，隐于泥，其声静悄可听。太傅自山顶骑马巡山，路皆平旷，曰调马路。余自寻大石门而下，浮上东眺，见鸦尖山下有灵芝湖。游人皆自西眺止，余在山巅，正观落照。舟移数十步，观泗州州亭，坐指石崇岩中，而一石雄踞临江，即眺石也。行廿里，瞻顾不绝，抵上浦。人家杂红雾中，落照余霞数道。十里，游仙，又十里，即蒿坝云。桥壁五里，壁有夜光，见壁下持灯者。月照帆影，波容零碎。至东关过舟，留一隙观树。

纪　游

　　尝读太史公书，始知蓬莱、方丈、瀛洲为三山。始皇好奇，衷徐福语，遂举求仙问药事，心快之。吾吴金焦北固，名袭而实左，欲为山灵拭之。及登金之妙高台，焦之吸江亭，北固之三山楼，青冥落地，龙江无色，不知一片热世界，失在何处。玉兔为两，金乌作双；低回于明镜中，若远若近，而琳宫紫刹，飞廊舞磴，为之色矜。呜呼！所谓蓬莱、方丈、瀛洲，名挂图籍，而试以此律，其实无繇也。即反居水下之说，特福之愚始皇耳。然古今游三山者，咸便帆过舫，稍稍载笔延讨，辄以傲人，是以皮相山灵，贻辱非浅。愚谓游三山必未游，数年前闻风结想，几深梦寐，及游则裹岁粮，携同心一二，奇书数种，嗒然居之。鸡五喔后，急奋策孤往，据绝顶最高处，细观云之往来凑合，度水入林，含崖吐谷，或白衣，或苍狗，或桥梁，或车盖，姿状万出，应接不暇。日始升，则回视日所瞩处，隐曜晦显，远近浓淡之奇，毕在林峦相错时。及返照，静看落鸦帆影出没长江之致，不全在丹金五色为奇。大雨后，短衣狼狈，趋乱壑重泉间，观水势不能直行，跃舞飞鸣，与山争奇于一虢之内。春时，花未发，先课数诗，商拟开时景色。及烂漫，离花数百武，择危楼杰构，置酒凭栏，与客指点霞封绮错之奇。秋则山水本色，譬犹病客乍痊，动定闲静；又如醉士卧起，七碗茶后也。奇石露奇，怪木呈怪。江之形，澄以远；泉之响，悠以调。真堪歌李青莲绝句数首消之。此盖三山之胜场，古今游之所不及也。
回视蓬莱、方丈、瀛洲，失核负名，不可大愧耶？

听僧说福胜石梁幽溪大龙湫五泄瀑记

宇内之瀑四，而天台福胜观居其首，庐山香炉峰
居其次，雁宕大龙湫居其三，雪窦千丈岩居其四。余
未登庐山耳。至奉化，过雪窦山下，隐隐见乳峰千丈。
福胜观自华顶分支，源石门，经三井，其来也长，沿
崖飘曳。初下也，如决蒲昌之巨洪；怒激也，如奔太
仆之万马；远观也，如悬匹练于万绿丛中；近观也，
如倒雪于无热池内。隔林响一天骤雨，远林撼万树秋
声。若夫溅万斛之珠玑，茸百花于一石；既因崖而作
势，因凵以旋舞。于人则奇男子，烈丈夫，磊砢不平，
怒气横胸，防风氏可戮，而东山可征，桀纣可伐，而
少正卯可诛，秦项可灭，而胡元可驱。发可冲其冠，
戈可挥其日，气可冲牛斗，怒可裂目眥。

若夫雁宕大龙湫之瀑，自雁湖分支，源白云庵顶，
经龙湫尾闾，其来也短，悬空飘舞，因风为力。初下
也，倾银河于卮口；将半也，洒灌沫于喷壶。前之，

左之，右之，睨而视之，若理千丝于机轴；下之、后之、逆之，仰而观之，如撒斜珠于虚空。有时映日，化作虹霓；有时乘风，变为云雾。此有起伏无顿挫之瀑势也。于人则美丈夫，艳女子，可以乘羊车，可以执麈尾，可以连白璧，可以映明珠，班伯惭其丽，何晏愧其美，似陈平而冠玉，若董偃而卖珠。亦可方之西子，比之南威，翩若惊鸿，婉若游龙，荣曜秋菊，华茂春松，仿佛兮若轻云之蔽日，飘飘兮望流风之回雪，又侣乎河洛之宓妃。

若石梁之瀑，有福胜之顿挫，无福胜之起伏。福胜无石梁之点缀，石梁无福胜之高标。盖此瀑双涧合流，一梁横截；斩然瀑与梁而俱下，陡然崖与瀑而同崩。若经旬不雨，才出于危桥之下，其流也丝丝，其声也瑟瑟；若霉雨连辰，则争过于高梁之上，其湍也澎澎，其响也轰轰。若曰："两龙争壑不知夜，一石横空岂度人？"此为瀑写来源，树铿锵也。若曰："银汉倒垂双涧合，惊涛怒起万山空。"此为瀑写峥嵘，形气概也。若曰："银河放溜黄牛峡，雪浪翻车白马津。"此为瀑比顿挫，喻翻覆也。若曰："崖从瀑布声中断，桥自青山尽处连。"此为瀑道汹涌，言冲突也。

若曰："瀑流半作天边雨，片石全惊海上虹。"此为瀑扬河涧，赞霖霖也。若曰："石桥未到先闻瀑，盖竹初开别有天。"此为瀑开堂皇，形广大也。若曰："翻湫何限不平气，津济苍生意蔼然。"此为瀑举抱负，摅愤郁也。

即若幽溪与五泄之瀑，又不然。他处之瀑，不可以入画，入画则板法。幽溪与五泄之瀑，卒难以入诗，入诗则失真。惟妙得古人之画意，深入山水之幽情，差可厓略。幽溪之瀑，乱石嶙岈于涧底，树水丛集于溪旁。其高也不啻千仞，其出也何止百湍。始出潭以为瀑，复积瀑以为潭；瀑瀑相承，潭潭相继。潭上危石，蒙千年之怪木；石上怪木，萦百折之枯藤。或向绿树蒙茸中，而窥其崩雪；或于巨石巉蕷处，而观其流云。或始则泉落于树头，或次则树生于泉上；忽流之左而又流右，倏观之东而又移之于西。下一潭有一潭之胜，登一崖有一崖之奇。真目送之不暇，实洗耳之可怡。

若夫五泄，发源于仙人鞋顶，结束于螺蛳大溪。自下望上，来之天末。本是一瀑，而乍起乍伏者五，每一泄相去者数里。其立地也高，其遗世也远。缥缈云端，与白云而作伍；依稀月下，与明月以为俦。居百层而崖百层，疑轩辕神而亦疑姑射仙；五落泉而五落石，宜浅绿而亦宜淡朱。下一泄容许由而洗耳，上一泄许巢父而饮牛；留最上之三泄茅，当与山僧洗钵漱齿，澄神豁眸。

若夫断桥与石笋，妙在石而不在瀑。苟以诗而求之，则"冰丝晴织支机石，玉屑烟销承露盘"，此断桥之形容也。"岩窦竟年洗霉雨，瀑流六月飞严霜"，此石笋之形容也。至于石羊头、黄埠、南岙等诸瀑岂无一段在胜，莫之及矣。虽然，九里坑不可少也，品山第一，品瀑次之。

第十九卷　王季重小品

【小传】

　　山阴王谑庵先生，名思任，字季重。年十三，即从漏衡岳先生，馆于檇李黄葵阳宫庶家。先生落笔灵异，葵阳公喜而斧藻之，学业日进。万历甲午，以弱冠举于乡，乙未成进士。房书出，一时纸贵洛阳，士林学究以至村塾顽童，无不口诵先生之文及幼小题，直与钱鹤滩、汤海若争坐位焉。先生初为县令，意轻五斗，儿视督邮，偃蹇宦途，三仕三黜。自二十一释褐，七十二考终，通籍五十年，三为县令，一为司李，一为教授，两为臬幕，三为主政，一为备兵使者，直至监国，始简宫詹，晋秩少宗伯，而国事又不可问矣。

　　五十年内，强半林居，乃遂沉涵曲蘖，放浪山水，且以暇日，闭户读书。自庚戌游天台雁宕，另出手眼，乃作《游唤》，见者谓其笔悍而胆怒，眼俊而舌尖，恣意描摩，尽情刻画，文誉鹊起。盖先生聪明绝世，出言灵巧，与人谐谑，矢口放言，略无忌惮。川黔总督蔡公敬夫，先生同年友也，以先生闲住在家，思以帷幄屈先生，檄先生至。至之日，宴先生于滕王阁，时日落霞生，先生谓公曰："王勃《滕王阁序》，不意今日乃复应之。"公问故，先生笑曰："落霞与孤鹜齐飞，今日正当落霞，而年兄眇一目，孤鹜齐飞，殆为年兄道也。"公面赭及颈，先生知其意，襆被即行。人有咎先生谑者，其客陆德先叹曰："公毋咎先生谑，先生之莅官行政，摘伏发奸，以及作文赋诗，无不以谑用事，昔在当涂，以一言而解两郡之厄者，不可谓不得谑之力也。"中书程守训奏请开矿，与大珰邢隆同出京，意欲开采自当涂起，难先生。守训逗留瓜州，而赚珰先至，且勒地方官行属吏礼，一邑骚动。先生曰："无患。"驰至池黄，以绯袍投刺称眷生，珰怒，诃谓县官不服素。先生曰："非也，俗礼吊则服素。公此来庆也，故不服素。"珰意稍解。复诘曰："令刺称眷何也？"先生曰："我固安杨状元婿也，与公有瓜葛。"珰大笑，亦起更绯，揖先生坐上座，设饮极欢。因言及横山。先生曰："横山为高皇帝鼎湖龙首，樵苏且不敢，敢开采乎？必须题请，下部议方可。"玙曰："如此利害，我竟入徽矣。"先生耳语曰："公无轻言入徽也。徽人大无状，思甘心于公左右者甚众，我为公多备劲卒，以护公行。"玙大惊曰："吾原不肯来，皆守训赚我。"先生曰："徽人恨守训切骨。思磔其肉而以骨饲狗，渠是以观望瓜州而赚公先入虎穴也。"玙曰："公言是，我即回京，以公言复命矣。"当涂徽州得以安堵如故，皆先生一谑之力也。

先生于癸丑己未，两计两黜，一受创于李三才，再受创于彭端吾，人方耽耽虎视，将下石先生，而先生对之调笑狎侮，谑浪如常，不肯少自贬损也。晚乃改号谑庵，刻《悔谑》以志己过，而逢人仍肆口诙谐，虐毒益甚。

甲申国变，弘光蒙尘，马士英称皇太后制，逃奔至浙。先生以书抵之曰："阁下文采风流，吾所景美，当国破众疑之际，拥立新君，阁下辄骄气满腹，政本自由，兵权在握，从不讲战守之事，而但以酒色逢君，门户固党，以致人心解体，士气不扬。叛兵至则束手无措，强敌来则缩颈先逃。致令乘舆迁播，社稷邱墟，观此茫茫，谁任其咎？职为阁下计，无如明水一盂，自刎以谢天下，则忠愤之士，尚尔相原。若但求全首领，亦当立解枢柄，授之守正大臣，呼天抢地，以召豪杰。今乃逍遥湖上，潦倒烟霞，效贾似道之故辙，人笑褚渊，齿已冷矣，且欲来奔吾越，夫越乃报仇雪耻之国，非藏垢纳污之地也。职当先赴胥涛，乞素车白马，以拒阁下。此书出，触怒阁下，祸且不测，职愿引颈以待钺虐。"书传，人大快之。北使渡江，人具牛酒，有邀先生出者，先生闭其门，大书曰："不降。"监国至越，请备顾问，仍以一席笑谈，遂致大位。江上兵散，屏迹小居，贝勒驻跸城中，先生誓不朝见，不剃发，不入城。偶感微疴，遂绝饮食，僵卧时，常掷身起，弩目握拳，涕洟鲠咽。临瞑，连呼高皇帝者三，闻此者比之宗泽濒死，三呼过河焉。

　　论曰："谑庵先生既贵，其弟兄子侄以及宗族姻娅，待以举火者数十余家，取给宦囊，大费供亿，人目以贪所由来也。故外方人言：'王先生赚钱用似不好，而其所用钱却极好。'故世之月旦先生者无不称以孝友文章，盖此四字，惟先生当之，则有道碑铭，庶无愧色，若欲移署他人，寻遍越州，有乎？无有也！"

（张岱：《琅嬛文集》，

自沈启无：《近代散文抄》转录）

世说新语序

读《史记》之后，或难为《汉书》，读《汉书》之后，且不可看他史。今古风流，惟有晋代。至读其正史，板质冗木，如工作瀛洲学士图，面面肥皙，虽略具老少，而神情意态，十八人不甚分别。前宋刘义庆撰《世说新语》，专罗晋事，而映带汉魏间十数人，门户自开，科条另定。其中顿置不安，微传未的，吾不能为之讳，然而小摘短拈，冷提忙点，每奏一语，几欲起王谢桓刘诸人之骨，一一呵活眼前，而毫无追憾者。又说中本一俗语，经之即文；本一浅语，经之即蓄；本一嫩语，经之即辣。盖其牙室利灵，笔颠老秀，得晋人之意于言前，而因得晋人之言于舌外，此小史中之徐夫人也。嗣后孝标勔注，时或以《经》配《左》，而博瞻有功，须溪贡评，亦或以郭解庄，而雅韵独妙，义庆之事，于此乎毕矣。自夽州伯仲补批以来，欲极玄畅而续尾渐长，效颦渐失，《新语》遂不能自主。海阳张远文氏得善本于江陵陈元植家，悉发辰翁之隐，黜陟诸公，拣披各语，注但取其疏惑，评则赏其传神。义庆几绝而复寿者，远文之力也。远文又精删何氏之补，别具一帙，使其堂庑具在，而《新语》之事，又于此乎毕受。嗟乎！兰苔翡翠，虽不似碧海之鲲鲸，然而明脂大肉，食三日定当厌去，若见珍错小品，则啖之惟恐其不继也。此书泥沙既尽，清趣自悠，日以之佐《史》《汉》炙可也。

苎萝山稿序

曩孝立名噪越中，予不得其面。门人沈逸少数为予言，是文长之后一人，庶几晤言在泄云飞水之际也。不意孝立被白玉楼夺去。今年其长公亢侯出遗稿见示，叙之以仲醇，复申之以道之，而孝立之须眉具有生色。天寒云甚，煨芋酌鲁，竟读其所为稿者，则何其纵横佚宕，奥衍冲邃之多也？世无仙才，不得不逃之于鬼；世多庸才，不得不托之于圣。孝立骨有九还之采，腹如五色之丝，咏古题今，考文征事，悉根于气识之玄正，盖飘飘乎其欲仙，而洞洞乎其将圣也。试以向伧父劣生，果能凌驾一篇，而缩归一语否？使孝立再得俯首十年，老其雄魄于纯鸡伏雉之后，则臣弇奴历，媵嫁眉山，俱未可知，而惜乎天欲秘之，徒使黄泉绣碧已矣。是稿也，以苎萝山得名，苎萝山岂独出佳人哉？

徐伯鹰天目游诗记序

尝欲佞吾目，每岁见一绝代丽人，每月见一种异书，每日见几处山水，逢阿堵举却，遇纱帽则逃入深竹，如此则目着吾面，不辱也。徐伯鹰铁脊万丈，突中时魔，大矗出镇，短后削归，绝无矜拂之意。每至我草亭，谈谐索酒，玄对会稽千万峰，辄半晌痴去。无何，伯鹰出走，两月不晤，忽从天目言旋，以记绘其像，以诗绣其神。吾读之若瀑落冰壶，若霞飞鹤背，若半夜招提，妙香清梵，梦魂犹冷，若坐我于老岩古壁之下，嚼梅蕊，嗅雪兰，时有山鸟赠舌。又若松风溪月，谡谡溶溶也。伯鹰曰："色易衰，书易倦，无斁无妒，世间惟山水。吾偶思天目，即抽胫诣之，以雨濛故，仅放只眼。"嗟乎！造特何常，人心不足，使当日生人之初，增设四眼，尽如苍颉，犹以为未供其观

也。使人人而皆只眼，与玉垒分面称孤，则亦相安无
越思矣。伯鹰曰："然，吾第欲还我双眼。所愿一眼如
天，一眼如海。"问曰："何须恁底睁大？"曰："不但
看山水，亦看伊也。"

屠田叔笑词序

古之笑，出于一，后之笑，出于二，二生三，三生
四，自此以后，齿不胜冷也。王子曰："笑亦多术矣，
然真于孩，乐于壮，而苦于老。海上憨先生者，老矣。
历尽寒暑，勘破玄黄，举人间世一切虾蟆傀儡，马牛
魑魅，抢攘忙迫之态，用醉眼一缝，尽行囊括，日居
月诸，堆堆积积，不觉胸中五岳坟起，欲叹则气短，
欲骂则恶声有限，欲哭则为其近于妇人，于是破涕为
笑。极笑之变，各赋一词，而以之囊天下之苦事。上
穷碧落，下索黄泉，旁通八极，由佛圣至优施，从唇
吻至肠胃，三雅四俗，两真一假，回回演戏，绦龙打
狗，张公吃酒，夹糟带清，顿令虾蟆肚瘪，傀儡线断，
马牛筋解，魑魅影逃，而憨老胸次，亦复云去天空，
但有欢喜种子，不更知有苦矣。此之谓可以怨，可以

群。此之谓真诗。若曰打起黄莺儿，摔开皱眉事，憨老笑了一生，近又得龙耳长进矣，奚其词也？"

闲居百咏序

对开美之人，天下无苦诗；读开美之诗，天下无苦人。诗从思起，思以品上。古今能乐其苦者，惟渊明与观复。两先生俱有"靖"名，其行住坐卧之会，莫非陶情怡性之真，故其诗淡而实腴，近而实邈，每奏一篇，恍然见羲皇而嚼冰雪，品高者，韵自胜也。开美笔耕自给，常不逢年，萧然环堵，残书数卷，一妾执爨，一子力勤，瓶无储粟，而意若万钟，其神气之所啸傲，大约在云兴霞蔚，图嶂镜波之内。盆蓄渊明之菊，无其园；庭植观复之梅，无其阜。闲居有百咏，无字不笑，无笑不欢。中多以酒为适，则开美浮自誉饰者。开美酒不能一蠡，而亦无所得酒，酒何可许开美也。然开美一日无酒，则老饕涎出，间之友人所乞酒，一沾便醉，戟手歌乌乌，则虽以酒还开美而亦可。予为开美题像，在方朔、司马之际，今为开美题诗，在渊明、观复之间，开美必受之，海内或知吾两人不妄取与也。

名园咏序

忽然而有我，忽然而呼我于亿万千字之中，执认一二，梦寐不讹，所谓名也。随其心之所及，买天缝地，挝水邀山，相之以动潜，旺之以馆榭，主人以为己有，而狂士瞿瞿于柳樊之外，则所谓园也。盖尝试言之，善园者以名，善名者以意，其意在，则董仲舒之蔬圃也，袁广汉之北山也，王摩诘之辋川二十景，杜少陵之空庭独树也，皆园也，无以异也。不得者且为荡丘，为聚血，为哄市，为棘圜，为斜阳荒草，狐嗥蛇啸之区，乌乎园？余足走四天下不甚修，而所窥略得其大意。大约埃壒中之园渴，其独擅者在花；硗确中之园丽，其借秀者在木；菰庐中之园平，其取蒨者在竹与水。而禽石珍瑶，胫飞毡裹，为力之所共者不与焉。越故海境浮山，天光下采，人称游冶，家尽楼台，乃自然不营之圃。向吾释褐归，侨居人园，仅有二：城以钮给谏，郊以张司马。二十年来，园乃相望，各赋一名，自相雄长。尽山川云物之美，兼南北产育之致，如十八路诸侯斗宝潼关，人人眉竖，入山阴道者，如观周家东序，目神倦讫，相约来朝，不意应接不暇，复谓尔尔，亦海内千古之盛矣。吾友刘迅侯，解人也，袖中有沧海，笔下无尘气。所居一丈之室，卷石兴云，老鼎泣魅，宿帖奇书，病琴瘦鹤，种种韵绝。兴则一棹挂壶，无人径往，辟疆濠濮靡不熟，风花雪月靡不过。有奖无讥，逢慨助慷，每于名胜会心处，辄为之偿数语，或镂楮肖形，或食肋留味，或击节于腰膂之冲，或赏神于牝黄之外，于是乎名园不但为主人有，为尽为迅侯有其有。迅侯毋亦息壤间之大盗也与哉？余力不能园，而园之意已备，上自云烟，下及圊溷，皆有成竹于胸中矣，特未及解衣泼墨耳。五楹水阁，青亦不了，残夜月明，天际甚远，迅侯咏不之及，何耶？是犹规规于瓦埴中也。以此讨迅侯，其何以春秋对乎？

东　山

出东关，得箬舟。雾初醒，旭上望虞山一带，坦迤绵直，絮绵中埋数角黑幕，是米颠浓墨压山头时也。

然不可使颠见，恐遂废其画。亭午过蒿坝，江鱼入馔，两岸山各以浅深色媚行，伸脚一眠，小醉而梦。舟子突叫看东山。山麓巉石兽蹲，守江如拒，从谢公棹楔上磴路，每数十武，长松绣天，涛声百沸。又壑中时有哀玉淙淙，草多远志。看洗屐池，一泓不渴，可当万里流也。池上数级，得蔷薇洞，文靖携妓，常憩此。李供奉《忆东山词》："花开花落，几度谁家？"何物少年轻薄！然致语大是晓语，可以唤起文靖，不必多憾。窈蔼曲折，入国庆寺。寺僧指点调马路，英风爽然。上西眺，西眺名韵甚。白天布曳，直入大海，浩然不疑，独琵琶一洲，宛作当年掩袂态，古今人岂甚相殊，那得不为情感？东山辨见宋王铚记甚详。吾以为山之所住，偶然四隅耳，何以喜东不喜南也。夫东山之借鼎久矣，足忌之而口祥之，人遂视东山为南山，絜令家有从未面识，而辄谓其知情者乎？吾安能倒决曹江之水，一为洗清两字冤也。山可矣，去其东而可矣。

剡 溪

浮曹娥江上，铁面横波，终不快意。将至三界址，江色狎人，渔火村灯，与白月相下上，沙明山静，犬吠声若豹，不自知身在板桐也。昧爽，过清风岭，是溪江交代处，不及一唁贞魂。山高岸束，斐绿叠丹，摇舟听鸟，杳小清绝，每奏一音则千峦啾答，秋冬之际，想更难为怀，不识吾家子猷何故兴尽？雪溪无妨子猷，然大不堪戴，文人薄行，往往借他人爽厉心脾，岂其可？过画图山，是一兰若盆景。自此万壑相招赴海，如群诸侯敲玉鸣裾。逼折久之，始得豁眼一放地步。山城崖立，晚市人稀，水口有壮台作砥柱，力脱帻往登，凉风大饱。城南百丈桥翼然虹饮，溪逗其下，电流雷语。移舟桥尾，向月碛枕漱取甜，而舟子以为何不傍彼岸，方喃喃怪事我也。

天　姥

从南明入台山，如剥笋根，又如旋螺顶，渐深遂渐上。过桃墅，溪鸣树舞，白云绿坳，略有人间。饭斑竹岭，酒家胡当炉，艳甚。桃花流水，胡麻正香，不意老山之中，有此嫩妇。过会墅，入太平庵看竹，俱汲桶大，碧骨雨寒，而毛叶离屣，不啻云凤之尾，使吾家林得百十本，逃帻去裈其下，自不来俗物败人意也。行十里，望见天姥峰，大丹郁起。至则野佛无家，化为废递，荒烟迷草，断碣难扪，农僧见人辄缩，不识李太白为何物，安可在痴人前说梦乎？山是桐柏门户，所谓半壁见海，空中闻鸡，疑意其颠上至石扇洞天，青崖白鹿，葛洪丹丘俱在明昧之际，不知供奉何以神往台山，如天姥者仅当儿孙内一魁父，焉能势拔五岳，掩赤城耶？山灵有力，夤缘入供奉之梦，一梦而吟，一吟而天姥与台山遂争伯仲席，嗟乎，山哉人哉！

华　盖

海雨在四五月间，如妇人之怒，易构而难解。又如少年无行子，盟在耳门，须臾翻覆。予旅居鹿城，外去华盖，鸟声相答，而遂无如此涔涔者何矣。出门败格凡十余举，不谓容成大玉之天，反忌勾漏令窥识。予友庄使君，实长此洞，言乘漏景，必觞予间。杯入掌而滂沱建瓴下山，不析眉目。久之得乍霁，遂牵舆取道蒙泉，上颠亭，看山海云物忙甚，似六国征调百万军骑，分路战祖龙者。大江乃抽匣之剑，光采陆离。然时时闪暗推磨，万顷不定。正欲呼吸天风，而触肤薄射，元气团人，都无所见，仅有积谷山，恍惚中聊相慰藉耳。而所谓容成洞、春草池、谢岩、郭祠，俱从屐齿下失过。然华盖能妒予，不能禁予不看风雨之华盖也。乳柑若火齐，时稻蟹膏流琥珀，吾当来往梦草堂，柱九节短筇，日日踏华盖顶门歌呼笑骂，醉则遗溲而去，吾之愤愤于兹山者，庶有豸乎？

小　洋

　　由恶溪登括苍，舟行一尺，水皆汗也。天为山欺，水求石放，至小洋而眼门一辟。吴阌仲送我，挈睿孺出船口席坐引白，黄头朗以棹歌赠之，低头呼卢，俄而惊视，各大叫，始知颜色不在人间也。又不知天上某某名何色，姑以人间所有者仿佛图之。落日含半规，如胭脂初从火出。溪西一带山，俱以鹦鹉绿、鸦背青，上有腥红云五千尺，开一大洞，逗出缥天，映水如绣铺赤玛瑙。日益窅，河滩色如柔蓝懈白，对岸河则芦花月影，忽忽不可辨识。山俱老瓜皮色，又有七八片

碎剪鹅毛霞，俱金黄锦荔堆出。两朵云居然晶透葡萄
紫也。又有夜岚数层斗起，如鱼肚白，穿入出炉银红
中，金光煜煜不定。盖是际天地山川，云霞日采，烘
蒸郁衬，不知开此大染局作何制意者？炉海靥，凌阿
闪，一漏卿丽之华耶？将亦谓舟中之子，既有荡胸决
眦之解，尝试假尔以文章，使观其时变乎？何所遭之
奇也？夫人间之色，仅得其五，五色互相用，衍至数十
而止，焉有不可思议如此其错综幻变者？曩吾称名取
类，亦自人间之物而色之耳。心未曾通，目未曾睹，
不得不以所睹所通者，达之于口而告之于人。然所谓
仿佛图之，又安能仿佛以图其万一也？嗟乎，不观天
地之富，岂知人间之贫哉。

钓　台

　　七八岁时，过钓台，听大人言子陵事，心私仪之。
以幼，不许习险。前年到睦州，又值足中有鬼，且雨
甚，不得上。今从台荡归，以六月五日上钓台也。肃
入先生祠，古柏阴风，夹江滴翠，气象整峻，有俯视
云台之意。由客星亭右，径二十余折，上西台，亭

日"留鼎一丝"，复从龙脊上骑过东台，亭曰"垂竿百
尺"。附东台一平屿，陡削畏眺。一石笋横起幽涧，蹇
仰恣傲，颇似先生手足。磴道中俱老松古木，风冷骨
脾，此两台者，或当日振衣之所，空钩意钓，何必鲂
鲤，吾不以沧桑泥高下也。亭中祠中，俱为时官扁尽。
夫子陵之高，岂在一加帝腹，及卖菜求益数语乎？人
止一生，士各有志，说者谓帝不足与理，此未曾梦见
文叔，何知子陵？子陵诚高矣，而必求其所以高在不
仕，则蟠溪之竿，将投灶下爨耶？尧让天下于许由，
许由不受，子陵薄官，许由薄皇帝，人不咏许由而但
咏子陵者，则皇帝少而官多也。身每在官中，而言每
在官外也。夫兰桂之味，以清口出之，则芳，以艾气
出之，则秽。咄咄子陵，生得七里明月之眠，而死被
万人同堂之哄，子陵苦矣。然则尽去其文乎？曰："山
高水长，存范仲淹一额可也。"

游敬亭山记

"天际识归舟，云中辨江树"，不道宣城，不知言
者之赏心也。姑孰据江之上游，山魁而水怒，从青山

讨宛，则曲曲镜湾，吐云蒸媚，山水秀而清矣。曾过响潭，鸟语入流，两壁互答。望敬亭绛氛浮嶾，令我杳然生翼，而吏卒守之，不得动。既束带竣谒事，乃以青鞋走眺之。一径千绕，绿霞翳染，不知几千万竹树，党结寒阴，使人骨面之血，皆为黱碧，而向之所谓鸟啼莺嗽者，但有茫然，竟不知声在何处。厨人尾我，以一觞劳之留云阁上，至此而又知"众鸟高飞尽，孤云独往还"造句之精也。朓乎白乎！归来乎！吾与尔凌丹梯以接天语也。日暮景收，峰涛沸乱，饥猿出啼，予慄然不能止。归卧舟中，梦登一大亭，有古柏一本，可五六人围，高百余丈，世眼未睹，世相不及，峭崿斗突，逼嵌其中，榜曰敬亭，又与予所游者异。嗟乎，昼夜相半，牛山短而蕉鹿长，回视霭空间，梦何在乎？游亦何在乎？又焉知予向者游之非梦，而梦之非游也，止可以壬寅四月记之尔。

游焦山记

海山多仙人，润之山水，紫阆之门楔也，故令则登之，不觉有凌云之意，子瞻熟厚金山，而兴言及焦，则以为不到怀惭，赋命穷薄，由是观之，心不远者，地亦自偏耳。丙申，予谒选北上，老亲在舫，曾撮游之，仅一识面，偃蹇不亲。

己酉以迁客翔京口，五月既望，会司马莆田方伯文晤我，买鲜蓄旨，约地友刘伯纯、陈从训俱。从训暑不出，而痒痒鞅鞅，徒以苏秦纵横，不能愿待之。即乘长风往，一叶欹播，与拜浪之鱼，同出没也。至岸，入普济寺，伯文色始定。而伯纯以为吾东家焦，殊不介介。暑气既深，幽碧如浸，选绿雪轻风之下，小饮之，各沾醉，眠僧几。澡罢，谒焦先生祠，庶几所谓水清石白者。少微之星，两光独曜，而各以姓易山川，然严先生犹或出或语，先生三诏罔闻，一言不授，蔡中郎玄默之赞，所谓伊人宛在水中央耶？左行而得水晶庵，梧竹翠流，潭空若永昌之镜。僧携中泠水，燃竹石铛，沸，顾渚饮我。水或不禁刀，画然云乳濛濛，芝童清侍，听好鸟一回，何境界也？山如鳌伏，而裙带间妙有茸畴，各秃宫于藤萝之隙，且渔且耕，而又且畋。巡麓右迤，入碧桃湾，则疏杨摇曳里许，青莎与朱华映染，半规山隐。扪攀而至吸江亭，望海门瓜步，都作龙腥，点帆归鸟，千嶂彩飞，江淹

咏日暮崦嵫谷者是矣。乃从山背，一探天吴。历数亭
而憩之。石笋斗潮，驯鸳不等，而湍险震荡，吾独羡
其威纤百叠，愈取愈多。杖策归僧堂，梵鼓动矣。伯
纯曰："大月已到，不宜闭饮。"问童子得樱笋银鲚，
又得文雉，被跣而出，歌于诸山第一峰前。月精电激，
江波碎为练块，我欲呼老鼋共语，而伯文谓山鬼愁予。
伯纯愿两脯之，以作水陆供，便思驾长虹而通沃洲也。
相与轰饮呼卢，集杜句得月者赎。坐至子夜，而天风
渐劲。澎湃汹然，江声入僧室矣。

　　质明，予先鸟起，领清芬之味，人各齁齁也。伯
文搔首相詈，王郎即有山水馋，不须奔竞尔尔，予不
能辩也。寻会食，探浮玉岩，一石横出，摩薜读昔人
题石屏字。跻级登观音阁，修篁琪树，蔽翳雪光。更
有竹阁两楹，买天半角，而金山斐叠其胸，此足当人
主矣。又延踏而至一僧舍，竹益酣，染衣袂俱作云香。
有巨石数十，堆堕涧中。讨《瘗鹤铭》已投江丈许，
褰衣濡足，惘不可得。王辰玉昔曾判之，以为断非逸
少之笔，大都高人韵士，惟恐人知，焉见《瘗鹤》之
字，不出蜗牛之庐，而必借美于换鹅之手耶？伯文颔
之，以韵语相挑。再遣舟，从河户市鱼，而弈于断岩

悬蔓之半。徘徊瞻顾，有不知玉壶清宇，冷在何处者。

试以金焦评之。金以巧胜，焦以拙胜；金为贵公子，焦似淡道人；金宜游，焦宜隐；金宜月，焦宜雨；金宜小李将军，焦则大米；金宜神，焦宜佛；金乃夏日之日，而焦则冬日之日也。伯纯主驳："子腹中丘壑，舌下阳秋，谁为我金焦赂子左右足乎？"乃唤兕觥，大笑飞敌。至渔火初出，缓棹至余皇，以不尽之沥，中江而馨之。是夕，月明如昼，微风不兴，水天一片，人语杳然，而城头漏三岩矣，此"大江流日夜，客心悲未央"时也。

简赵履吾

秦淮河故是一长溷堂，夫子庙前，更挤杂，包酒更嗅不得，不若往木末亭，吃高座寺饼，饮惠泉二升。一鱼一肉，何等快活也！

简米仲诏

越人嚼笋，闽人嚼蔗，渐老渐甜。不想奉崔魏诸

公，主何意见，就中少年新进甚多，今日银艾，明日
就想犀玉，邀呵过棋盘街，尚书阁老，是个孩子，难
道有大半世做去。早早回家，有何意趣，打选官图者，
不上五六掷，就到太师出局矣，忙些甚么？又做官如
游山，一步一步上去，历过艰难，闪跌几次，方知荆
棘何以刺人，危险何以惕人，幽奇何以快人，转折何
以练人，渐渐登峰造极，方得受用。今一见山麓，就
要飞至山顶，山顶之上，又往那走？此皆不明之过也。
年兄终日太仆，决不转动，譬之山腰看人，从高跌下
者，暴痛绝命，可怜可笑也。若弟又鲇鱼上竹竿，可
笑之甚矣。偶发名言，不是妒口也。我两个老人家终
有意意在。

第二十卷　陈眉公小品

【小传】

　　陈继儒，字仲醇，号眉公，为诸生与董其昌齐名。二十九，缴衣巾，卜居东佘山，杜门著述，名倾朝野。徐阶、钱龙锡、王锡爵、王世贞兄弟俱雅重之。守令下车，台使按部，无不造谒其门，咨询地方利弊，一时文人学士咸推之。一切食用，时出新意为之，转相仿效。朱彝尊序其诗云："吴绫越布，皆被其名；灶妾饼师，争呼其字。"书画亦有名。先后荐征，屡辞不应，郡守方岳贡聘修郡志，时称赅博。年八十二卒。

（《华亭县志》）

又

　　陈继儒，字仲醇，松江华亭人。幼颖异，能文章，同郡徐阶特器重之。长为诸生，与董其昌齐名。太仓王锡爵招与子衡读书支硎山。王世贞亦雅重继儒。三吴名下士争欲得为师友。继儒通明高迈，年甫二十九，取儒衣冠焚弃之，隐居昆山之阳，构庙祀二陆，草堂数椽，焚香晏坐，意豁如也。时锡山顾宪成讲学东林，招之，谢弗往。亲亡，葬神山麓，遂筑室东佘山，杜门著述，有终焉之志。工诗善文，短翰小词，皆极风致。兼能绘事，又博文强识，经史诸子术伎稗官与二氏家言，靡不较窍。或刺取琐言僻事，诠次成书，远近竞相购写，征请诗文者无虚日。性喜奖掖士类，屦常满户外，片言酬应，莫不当意去。暇则与黄冠老衲，穷峰泖之胜，吟啸忘返。足迹罕入城市，其昌为筑来仲楼招之至。黄道周疏称"志尚高雅，博学多通，不如继儒"，其推重如此。侍郎沈演及御史给事中诸朝贵先后论荐，谓继儒道高齿茂，宜如聘吴与弼故事，屦奉诏征用，皆以疾辞。卒年八十二，自为遗令，纤悉毕具。

（《明史·隐逸传》）

倪云林集序

　　昔太伯、仲雍，文身断发，奔荆蛮，荆蛮义之，从而归者千余家。其后吴主季札，季札弃其而耕，乃舍之，已封于延陵。倪云林先生者，自称倪迂，又自称懒瓒，又自称荆蛮民。荆蛮者，延陵之故乡，而先生之所居也。先生癖人也，而洁为甚。自太伯、季札、仲雍而后，梅福洁于市，梁鸿洁于佣，而指屈倪先生矣。先生高卧清秘，洗拭梧竹，摩挲鼎彝，此见洁者肤也。试问学道人，能于元兵未动，先散家人产乎？能见张士诚兄弟，噤不发一语乎？能避俗士如恐浼乎？能画如董巨，诗比陶韦王孟，而不带一点纵横习气乎？余读先生之集，所谓其文约，其辞微，其知洁，其行廉，其称文少而其指极大，独先生足以当之。盖先生见几类梅福，孤寄类梁鸿，悉散家产赠之亲故，有荆蛮延陵之风。月清则华，水清则澄，云鲜露生焉。下此虽金碧丹青，滓焉而已，何堪与先生并？先生残煤断茧，江东之家，以有无为清俗，岂惟张我吴劲，即置先生于孔庑间，度无愧色。或曰："倪先生，癖人也，似未闻道。"余笑曰："否！否！圣人之行不同也，归洁其身而已矣。"

五言诗序

张平仲使君，居浒墅，日在水声云气中。闭关以后，疏巾单复，但拥一编，爝一鼎，吸数升惠泉耳。曰："我饮冰焚玉，不愁榷政，愁客至，颇妨清卧。昔关尹喜，仅一青牛翁，今四方贵游，辐辏度关，又无五千言授我，仆仆腰领，奈何哉？"余曰："孔明不居成都，而好居南阳，彼岂真恋恋隆中？直以南阳当天下之冲，因以延揽四方豪杰，而且得周咨时事，故语孟公威曰：'中原饶士，丈夫何必故乡耶？'此可以识武侯矣。今榷事诚不足烦使君，然贤士大夫道经于此者，皆欲识张使君贤。使君因得以议论物色三五豪杰，以备国家异日缓急之用，则浒墅官舍，故平仲之南阳草庐也。"使君曰："余则安敢。且性懒不解酬对，惟除土种蔬，结棚覆松，一望西山朝爽而已。兴至间一赋诗，诗亦不甚夥，五言诗仅得三十余章。"仆读之，骨苍而韵俊，神清而调真。其虚和安雅之意，具见乎辞，非特刘长卿五言城不能抗衡，即老子出关五千言，无烦强授书矣。

米襄阳志林序

予读陆友仁《米颠遗事》，恨其故实未备，尝发意排纂。江东好古收藏之家所遇襄阳书画，小有题识者，辄手录之。而范长康多读异书，搜讨米事，尤丑类而详。因题曰《志林》，请予叙。予惟古今隽人多矣，惟米氏以颠著。要之，颠不虚得，大要浩然之气全耳。后人喜通脱而惮检括，沓拖拉挐，沾沾藉米颠氏为口实。夫米公之颠，谈何容易！公书初摹二王，晚入颜平原，掷斥置削，而后变化出焉。其云山一一以董巨为师。诗文不多见，顾崖绝魁垒如深往者，而公之颠始不俗。两苏、黄豫章、秦淮海、薛河东、德麟、龙眠、刘泾、王晋卿之徒，皆爱而乐与之游，相与跌宕文史，品题翰墨，而公之颠始不孤。所居有宝晋、净名、海岳，自王谢顾陆真迹以至摩诘，玉躞金题，几埒秘府，而公之颠始不寒。陪祀太庙，洗去祭服藻火，至褫职，然洁疾淫性，不能忍，而公之颠始不秽。冠带衣襦，起居语默，略以意行，绝不用世法，而公之颠始不落近代。奉敕写《黄庭》，写御屏，奋毫振袖，醋叫淋漓，天子为卷帘动色，彻赐酒果，文其甚则跪请御前研以归，而公之颠始不屈挫。寄人尺牍，写至"苇拜"，则必整襟拜而书之，而公之颠始不堕狡狯。呜呼米颠，旷代一人而已！求诸古今，张长史得其怪，倪元镇得其洁，敷文学士与高尚书得其笔，滑稽谈笑，游戏殿廷，东方朔、李白得其豪。故曰米公之颠，谈何容易！公没于淮阳军，先一月，尽焚其平生书画。预置一棺，焚香清坐其中。及期举拂，合掌而逝。吾视其胸中，直落落无一物者，其圣门所谓古之狂欤？洙泗之时，楚狂在接舆；濂洛之时，楚狂在苇。其颠可及也，共浩然之气不可及也。

芙蓉庄诗序

吾隐市，人迹之市，隐山，人迹之山，乃转为四方名岳之游，如獐独跳，不顾后群，如狮独行，不求

伴侣，乐矣。然丹危翠险，梯腐藤焦，每欲飞渡而空
蹑之，无乃非老人事乎？计莫若退隐田园，因作田园
诗。张啸翁许为同志，和以见视，并出《芙蓉庄诗》
若干卷，属余读之。余笑曰："今诗人集满天下，其投
赠寄怀，率辇上君子。凡通显有位望者，辄字之，几
于无等。至问其交情始末，或彼此不相识，即识，彼
亦不复能省记，而必欲胪次其姓名，以为行卷羔雁之
贽，大都一仕籍而已。啸翁怜而唾之，凡与交游唱和
者，汰不书。所作皆分梅种竹，移菊艺兰，莳茶采药，
及料理农桑渔樵之事。事真，故烂熳而流便；兴率，
故简至而酣畅；心细，故精综而条理；品洁，故幽微
而疏快；调高，故孤直而清迥。读其诗，想见其胸次，
且笑且啼，且傲且侠，且醉且醒，且仙且隐，日混村
童庄客之中，而神游于时局菀枯向背之外。古者罢侯
种瓜，逃相灌蔬，庞公条桑，云卿织屦，其意念亦若
此耳。四君子密藏遵晦，并文彩不少见，吊古者深以
为恨，而啸翁尤幸有此集，流落人间，使人名利之心
顿忘，烟火之焰尽息，虽逃世而救世之功寓矣。啸翁
数招余，颇切，义不忍作铁心人，终当一叩芙蓉庄，
饮李公洼樽，卧皎然桃花石枕，醉呼张志和，汝曾见

而家啸翁田园诗否？"

闽游草序

　　吾友周公美，神骨遒雅，望之如岩窟图画中人。未四十，敕断家务，有子孝且贤，不遣世事经怀，公美日与群从读书食酒，为名山游。客岁，游闽归，访余泖上僧舍。出记与诗奏予，须发之间，尚聚云气。第篇中未啖荔枝，登武夷耳。余浮白罚之，公美偏强不肯服，曰："我见入闽者，动以为题。然非游以买贾，则游以舌，独余则否，不错邮符，不乞驲骑，不仗地主酒钱，此游之清者也。手无镢，趾无坎，腰膝无绲帛，贾勇先驱，置两足于空外，置七尺于死法外，此游之任者也。猿不易枝，鸟不变声，樵牧无故识，伴侣无异同，此游之和者也。游具此三德，而时以诗为政。游无定时，故诗无定体。"余读之，其色香味，隽于荔杖，而声调警快，惟幔亭天上无忧，人间可怜之曲，庶几次响焉。公美得于闽者俭，而闽中江山得于公美者奢矣。公美大笑剧余，至夜分，霜缄烛跋，犹娓娓谈闽游不寘。余目公美曰："宁惟游有三德，即酒德亦称是。不乱，清也。不辞，任也。不争，和也。"公美曰："人知我闽游，而不知我更有醉乡游，汝何从得之？盍为我识数语，以告后之问津者。"

许秘书园记

士大夫志在五岳，非绊于婚嫁，则窘于胜具胜情，于是葺园城市，以代卧游。然通人排闼，酒人骂坐，喧笑呶詈，莫可谁何，门不得坚扃，主人翁不得高枕卧。欲舍而避之寂寞之滨，莫若乡居为甚适。

吾友秘书许君玄祐，所居为唐人陆龟蒙甫里。其地多农舍渔村，而饶于水，水又最胜，太公尝选地百亩，菟裘其前，而后则樊潴水种鱼。玄祐请甃石围之，太公笑曰："土狭则水宽，相去几何？"久之，手植柳皆婀娜纵横，竹箭秀擢，茭牙蒲戟，与清霜白露相采采，大有秋思。玄祐乃始筑梅花墅。窦墅而西，辇石为岛，峰峦岩岫，攒立水中。过杞菊斋，盘磴上跻映阁，君家许玉斧迈，小字映也。磴畷分道，水唇露数石骨，如沉如浮，如断如续；蹑足褰渡，深不及踝，浅可渐裳，而浣香洞门见焉。岭岈峚嵃，窍外疏明，

水风射人，有霜雹虬龙潜伏之气。时飘花板冉冉从石
隙流出，衣裾皆天香矣。洞穷，宛转得石梁，梁跨小
池，又穿小酉洞，洞枕招爽亭，憩坐久之。径渐夷，
湖光渐劈，苔石累累，啮波吞浪，曰锦淙滩。指顾隔
水外，修廊曲折，宛然紫蜺素虹，渴而下饮。逶迤北
行，有亭三角，曰在涧，所谓"秋敛半帘月，春余一
面花"是也。由在涧缘阶而登，浓阴密篠，葱蒨模糊
中，巧嵌转翠亭。下亭，投映阁下，东达双扉，向隔
水望见修廊曲折，方自此始。余榜曰：流影廊。窈窕
朱栏，步步多异趣。碧落亭踞廊面西，西山烟树，扑
堕檐瓦几上。子瞻与元章欲结杨许碧落之游，杨为杨
羲，许为许迈，亭义取此。碧落亭南曲数十武，雪一
龛，以祀维摩居士。由维摩庵又四五十武，有渡月梁。
梁有亭，亭可候月，空明潋滟，谷纹轮漪，若数百斛
碎珠，流走冰壶水晶盘，飞跃不定。渡梁，入得闲堂，
闳爽弘敞，槛外石台，广可一亩余，虚白不受纤尘，
清凉不受暑气。每有四方名胜客来集此堂，歌舞递进，
觞咏间作，酒香墨彩，淋漓跌宕于红绡锦瑟之傍，鼓
五挝，鸡三号，主不听客出，客亦不忍拂袖归也。堂
之西北，结竟观居。前楹奉天竺古先生。循观临水，

浮红渡。渡北楼阁，以藏秘书。更入为鹤蓊蝶寝，游
客不得迹矣。得闲堂之东流，小亭踞其侧，曰涤砚亭。
亭逶迤而东，则湛华阁，摩干群木之表，下瞰莲沼，
沼长堤而垂杨修竹，茭蒲、菱芡、芙蓉之属，至此益
披纷辐辏。堤之东南阴森处，小缚围焦，鸥鹭凫鹥，
若作寓公于此中，旅坐不肯去。此去桃霞莲露，缋绣
绮错，而一片澄泓萧瑟之景，独此写出江南秋，故曰
滴秋庵者。

　　王太史游香山，欲与二三子作妄想，若斩获芦
陂隩，尽田荷花，使十五小儿，锦衣画舸，唱采莲
词，出没于青萍碧浪之间，可以终老。今玄祐不妄想
而坐得之。又且登阁四眺，远望吴门，水如练，山
如黛，风帆如飞鸟，市声簇簇如蜂屯蚁聚，而主人
安然不出里门，部署山水。朝丝暮竹，有侍儿歌吹
声；左弦右诵，有诸子读书声。饮一杯，拈一诗，舞
一掉，沿洄而巡之，上留云借月之章，批给月支花之
券。袍笏以拜石丈，弦索以谢花神。此有子之白乐
天，无谪贬之李赞皇，而不写生绡，不立粉本之郭
恕先、赵伯驹之图画也。秘书未老，园日涉，石日
黝，鱼鸟日聚，花木日烂熳，篇章词翰日异而岁不

同，余且仿用里先生藤轿豹席，笔床茶灶，叩君之园而访焉，相与唱和如皮陆故事，玄祐能采杞菊以饱我否？

游桃花记

南城独当阳，城下多栽桃花。花得阳气及水色，太是秾华。居民以细榆软柳，编篱缉墙，花间菜畦，绾结相错如绣。余以花朝后一日，呼陈山人父子，暖酒提小榼，同胡安甫、宋宾之、孟直夫渡河梁，踏至城以东，有桃花蓊然。推户闯入，见一老翁，具鸡黍饷客。余辈冲筵前索酒，请移酒花下。老翁愕视，恭谨如命。余亦不通姓字，便从花板酒杯，老饕一番，复攀桃枝，坐花丛中，以藏钩输赢为上下，五六人从红雨中作活辘轳，又如孤猿狂鸟，探叶窥果，惟愁枝脆耳。日暮乃散。是日也，老翁以花朝为生辰，余于酒后作歌赠之，谓老翁明日请坐卮脯为寿。十四日，余与希周、直夫、叔意挈酒榼，甫出关路，途得伯灵、子犹，拉同往。又遇袁长史披鹤氅入城中。长史得我辈看花消息，遂相与返至桃花溪。至则田先生方握锄理草根，见余辈，便更衣冠出肃客。客方散踞石上，而安父、宾之、箕仲父子俱挈酒榼佐之。董徐何三君从城上窥见，色为动，复踉跄下城，又以酒及鲜笋蛤蜊佐之。是时不速而会凡十八人，田先生之子归，骈为十九。榼十一，酒七八壶觞，酒屈兴信，花醉客醒，方苦瓶罍相耻，忽城头以长绠縋酒一尊送城下，客则文卿、直卿兄弟是也。余辈大喜，赏为韵士。时人各为队，队各为戏。长史、伯灵角智局上。纷纷诸子，饱毒空拳，主人发短耳长，龙钟言笑。时酒沥尚余，乃从花篱外要路客，不问生熟妍丑，以一杯酒浇入口中，以一枝桃花簪入发角，人人得大欢喜吉祥而去。日暮鸟倦，余亦言旋。皆以月影中抱持，而顾视纱巾缥袖，大都酒花花瓣而已。昔陶征君以避秦数语，输写心事，借桃源为寓言，非有真桃源也。今桃花近在城齿，无一人为花作津梁，传之好事者，自余问津后，花下数日间，便尔成蹊。第赏花护花者，舍吾党后，能复几人？几人摧折如怒风甚雨，至使一片赤霞，阑珊狼藉，则小人于桃花一公案，可谓功罪半之矣。

唐李公子传

　　余下第归，抱幽忧之疾，以道书淘汰之。心猛气深，强抑不下，乃搜读稗官家，得《李公子传》。《唐书》言，邺侯之子繁，不甚贤。今公子颇有奇韵，想繁之兄弟行也。但不知为邺侯第几子耳？录之左方：

　　李公子者，父泌，为唐邺侯。侯既老，谢事辟谷。公子官袭侯封，不愿侯，愿词赋科。时肃宗新复两京，以《两京赋》试进士，御泰清殿亲临之。公子立就万言，未尝加点。赋上，上方午膳，大常作乐，命辍乐读之。爱其美也，袖入宫中，擢第一人，勒石刻《两京赋》于殿前。公子方十九，眉目清映，紫衣白马，宛如神仙。上一见大喜，谓侍臣曰："邺侯宣劳，再造邦家，曾不肯剖粒自饱，今其子虽不愿侯，授官宜与侯等。"以集贤学士授之。公子谢曰："臣实不敢当此，但乞告身一通，便宜山水间，县伯不得追呼足矣。"上嘉其志，御写敕扎，并赐宫嫔两人曰："一以掌书，一以暖酒。"

　　郭汾阳有女曰清明君者，有殊色，喜读《离骚》、古陶谢诗，尝删诗去其郑卫者，手录一卷，日日批注。

闺房中以小室庙祀舜二妃，配飨以鲁共伯之母，黔娄之妻，春秋祭之以文，其高闲如此。汾阳王难其配，以李《两京赋》视之。清明君慨然叹息曰："可矣。"既归李，李年少谑浪，醉时微以谑语侵之。清明君不悦，见其谢过，乃笑曰："妾之天性，栖栖艺文，若欲濡首酒杯，从公颦笑间乞暖热，所谓笾豆之事，则有司存，无已，愿以黄金千斤，为公子置妾数百，以任恣讨。"

汾阳王闻之也，遣人分驰四方，四方有奇女子以诗名显者，搜访殆尽，而其中曰纤纤，曰白娟，曰鹭翾，曰春荑，曰红草，曰晕儿，曰绿丝，曰碎桃，皆骨柔气清，熟于古文奇字。而纤纤善筝。白娟善歌。春荑善鉴古器，善笙。红草善弹鸟，善鼓琴。晕儿善啸。绿丝、碎桃善种花，花经二人手，无不活，又善骑马。鹭翾善丹青，善舞。公子乐之以酒，酒必以诗，诗成，诸美人起而和歌，歌无杂声。其他修竹清泉，细帘嘉树，月出之时，鸟啼弦乱，相与牵衣抱袖，红白低迷，起视草头蕉叶之上，大都墨迹酒痕而已。清明君无问晴雨，每候山果新熟，则遣美人捧进公子。或书史有奇事可读者，以彩线识之，则遣捧进公子。

或成新篇，或偶得一二佳句，不忍独赏，则遣捧进公子，故美人人人得亲公子也。而清明君当其酒半，尝乘紫帷小车临焉。公子率纤纤以下，短讴长歈，弹筝鼓瑟，次第上寿。酒已，则各以平日所赋诗献清明君，焚香缓坐，细加品题，稍不安者，为改点数字，每点一字，辄以一觞罚公子曰："君老于诗者也，不为美人更之，乃含糊作影子过耶？是必容香火情。"美人皆笑曰："善，诚如夫人言，是宜罚。"如此者连罚数觞，公子竟醉矣。

公子尝游于苏州，时有新进士选名妓百人浮于荷花荡中。众进士本措大骨相，骤得此，足高志扬，毕露丑态。公子更布衣，坐小舟，往来觑之。有进士呼曰："是小船中秀才何为者？汝能饮酒乎？"曰："能。""能赋诗乎？"曰："能。"曰："若是，汝且过我。"公子岸然据其上座，执酒卮瞠视云霄不为礼。众进士以为狂生也，俟其酒干，欲以诗困之，及分韵，公子谢不能，曰："顷固以谩语诳君一杯酒耳，实不晓诗为何物。"众进士顾诸妓大笑曰："吾故料狂奴未必谙此，吾辈且自作诗。"诗许久，沉吟不成一语。语出又村鄙可笑者，乃手舞足蹈，互相传示，叹赏不已。

已而悉出金玉宝器，以陈富贵，耳语诸妓曰："是秀才曾见此否？"傍有一黄衣妓者秀质楚楚，愁态万端，公子叩之曰："吾观汝一似有忧者，汝有心事，可告诉我，我为汝料理不难。"一进士掀髯大言曰："汝欲了此君心事，但恐酸秀才正自不堪。是尝负我千金，分毫无所偿，今见我，不觉敛容耳。"公子笑曰："此细事，何足忧。"于是众进士又大笑，转以为狂生也。

　　顷之，公子之楼船适至，鼓吹大作，公子呼进士与各妓过船，罗列食器，酒罍皆以五色宝玉，明珠翡翠，雕镂装缀之，奇丽特甚。公子见之，斥曰："何乃陈此俗物！"亟撤去，悉付黄衣娘子："今日一段心事，为汝结证了也。"已命更席，则陶觯瓦鼎，无非三代物，最近者亦秦汉铜器。隔帘女伴，隐隐作乐，曲谱俱内调及公子新诗。欲因诗尾得公子姓名，已知其为公子也，皆纷纷向前夺诗。公子令曰："汝辈且置酒于此。若酒冷而诗不成者，罚我；诗成而酒热者，罚汝。"往往酒未及温，已摇笔满纸矣。纸尽无可奈何，乃裂帛绢，绢尽则裂帷幕屏褥之类，又尽则各剪裙叶，或绝长袖以进。所得片言只字，如获奇宝，贴身藏之。众进士诱之以酒，酩酊，多半窃去。妓有啼者，公子以为可怜也。公子起立作乐，女伴乘间说之曰："汝辈尽肯落籍从公子游乎？有别院在湖山之上，门前朱楼一带，覆以垂杨，松篁中粉廊红榭，高台短桥，宜雪宜月，四面绕以梅花五六十里。深秋之际，则林枫万株，拥若霞气。枫树间有高楼，翌以堂庑，其正中以奉藏经，其两旁以贮古今异书。左有酒库，凡天下名酒无不藏；右有泉库，凡天下名泉无不具。若此者可以休汝矣。"诸妓唯唯，乃尽从公子归。

公子悉召酒人剑客，高僧道士，晓夜酣歌，沉浮此中。赋诗之暇，非细谈释部，则酬论兵符，烛尽酒空，醉而后已。宾既散，时与绿丝、碎桃高装骏马，踏入深山中。过平原易地，着鞭夺路，抛闪如飞。树丛边听山鸟声，则命红草弹鸟，偶不中，皆拍手笑，浮以半觞。转入幽险处，美人车不得度，攀萝挽石，欲上欲下，笑啼杂出。忽到荒冈崇岭之上，天风四来，晕儿清啸一声，木叶乱舞，裙裾飘脱，步立不定。公子惧其伤也，乃徐返焉。

天下闻公子名，饥寒之士，辐辏来进，候其将归，皆匍伏道左，叩头大呼："非公子无以活我。"公子转盼间，赏劳都遍，日费千金，无几微颜色。一日，就

中忽有执公子衣者曰："愿辟人，臣有所言。公子不忆
于陵时乎？汝所谓于陵陈仲子者也。上帝怜汝贞苦，
故今日置汝李家，涉猎世味，清明君即向时辟纑夫人
耳。夫日之光有短长，月之魄有死生，人之福有往还，
公子宜早决。且汝父郏侯及妇翁汾阳，皆为清微天帝
君侍女，夫妇来久矣。"言讫不见。公子大悟。以家产
万亿计，悉散之，与清明君入洞庭石公山修道，不知
所终。后陆贽至华亭，常见公子往来三泖中。

杨幽妍别传

　　幽妍小字胜儿，生母刘，行一，在南院负艳声。
早岁落籍，去嗣陈氏。陈之姨董四娘挈往金闾，习吴
语，遂善吴欮。董笑曰："是儿甫八岁，如小燕新莺，
不知谁家郎有福，死此雏手。"陈殁，抚于杨媪，媪奇
严，课书课绣，课弹棋，妙有夙解，不督而能。女兄
弟多方狡狯，嘲弄诒侮，终不能勾其一粲也。
　　庚申，杨媪避难吴越，载幽妍与俱，年已破瓜矣。
薄幸难嫁，有心未逢，俯首叩膺，形于咏叹。一日，
遇张圣清于秀林山之屯云馆，群碎满前，席纠无主，

独幽妍兀坐匡床，旁无转瞩，掠鬖舐袖，笑而不言。私祷云："侬得耦此生，死可矣。"张圣清者，才高笔隽，骨采神恬，造次将迎，绸缪熨帖，人莫觉其为廉察使子也。舟中载图史弦索，悉付小青衣排当。小青衣能射主人意中事，兼工竹肉，圣清曰："此西方迦陵鸟。"以迦陵呼之。每携入竹屿花溪，递作新弄，而最不喜平康狭邪之游，谓此辈正堪与鬎头奴、大腹长鬣贾相征逐，岂容邪魔入我心腑？至是与幽妍目成者久之，明日，遂合镜于舟次焉。于时溽暑，昼则布席长林，暮则移桡别渚，疏帘清簟，萦绕茶烟，翠管朱弦，淋漓酒气。幽妍自谓："十五岁以前，未尝经此韵人韵事。"即圣清亦曰："世岂有闺中秀，林下风，具足如胜儿者乎？"昵熟渐久，绝不角劲语媟词，两人交相好，亦复交相重，曰："吾曩过秀州，草庵外闻老尼经声，跃然抱出世之想，自惭绊缚，不能掣韝奋飞。今昵君串珠缠臂，持戒精严，同心如兰，愿言倚玉，十年不死，请事空王，宿羽流萤，实闻斯语。"圣清饮涕而谢之。

七月，应试白下，幽妍送别清溪，注盼捷音，屈指归信，并尔杳然。及重九言旋，而幽妍先驱渡江去矣。自此低迷憔悴，瘵疾转深，腰减带围，骨见衣表。王修微谓余曰："吾生平不解相思病何许状，亦不识张郎何许人，今见杨家儿大可怜，始知张郎能使人病，病者又能愿为张郎死，郎不顾，立枯为人腊矣。"圣清闻之，遣急足往视，幽妍开缄捧药，涕泗汍澜。妪凶怒，闭绝鱼雁，消息不通。幽妍典簪珥，赂侍儿，属桃叶渡闵老作字以达意焉。扃镝斗室，不见一人，即王孙贵游，剥啄者，指刀绳自矢而已。妪卜怒益甚，挝詈无人理，取死数四，救而复苏。不得已，复载之东来。圣清侦状，义不负心。有侠客徐内史，就中为调人，弹压悍妪，无可故悬高价，杀此铁石儿。妪唯唯。圣清乃纳聘，迎为少妇，稽首廉察公逡逡如女士，且觊宜男，勿结责也。

比入室，病甚，犹强起熏香浣衣，劈笺涤砚，圣清手书唐人百绝句授之，读皆上口。又雅能领略大义，每回环离肠断魂之句，掩抑不自胜，真解语花也。病中解脱，了无怖容，佛号喃喃，手口颇相续。忽索镜自照，不觉拍几恸哭曰："胜儿薄命，遂止于斯！"又好言谓圣清曰："君自爱，切勿过为情痴，旁招诃笑。妾如有知，当转男子身，以报君耳。"又曰："妾命在呼吸，偃大人新宅不祥，盍移就郡医疗之。"岁逼除夕，圣清归侍椒觞别去。幽妍惙惙喘益促，侍儿问有何语传寄郎君，但瞪目捶胸，不复成声矣。盖壬戌腊月二十七日也。

圣清奔入城，且号且含殓，延僧修忏，撒荤血者兼旬，雕刻紫檀主，置座隅，或怀之出入衣袖衾裯间。食寝必祝，祝必啼，啼曰："吾欲采不死药，乞返魂香，起幽妍于地下，而不可得。又欲金铸之，丝绣之，倩画师写照百回，而未必肖也，何如征传眉道人，为逝者重开生面乎？"余曰："传且就，恐挑哀端，俟君病良已，乃敢出。"讵料君之终不及见也。幽妍墓在龙华里，圣清选地结茆龛，祀文佛如来，偿其始愿。修竹老梅，环映左右，清芬凉影，飒如有人。画眉郎，散花女，其将比肩捉臂，踏歌而嬉于此乎？

古有《庐江吏》《华山畿》，欧阳詹、秦少游之义娼，纠结夙缘，一恸而卒，初疑出于诞妄，今乃信为果然。如幽妍、圣清者，少判在凰窠群鸳鸯牒中，岂死于情哉？死于数也。余不忍以介静辞，为作别传，付子墨、墨娥，相与流通之。死乎？不死矣！

范牧之外传

余宅邻牧之，少闻牧之以情死，不敢问父老。比十年，奉化人之教，略已定情，乃始许牧之子必宣作《牧之传》。

范生牧之，名允谦，伯父太仆，父光禄，为文正、忠宣公后。牧之复以庚午举乡进士。生而颀，广额颐颊，而下小削，目瞳清荧，骨爽气俊，不甘处俗。华亭世家子，出必鲜怒，锦衣狐裘，舞于车上，童子骈肩而随，簪玉膏沐，如妇女之丽，牧之见之，往往内愧肉动，毛孔猬张，辄障面去。牧之居恒单衫白裕，着平头弁，与诸少年颉颃而游。游遇豪贵人，牧之欠抑唯诺，阳啸不敢言，众以为是生也，寒酸不上人眼，意轻之，牧之乃快。或坐客小觉，则拂衣疾趋出，急遣追呼者问牧之，牧之飘风逝矣。性嗜书，无所不读。能跳梁于翰墨间，有才子之志。客非韵，斥门者不纳。纳必以名香清酒为供，或宴语夜央，喜不嗜寐。童子更烛割炙，复张具如客初至时。屋下鸡鸣，犹闻鼓琴落子声，及醉而啸者。至是四方之客日益集，牧之恢张心胸，厚往薄来，故杂宾亦稍稍得进。而未几杜生之事起。

杜生者，妓女也。以风态擅名，慷慨言笑，与牧之一遇于阊门，目成久之。退而执手叹曰："吾两人得死所矣。君胜情拔俗，余亦侠气笼霄。他日枕骨而葬太湖之滨，誓令墓中紫气，射为长虹，羞作腼腆女儿，下指鸳鸯，上陈双鹄。"嗣后淹系旬月，无复顾礼，废顿精神，废辍家政。客乃有为文告神以绝牧之者，牧之答曰："仆闻亏名为辱，亏形次之，诸君子俱当世贤者，仆虽不才，忝惠庄之遇旧矣。诸君子一旦摄齐束带，矢之神前，击钟伐鼓，以绝鄙人，一时观者莫不骇遽狂走，谓仆当得夷族之祸，以至于此。甚而造作端末，飞流短章，笔之隃糜，付之尸祝，无烦检考，遽定爱书，不须左验，遂成文案，是忠告之义，同于摘抉，捃摭之过，近于文致。使仆不能含生于覆载，强息于人世，辱云甚矣。仆亦何人，其能甘之？惟有蹈东海而死耳。"牧之既深情，胶粘不解，而复为诸客所激，若圆石遇坂，转触转下，势不得不与俱尽。会太守睿杜生，出辱之庭。牧之忍愧，以身左右翼，多悲辞。太守徘徊不令下鞭，然终不许牧之以一妓女烬。黜卖杜为贾妇。牧之佯诺，阴使人赝为山西贾得之，以藏于别第。俄载而与俱之长安。居长安邸不三月，牧之病肺死。

牧之既死，杜生敕家人装治其丧归，而以身从。杜入舟，忽忽微叹，间杂吟笑，如无意偿范者。至江心，命浴，浴罢更衣，左手提牧之宣和砚，右手提棋楸，一跃入水。左右惊视，不能救，初见发二三尺许，沉浮旋澜中，已复扬起紫衣裾半褶，复转睫间，而生杳然没矣。

余闻牧之事光禄公，秦淑人，及遇弟允临，斤斤孝友，名教人也。因缘为祟，卒耗俊姬，何哉？汉高项羽，英雄绝世，剑锋淬人，眼不为眨，乃心销神枯，终不能断虞戚之爱。夫二公赖有此举，小足破俗，不然，项乃倔强老卒，龙准公一村亭翁故态耳。语云："天下有心人，尽解相思死。"世无真英雄，则不特不及情，亦不敢情也。牧之者，得无老子所谓"勇于敢则杀"者欤？定盟旦誓，永焉弗谖，沉恨幽疑，泮然涣释，两人可谓诚得死所矣。使杜迟回独生，或不欲生而无幸以不汗病死，寥寥千古，含怨何期？今而后，知杜生之有以谢牧之也。或曰："君家蠡，首倡风流，而唐杜牧之奇宕挑达，半卧粉黛中以老。君于牧之则讳姓，于蠡则讳名，垂二千年而合为范牧之也。"呜呼！然欤？否欤？

赞曰：余与牧之子必宣游，生驹俊鹘，抑何其似牧之也？必宣入国，而遇平康里则疾回其车。市有倚门而挑者，耻若面黰，惟恐唾沫形影之及。必宣少孤，心不能记牧之短长肥瘠，而能不失尺度如是，父岂必身为教哉？夫曾子子父之相反，而赵括之读父书也，为人后者，其奚择也？

花史题词

吾家田舍，在十字水中。数种花外，设土锉竹床，及三教书。除见道人外，皆无益也。独生负花癖，每当二分前后，日遣平头长须，移花种之。犯风露，废栉沐。客笑曰："眉道人命带桃花。"余笑曰："乃花带驲马星耳。"幽居无事，欲辑《花史》，传示子孙，而不意吾友王仲遵先之。其所撰《花史》二十四卷，皆古人韵事，当与农书、种树书并传。读此史者，老于花中，可以长世；披荆畬砾，灌溉培植，皆有法度，可以经世；谢卿相灌园，又可以避世，可以玩世也。

但飞而食肉者，不略谙此味耳。

花史跋

有野趣而不知水者，樵牧是也；有果窳而不及尝者，菜佣牙贩是也；有花木而不能享者，达人贵人是也。古之名贤，独渊明寄兴往往在桑麻松菊、田野篱落之间。东坡好种植，能手接花木，此得之性生，不可得而强也。强之，虽授以《花史》，将艴然掷而去之。若果性近而复好焉，请相与偃曝林间，谛看花开花落，便与千万年兴亡盛衰之辙何异，虽谓二十一史尽在左编一史中，可也。

柬米子华

前以一束生刍，拜太夫人。四顾萧然，苔花绣壁，落叶满门，人为醋鼻。顾弟且为足下顿足相敬。古所谓蓬蒿三径，居然名士风者，正为足下发耳。足下诗本性情，绝不作当今涂神画鬼面目，乃就李不知有米先生何也？且无论足下，即秋潭一沙弥，彦平、方叔两缝掖，俱寂寂如木钟石鼓，大雅凋伤，烟霞冷落，一至于此！仆为老亲，浮沉人间，既似在绦之鹰，复如斗穴之鼠；思得清凉闲散如兄者，相与以一钵米、一杯茗破之，亦了不可得。况海氛杂沓，吾辈泄泄与蜉蝣燕雀争尺寸之安，何以堪之？

与王闲仲

今日午后，屈兄过七夕。因思牛女之会，当新秋晚凉，故不热；女之外，无小星，故不争亦不妒；一年一渡，故不老。容把杯共笑也。

答项楚东

初坚客戒，如棘篱护笋，咫尺相隔。顷者柳花如霰，鸳鸯倦飞，小阁褰帷，残炉尚烬，此时恨不与吾丈共之。二诗小儿涂鸦，不堪一笑，差有米家云山，少能忏垢耳。

与屠赤水使君

前读《昙花记》，痛快处令人解颐，凄惨处令人堕泪；批判幽明，唤醒醉梦，二藏中语也。往闻载家乐，过从吴门，何不临下里，使俗儿一闻霓裳之调乎？若近有新声，亦望见示。懒病之人，得手一编，支颐绿阴中，便是十部清商也。

答张上马毅仲

某衰病下劣，日与农师渔丈人为群，不敢齿及风雅二字。即小有撰述，如沈梦溪云，退处山泽，更绝过从，所与谈者，惟笔砚而已。不意明公好奇太过，札赆先施，属以糠粃之导，神交知己，宇宙寥寥。谨撰数言，以候斤削。明公主盟文苑，吴儿辐辏龙门，不异众鱼之曝鳞点额。某老怯道路，近结苕帚庵，莳嘉蔬，种修竹，远望轩后寒山，如在肘下。又以饮冰俸钱，多市村醪，从黄肥紫壮中，细嚼寥吟好诗，颇觉受用太奢，恨不得明公过此，共享黑甜白醉之乐也。

与王元美

别来从句读中暗度春光，不知门外有酒杯华事。每忆祇园云观，草绿鸟啼，追随杖履之后，笑言款洽，如此佳况，忽落梦境矣。

附 录

本书采辑书目

皇明十六家小品（明陆云龙选）

明文奇艳（明陆云龙选）

梨云馆类定袁中郎全集（袁中郎　万历刊本）

白苏斋类集（袁宗道　明刊本）

徐文长文集（明刊本）

徐文长佚稿（明刊本）

晚香堂小品（陈眉公　明刊本）

白石樵真稿（陈眉公尺牍集　明刊本）

隐秀轩集（钟伯敬　明刊本）

王季重历游记（明刊本）

帝京景物略（刘同人　明刊本）

檀园集（李长蘅　康熙刻本）

玉茗堂全集（汤若士　明刊本）

陆文定公全集（陆树声　明刊本）

宝颜堂秘笈（陈眉公辑　文明书局石印本）

翰海（陈眉公辑　申报馆排印本）

赖古堂尺牍新钞（周亮工辑　原刻本）

藏弃集（同上）

结邻集（同上）

明贤尺牍（王元勋、程化骠辑　榆园刻本）

谭友夏合集（明刊本）

翠娱阁评选文韵（明陆云龙选　明刊本）

松圆偈庵集（程孟阳　明刊本）

列朝诗集

明史

松江府志

公安县志

于越三不朽图赞

仁和县志

图书在版编目(CIP)数据

晚明二十家小品/施蛰存编. —上海:上海人民
出版社,2023
ISBN 978 - 7 - 208 - 18120 - 5

Ⅰ.①晚… Ⅱ.①施… Ⅲ.①古典散文-散文集-中
国-晚明 Ⅳ.①I264.8

中国国家版本馆 CIP 数据核字(2023)第 018290 号

责任编辑 吕　晨
封面设计 朱云雁

晚明二十家小品
施蛰存 编

出　　版　**上海人民出版社**
　　　　　　(201101　上海市闵行区号景路 159 弄 C 座)
发　　行　上海人民出版社发行中心
印　　刷　苏州工业园区美柯乐制版印务有限责任公司
开　　本　787×1092　1/32
印　　张　14
插　　页　2
字　　数　195,000
版　　次　2023 年 9 月第 1 版
印　　次　2025 年 9 月第 3 次印刷
ISBN 978 - 7 - 208 - 18120 - 5/I · 2063
定　　价　68.00 元